曹萬生————著

中國當代
文藝價值觀
流變史

自　序

　　文藝思潮作為主要的社會思潮，有價值觀層面與藝術觀層面兩層結構。價值層面是基本面，藝術層面是形態面。其中，藝術層面，有諸門類藝術的本體思考，如詩學、敘事學、編劇學、文體學、影視學，也有諸門類藝術的形式思考及體現，如諸門類藝術形式的演進變化，等等。本書探討第一個層面即價值層面，這個層面由於與社會的緊密聯繫而超越文藝界別，得到普遍的關注與指涉，可以獨立與其他諸意識形態史並列研究，所以本書獨立成書，以期引出對 60 年諸意識形態演變史研究的大觀。另一藝術層面正在進行研究，以期早日完璧，以構成自成體系的中國當代文藝思潮流變史。

　　中國當代文藝價值觀，是中國當代文藝思潮的價值層面，是一個富礦。富就富在，它是當代中國社會思潮的重要側面，特別是在政治意識形態時代，它是中國政治社會思潮、社會基本價值觀的體現。

　　1942 年毛澤東《在延安文藝座談會上的講話》始，政治、道德意識形態成為文藝思潮的基本骨架。1949 年建政始，政治、道德意識形態成為文藝思潮的基本形態。這個格局在 1978 年以後逐漸解體，1985年實現了政治、道德意識形態的文化轉型。當時中國知識界特別是文學界，為之狂歡。與當時中國社會一樣，中國當代文藝價值無法得到定位，混亂中的當代文藝，拋棄了政治、道德意識形態，轉向西方文化、傳統文化、純文學、形式主義。狂歡節畢竟是節日，塵埃落定後，回到了人類常態的 1992 年以後。

　　真正淡化意識形態的當代文藝，始於 1992 年市場經濟的轉型。商業文化以生存的意義成為真正的價值，這些文藝成為文藝消費的主流。政治權利文藝成為政治文化的需要而體現，成為政治消費層面而繼續存在。

　　商業文化以外，各種意識形態文藝觀又蠢蠢欲動。其中，回到政治意識形態的新左派思潮與回到道德意識形態的傳統文化思潮，以不

占主流的或想主流但又占不了主流的姿態在旁邊鬧嚷，但文藝作品並未得以體現。

本書係我近年來給研究生講課的實錄，略有刪改，基本保持實錄的風格，這與板起面孔有異，私以為意，特予說明。

當代文藝的價值觀進入一個最為多元開放的時代。

是為序。

2011 年 3 月 7 日，成都雙楠草堂

目　次

概　說

　　中國當代文藝思潮是非常豐富的，可以說是很浩瀚的。正因為此，所以可以從多種角度去研究。

　　從價值觀角度看，可以從 1942 年講話以後奠基的左傾政治思潮政治文學思潮開始，這個思潮一直延伸到 1977 年。它奠基了整個當代文藝和審美的價值觀，大家學習 17 年文學感到很沒有興趣，就是那一段。但是作為思潮研究，它有很多值得研究的地方，後面要廣泛涉及到。

　　1978 年以後，當代文藝的整個價值觀念，發生了根本的、巨大的變化。概要說來，可以這樣講：這個變化到 1985 年前後，變化更深刻。最後，到了 20 世紀 90 年代以後，變化更根本。這個根本的變化今天還在延伸。整個中國當代文藝思潮發生的變化，與整個中國當代社會密不可分，往往是一物的兩面，所以，本著要涉及到整個當代中國的變化。

　　概說裡面研究幾個問題。第一個問題，中國當代文藝價值觀的研究對象和研究方法；第二個問題，中國當代文藝價值觀的研究現狀；第三個問題，研究所涉及的當代文藝價值觀演變的規律。

一、研究對象

（一）關於當代

　　中國當代這個概念，是非常有爭議性的，也有挑戰性的命題。什麼是當代？特別是什麼是中國當代文學，或者當代文學？這是有爭議的。我有篇文章講到這個問題[1]。就是說，我們用現代漢語為載體的文

---

[1]　曹萬生：《體系・觀念・語言──中國現代漢語文學史導論》，《四川師範大學學報》2008 年 3 期。

學，它演變的歷史，其中涉及到現代文學這個概念向當代泛化的問題。我們現在這個學科，一開始叫現代文學，後來叫現當代文學。比如我讀碩士的時候就叫中國現代文學，後來又延展改成中國現當代文學，學科代號 050106，是中華人民共和國教育部規定的這個學科。從概念的變化也可以看出這個學科的變化。所以，要搞清當代，首先要搞清現代，搞清現當代的演化。這裡一併從歷史演化中來研究當代概念。

　　第一階段。我們這個學科最早是從什麼時候開始的？是 20 世紀 20 年代。20 年代由誰開始的？最早是胡適，他搞了一個《白話文學史》。他搞白話文學史，因為他搞的是白話文學。1917 年文學革命他搞了白話詩，為了論證它的合法性，他把白話文上溯到唐代，唐傳奇、宋元話本，他說這就是白話。如果這樣上溯，那就沒有了邊，胡適的白話文學並不是第一個。白話文學這個概念如果像胡適這樣理解的話，問題就很大，如果從唐傳奇算起，那麼怎麼去劃清楚古代文學和現代文學的界限？

　　雖然胡適那種談法沒有界標的意義，但現代漢語文學是否只從 1917 年開始？我談過這個問題。其實在 1917 年文學革命之前，現代漢語文學早就有了。起碼在 1898 年裘廷梁提倡「崇白話而廢文言」[2]時，梁啟超他們創辦大量的白話報刊，寫了很多白話小說的時候，現代的白話，就是我們今天所說的現代漢語文學，已經有了。但是白話詩胡適是第一家。以前有白話散文、白話小說、白話劇，但沒有白話詩。所以我講，文學革命其實就是白話詩革命，詩歌的革命。胡適把它也叫做白話文學。

　　到了 20 世紀 30 年代，這是第二個階段。

　　20 世紀 30 年代開始，就有人把它叫做「新文學」[3]比如趙家璧編的《中國新文學大系》。1935 年，趙家璧編的《中國新文學大系》的上限是 1917 年，下限是 1927 年。所謂「第一個十年」。1917 年到 1927 年，大系編了 10 本。這個時候就用了「中國新文學」這個概念，這

---

[2]　裘廷梁：《論白話為維新之本》，原載《無錫白話報》，19、20 期，1898 年 8 月 27 日。收錄於《清議報全編》，臺北：文海出版社，第 26 卷 62 頁，1987 年。
[3]　趙家璧：《中國新文學大系》。上海良友圖書印刷公司，1935 年。

個「新」「舊」的變化就是價值觀念的變化。就是說 1917 年文學革命以前叫「舊」，1917 年文學革命以後叫「新」。

　　當然，有關「新」、「舊」的辨析歷來就論說紛紜。有的人講白話是新的，有的人講白話詩是新的，有的人講現代性才是新的，90 年代以來就這樣講。還有的人講「新」在文學革命，有的人講「新」在個性主義人道主義，有的人講什麼個性主義人道主義？一開始就是馬克思主義。所以眾說紛紜。但是有一點他們都承認，1917 年 1 月開始的文學發生了變化。把這個叫做「新」，一直到什麼時候，一直到 20 世紀 50 年代初。

　　第三個階段。20 世紀 50 年代初，王瑤編的《中國新文學史稿》[4]。是這個學科的第一本書。朱自清在 40 年代講的《中國新文學綱要》[5]用了這個概念。王瑤這套書，標誌著進入第三個階段，成為學科，叫「中國新文學」。這樣細說是可以的，叫中國新文學。但是這樣學科建設起來就發現有問題了，所以到 50 年代，大概在 50 年代中期，就有人把它稱作「現代文學」。這就是張畢來、葉丁易，他們的概念叫「中國現代文學」。但實際上還是沒解決這個問題。這就發現這麼一個問題，發現什麼問題呢？就是中國現代文學到底寫到哪裡，因為在 50 年代中期發現，1949年以後，歷史還在延續。這個問題就顯露出來了，只是這個時候還沒有把它作為問題來解決，也沒法解決。那什麼時候解決，到了 60 年代。

　　這個階段中，當代的概念產生了。

　　60 年代初期，當時有的高等學校就編了些試用的教材叫《中國當代文學》，但是沒有作為一個學科定論寫進來，還是把它放在中國現代文學裡面。獨立寫作《中國當代文學》，這是試驗，指 1949 年 10月以後的文學，顯然這個當代文學指的是所在朝代，所在的代。當代，它最初的含義他們使用時就是當下之代。隨著這個時間的延伸，這個

---

[4]　王瑤：《中國新文學史稿》上冊，上海，開明書店，1951。王瑤，《中國新文學史稿》下冊，上海，上海新文藝出版社，1953。

[5]　朱自清：《中國新文學研究綱要》是朱自清於 1929 年至 1933 年在清華大學、北京師範大學、燕京大學講授「中國新文學研究」課程時所用的講課提綱，生前未正式發表過，直到 1980 年才由趙園根據三種原稿加以整理，發表在上海文藝出版社《文藝論叢》1982 年第 14 輯，並收入江蘇教育出版社 1993 年出版的《朱自清全集》第 9 卷。

當下會發生變化。到了 1979 年唐弢主編《中國現代文學史》[6] 時，這套書的緒論專門講到了，現代文學和當代文學的斷代以 1949 年夏天的第一次文代會[7]為界；但同時又說現代文學是新民主主義文學，當代文學是社會主義文學。這個解釋，又留下 1949 年 10 月 1 號斷代的口子，所以後來都以中華人民共和國建立為當代的開始。這樣就把現代和當代給斷掉了，就成了兩門課：就是中國現代文學和當代文學。

　　第四個階段。到了 20 世紀 80 年代，有些學者就反對這種新民主主義論的現代文學觀。王瑤本到唐弢本都把整個中國現代文學叫做新民主主義性質的文學。來源於毛澤東在 1940 年發表的《新民主主義論》[8]。這個理論認為，近代資產階級革命是資產階級領導的，叫舊民主主義革命。1919 年「五四」以後，這個革命由無產階級來領導，性質變為反帝反封建的革命，就叫做新民主主義革命，這就是新民主主義論。新民主主義革命從什麼時候開始？從 1919 年 5 月 4 日，五四運動開始，之後的歷史都叫做新民主主義革命，無產階級領導的反帝反封建的，這就是新民主主義論，他們認為，這就是中國現代文學的性質。到了 80 年代開放以後，發現在這個理論性質規定下，有些文學就沒法包括。比如說，不是無產階級領導的怎麼辦，比如說新月派怎麼辦，張愛玲、錢鍾書怎麼辦？再比如說國民黨文學、政府文學，《中央日報》[9]上的那麼多文學研不研究？

---

[6]　唐弢：《中國現代文學史》，人民文學出版社，1979 年。

[7]　第一次文代會，全名中華全國文學藝術工作者第一次代表大會，於 1949 年 7 月 2 日開幕，7 月 19 日閉幕，會上，郭沫若作了題為《為建設新中國的人民文藝而奮鬥》的總報告。周揚、茅盾分別作報告總結了解放區和國統區的文藝工作。大會明確了今後文藝工作的方針與任務，指出新中國的文藝事業必須服從中國共產黨的領導，必須表現工農兵生活，為工農兵服務。大會最後通過了《宣言》，產生了全國性的文藝機構——中華全國文學藝術界聯合會，郭沫若任主席，茅盾和周揚任副主席，並成立了全國文聯和各個下屬專業協會。

[8]　毛澤東 1940 年 1 月 9 日在陝甘寧邊區文化協會第一次代表大會上的講演，原題為《新民主主義的政治與新民主主義的文化》，載於 1940 年 2 月 15 日延安出版的《中國文化》創刊號。同年 2 月 20 日在延安出版的《解放》第九十八、九十九期合刊登載時，題目改為《新民主主義論》。

[9]　《中央日報》是中國國民黨機關報，於 1928 年 2 月 1 日由中國國民黨中央創刊於上海，2006 年 6 月 1 日停刊，並於 2006 年 9 月 13 日以網路報形式重新發行。

　　80 年代有些學者便提出一個概念，這就是「20 世紀中國文學」，黃子平、陳平原、錢理群北京大學的三位學者提出了 20 世紀中國文學這個概念。這個概念本來是時間概念，但是潛臺詞是修正前面關於現代文學的定義，於是他們提出了 20 世紀中國文學的概念。他們認為，20 世紀中國文學主題是改造國民性，它的美學風格是什麼呢，是「悲涼」，他們取了一個名字叫「悲涼」。這樣一來，中國現當代文學界到上世紀末，都普遍使用 20 世紀中國文學的概念。

　　「20 世紀中國文學」這個概念就把現代和當代打通了。以前所說的新民主主義性質的、社會主義性質的文學，都沒有區別了。因為，凡是 20 世紀發生的文學都是中國 20 世紀文學。

　　但這個概念有一個問題，它沒有辦法作為一個學科概念穩定下來。為什麼呢？因為 20 世紀是一個過程，那麼到了 21 世紀怎麼辦？所以這個概念到了 21 世紀用的人就少了。

　　另外，上述的現代、當代概念還有一個問題，就是你老是說當代當代，那麼當代這樣永遠下去？實際上搞當代的人，主要搞的是當下，17 年文學他們已經很少搞了。當代文學界開會，他們經常談到的都是 90 年代文學，現在主要談新世紀的文學。80 年代、70 年代、60年代、50 年代，他們都談得少。這就產生了語詞上概念內涵和原本意義概念內涵的衝突。當代是當下，當代是 1949 年以來，這兩個概念就越來越相去甚遠。現在除了後新時期，90 年代還有人講後時期，現在又講新世紀。概念越來越多，越來越混亂。

　　我 2004 年在西南師大開的「百年文學研究歷史與現狀」研討會上，提出一個概念，叫做「中國現代漢語文學」，2007 年我主編了一套書《中國現代漢語文學史》[10]「中國現代漢語文學」這個概念是說，凡是中國作家用現代漢語創作的文學，就是我們研究的對象。這包括了什麼呢？包括了從 1898 年以後的白話文學。我把它分為六個時期。首先是先導期：1898－1916，就是現代漢語文學已經開始，但它主要在小說、散文，還有一部分白話理論，還包括一部分具有現代性的文論，比如說王國維

---

[10] 曹萬生：《中國現代漢語文學史》，中國人民大學出版社，2007 年 9 月，《中國現代漢語文學史》第二版，中國人民大學出版社，2010 年 8 月出版。

用叔本華悲劇理論研究《紅樓夢》的成果，但只是先導，現代漢語文學還沒有成形期成形。1917－1927，現代漢語文學完全成形，這時現代漢語詩歌產生、現代漢語話劇產生、現代漢語短篇小說成熟、現代漢語散文成熟、現代漢語文學團體產生、現代漢語文學流派產生、現代漢語文學社團產生。1928－1949 是成熟期，現代漢語文學各種文體全部成熟、文藝思潮成熟。1949－1976 是停滯期，現代漢語文學觀念停滯、審美性停滯、現代漢語文學性停滯倒退。1976－1989 是現代漢語文學的繁榮期，就是觀念繁榮、審美多元化。就是由神學到人學、從大寫的人到小寫的人、從人道主義到存在主義各種思潮全部形成。這一時期，以 85 年為界，分前後兩段，85 年以前是政治批判，85 年以後是存在主義和現代性文學等多種文學。最後一個時期是多元期，是 1989 年以後，現代漢語文學進入多元狀態。傳統與現實、現代與後現代、消費主義，現代漢語文學遭遇巨大挑戰。企圖以此來解決當代問題。我提出這個思想後，2005 年 10 月開始，我把它付諸行動，編了一部《中國現代漢語文學史》。

　　用這本書是想來說明這個學科的演變，現代和當代的斷代在價值論上的回應。

　　但現在我們研究的是價值觀。如果研究價值觀，就會發現，從 1942 年延安文藝座談會以後，解放區的整個文學發生了一個巨大的變化，這個變化從解放區一直延伸到 1949 年以後的中國文學，所以，講當代文學價值觀，得從 1942 年說起。同時，要使用當代這個過去的概念，只不過把這個概念上溯到 1942 年延安文藝整風運動。延安文藝整風運動實際上從價值觀上奠定了決定了 1949 年以後的文藝思潮。

（二）文藝價值觀流變史

　　文藝價值觀流變史是文藝思潮的一個重要部分。在文藝思潮中，不僅有價值觀流變史，還有藝術觀流變史或者說是審美觀流變史。

　　那麼，先要講一下文藝思潮的問題。

　　什麼是文藝思潮？文藝思潮是社會思潮的一種，是社會思潮在文藝界的體現。那麼什麼是社會思潮，社會思潮是指的在一定的社會時代，或者是一定的歷史時期，有廣泛影響的思想傾向，也就是說占主要地位的思想。如果沒有這個廣泛的影響，實際上它不構成我們所指

的社會思潮。因此在一個時代存在著多種思想，比如說佛教的思想它一直都有，基督教的思想也一直都有，但是我們不能把它叫做我們 20 世紀的社會思潮，因為它沒有廣泛的影響。神學的影響是在近年來開始有一點，但是它不是主導的影響。

　　一個時代占主流的思潮，實際上就是這個時代文藝的價值觀流向。比如說，60 年代有一個很突出的社會思潮，就是雷鋒精神。雷鋒精神，它占主導，並且是倫理思潮，雷鋒精神實際上就是一種道德主義，這就是十七年文藝的價值觀之一，60 年代的文藝就充滿了這種道德主義。90 年代，消費主義成為一個主導，消費主義當然包括很多內涵，比如說金錢崇拜，品牌崇拜，90 年代很多文學創作都體現這個影響，很突出。你看一個道德主義，一個消費主義，它們完全南轅北轍，互相對立，但都對社會思潮構成影響。雖然始終都有人信佛教，但是信佛教的人不構成主要影響。再說文化革命期間，有反對文化革命的人、思想，比如說張志新，但是她不構成思潮，因為她少數幾個人，不形成影響。

　　文藝價值觀就成為社會思潮中最主要的思潮之一，所以研究社會，研究這個國家，研究這個時代，首先要研究它的文藝的價值觀流向，就要研究文藝思潮的流向，從古至今都是這樣。古代就有觀風采風，詩經裡的國風就很有影響。很多文藝思潮都成為歷史的主要思潮。比如說，16 世紀西方的人道主義，文藝復興時期的人道主義，它集中體現在啟蒙時代的文藝作品裡。再比如「五四」的文藝思潮，人道主義思潮，它集中地體現在以魯迅為首的現代作家作品裡，也是現代中國的主要思潮。20 世紀 50 年代初，美國打朝鮮的時候，美國國務院就佈置了很多選題，就像我們今天國家搞社科基金一樣，招標，其中有一個叫《中國現代小說史》招標，多少美金，你把它做下來，把它做下來以後，就把它發給美國士兵去讀，以此來知道中國，知道怎麼跟中國打仗。當時夏志清剛剛博士畢業，就去申報這個課題，他申報成功後就給他一筆美元，他就靠那些美元生活，不必工作，他就寫了這本書《中國現代小說史》。[11]這說明文藝思潮特別是文藝價值觀，對於認識國家社會的重要性。

---

[11] 夏志清：《中國現代小說史》，復旦大學出版社，2005 年 7 月。

　　那麼文藝價值觀的構成機制是什麼？武斷地把它分開的話，我們可以看到兩個部分：一個部分就是文藝理論，文藝批評的主張和觀點，這是文藝理論形態的或者說批評形態的主張或觀點。比如說 17 年文藝就有「兩結合」的理論，比如說新時期就有人道主義，這都是理論形態的。另一個部分，就是文學作品體現出的共同的思想傾向，這個共同的思想傾向，有兩個層次。一個層次是屬於價值形態的，比如說傷痕文學、反思文學所體現出來的政治批判這就是價值層面；還有一個部分是形式層面的，比如說「85 新潮」裡面的先鋒小說，它體現出來的敘事、敘事美學的傾向。比如說馬原，他體現出的敘事美學，就構成一種新的文藝思潮，這是作為這種文學形式作品形態體現出來的。再比如說，20 世紀 80 年代的朦朧詩，體現出來的所謂的「新的美學原則的崛起」[12]就是不再側重英雄，只歌唱凡人。當然，你進一層再仔細研究，就會發現形式因素和價值因素裡面有很巧妙的聯絡和對應。

二、研究方法

　　第一個方法是，歷史和邏輯統一的方法。歷史方法和邏輯方法的統一，是馬克思主義的方法。你做人文科學研究，特別是歷史研究，都離不開歷史和邏輯統一。為什麼這樣說，因為有些事情在當時看來它有合理因素，黑格爾講「存在的都是合理的」[13]，所謂存在的就是眼下的，它這個詞用的是眼下的，當下的，它有合理因素。但是一旦它不再當下，你就發現它非常荒謬。你現在回過頭去看「三突出」[14]。

---

[12] 孫紹振：《新的美學原則在崛起》，《詩刊》，1981 年第 3 期。

[13] 黑格爾：《小邏輯　導言§6》，商務印書館，2007 年 2 月，第 43 頁。黑格爾在其著作《法哲學原理》，商務印書館，1961 年，第 2 頁也提出過，「存在的都是合理的」作為通俗簡潔的說法，其原話為「All that is real is rational; and all that is rational is real」完整翻譯是「凡是合乎理性的東西都是現實的，凡是現實的東西都是合乎理性的。」。

[14] 「三突出」是中國文革期間的文藝指導理論之一。最早由於會泳 1968 年 5 月 23 日在《文匯報》撰文《讓文藝界永遠成為宣傳毛澤東思想的陣地》一文中提出，受到江青等人的贊同和推廣，被稱為「文藝創作塑造無產階級英雄人物必須遵循的一條原則」

你就會覺得非常荒謬，比如楊子榮一上舞臺，燈光怎麼打，仰光，就是從舞臺上面一角一團紅光撒下來，楊子榮顯得非常的高大，紅光滿面。反面人物呢，一個白光從下面一個角落打上去，逆光，打在反面人物臉上，座山雕坐在那裡顯得非常矮小、慘澹。它用燈光調度來體現，當然還通過臺詞，舞臺調度啊，上妝設計啊等等，就僅僅是燈光設計它都體現三突出。就是在所有人物中突出正面人物，在所有正面人物中突出英雄人物，在所有英雄人物中突出主要英雄人物，這叫「三突出」。當時都是這樣做的，「三突出」是英雄的神化，是神的具體化。文革時就是這樣的，當時都覺得是對的，今天才意識到好笑，好人壞人，小孩子一看就知道，所以新時期文學一開始就反對這個東西。文藝應該寫人的複雜性，寫人的二重性格，怎麼能寫成這樣，小孩兒一看就知道。小孩兒一看電影就問誰是好人誰是壞人，結果他一看就知道了。那麼這個問題就涉及到一個歷史方法和邏輯方法的統一，若按今天看來在評價它的時候就應該有兩個標準：一個是歷史標準，一個是邏輯標準。實際上，歷史科學裡面都涉及到這個問題，比如說今天講「左聯」，講「左聯」怎樣批判新月派的「人性論」，為什麼要批判，邏輯來看，「左聯」顯然是錯誤的，但歷史來看，「左聯」又是有道理的。那你用什麼標準？就是歷史標準和邏輯標準的統一。那麼文革前的政治文藝，文革中的極權文藝，新時期的人道主義是歷史發展，所以我們要去描述這個歷史，這是一個層面。

這些歷史進程又是邏輯範疇遞進的，這是我講的歷史和邏輯的另外一個含義，是邏輯遞進的。比如說我把它叫做從政治本位到神本主義到人本主義；從人道主義到存在主義到消費主義；從大寫的人到小寫的人到物化的人等等，這是邏輯性。就是它的發展有橫的邏輯的，也有縱的歷史的遞進。要把歷史和邏輯統一起來，才能比較客觀地或深入地研究文藝價值觀的流變史。

第二個方法，我以為是宏觀的與整體的方法。文藝價值觀的發展，一定要把握它的主要潮流，它不同於微觀的作品研究。

首先，理論層面和創作層面要綜合起來，這就屬於整體的思考，作一個有機的整體。當然，創作層面又有價值層面和形式層面的整體的思考，這個有點像列寧所說的就是從初級本質到二級本質，再到無

窮的抽象。這樣說可能很抽象，那以幾個當代文藝思潮的歷史的版本來說明。一本是朱寨編的《中國當代文學思潮史》[15]，去翻那本書你就會發現它只關注理論觀點的研究，不研究創作。還有一些學者比如何西來，他的《新時期文藝思潮論》[16] 中新時期文藝思潮就三種文學，一個是傷痕文學，一個是反思文學，一個是改革文學。他研究創作形態中的價值層面，我以為，他們的研究都是有道理的，或者是說有成就的。但是要回答當代整個文藝思潮的演變，或者說是當代文藝價值觀的流變，你得把這些都思考進來，整體把握，然後分別敘述，才能夠把握歷史。

　　第三點，系統的微觀的研究方法。提出這一點是考慮到研究中國當代文藝思潮，正像研究中國當代社會一樣，也正像研究某一個人一樣，它經常出現瞎子摸象的爭論。比如說當有人講新時期文藝思潮是人道主義的時候，有人就辯論，說不是，是現實主義。這個就是瞎子摸象，並且這個爭論是有過的並且非常激烈。你一看就知道這個沒有意義，實際上他說的是一個層面，你說的是另一個層面。所謂系統的微觀，就是說你一定要深入到各個側面。不要說宏觀完了，你就完了，宏觀完了你還沒有完，還要有系統，就整體上它由各個系統構成，要關注子系統，甚至從當代文藝思潮、中國當代社會看。你看過去，美國人研究當代中國，他主要是研究文學作品，通過當代文學作品來看中國。當然他是社會學研究，通過研究中國當代的民風、道德、倫理、人民的價值觀，來掌握你的人，因為過去是很單純的，他一看就知道。

　　所以，中國當代文藝思潮裡面有價值角度的體系、有藝術角度的體系。本書主要研究價值論層面。第二個藝術形式層面，正在進行但它牽涉面太廣。舉個例子，講先鋒戲劇、試驗戲劇、高行健打破三面牆的試驗，涉及到西方戲劇，包括西方戲劇 80 年代在中國的傳播，高行健本身的引用，它的問題、它的長處、它的衝擊、它與荒誕派戲劇的關係、它怎樣借鑒了西方荒誕派戲劇等等，比如說借鑒了《等待

---

[15]　朱寨：《中國當代文學思潮史》，人民文學出版社，1987 年。
[16]　何西來：《新時期文學思潮論》，江蘇文藝出版社，1985 年。

戈多》等等。這個層面非常複雜，比如說包括戲劇語言的問題，它是一個流派，不是一個高行健的問題。

　　當然高行健對西方文學廣泛的借鑒，是非常聰明的，所以他是唯一的一位「獲諾貝爾文學獎的漢族人。」高行健獲獎後中國作家協會回避，朱鎔基回答得非常妙。這是個敏感的問題，敏感在高行健這個人。朱鎔基回答得好，他說，這正說明了漢語「有無窮魅力！」[17]這就緩衝了這個問題。因為當時很多外國人遇到中國領導就問你對高行健得獎有什麼看法，實際上是想試探你對過去這段歷史怎麼評價。這裡講這個問題，是想說象這種局部很有內涵的問題，你去研究是很費勁的，所以當代中國文學思潮研究還不深入。

三、研究現狀

　　中國當代文藝思潮的研究，可分成三個時期。

　　第一個時期是二十七年，這就是我們平常講的十七年，再加上十年文革，就是二十七年，這是一段。

　　十七年是 1966 年以前，二十七年是 1976 年以前。為什麼這裡有個十七年又有個二十七年？十七年是江青為了否定「文革」以前的文藝的一種提法，她說 1949 年到 1966 年是很右很右，是文藝黑線專政，她給十七年定了「黑八論」[18]，進行批判。事實上，十七年已經很左了。「文革」10 年她走得更左。今天看來，從 1949 年到「文革」結束這一段，整個研究有一個共性，就是政治批判。比如說對胡風批判，它也是當代文藝思潮批判研究。當時就是政治運動。比如說「兩個批

---

[17] 2000 年 10 月 14 日晚上，時任國務院總理的朱鎔基在面對記者關於如何評價高行健獲諾貝爾文學獎的問題時，機智地說：「我很高興用漢語寫作的文學作品獲諾貝爾文學獎，漢字有幾千年的歷史，漢語有無窮的魅力，相信今後還會有漢語或華語作品獲獎。很遺憾這次獲獎的是法國人不是中國人，但我還是要向獲獎者和法國文化部表示祝賀。」（據《東方日報》，2000 年 10 月 15 日）

[18] 江青對「寫真實論」、「現實主義——廣闊道路論」、「現實主義深化論」、「反題材決定論」、「中間人物論」、「時代精神匯合論」、「離任叛道論」、「大藥味論」的概括。

示」，[19]比如說林彪委託江青召開的部隊文藝工作座談會的紀要。[20]這是最重要的一個批判，是對現代文藝思潮和當代文藝思潮的總的批判。現代批判的什麼呢？批判的是 30 年代文藝黑線；當代批判的什麼呢？十七年文藝。它把 30 年代文藝叫做「別、車、杜」。[21]把十七年文藝叫做「黑八論」，這個批判，基本上沒有學術研究。還有什麼呢？就是姚文元、李希凡等人他們做的當代批判，這是第一個階段。

第二個階段指的什麼？是新時期 80 年代。80 年代研究有兩個側面。

第一個側面是文學思想鬥爭史的研究，這個研究主要是對 80 年代文學鬥爭思想做一個清理，主要成果就是朱寨主編的《中國當代文學思想史》[22]。這本書重視資料，它的長處在把 1949 年到 1977 年之間的文學思想鬥爭的資料清理得很清楚，線索很清晰，寫得很嚴謹，深入研究有待加強，它沒有研究作品體現的思想。

第二個側面是對新時期文學的研究。這個時期文學的研究主要是對人道主義思潮的研究。主要成果有劉再複的長篇論文《新時期文學的主潮》，發表在《文匯報》1981 年 9 月 8 號－9 號，這是一篇連載 2 萬多字的論文，這是新時期的第一篇系統研究思潮的論文。接下來就有一些小冊子、專著。比如說像何西來寫的《新時期文學思潮論》[23]何西來，當時是中國社科院文學所副所長，時任所長的是劉再複。還有陳遼寫的《新時期的文學思潮》[24]、孫書第寫的《當代文藝思潮小史》[25]等等，這都是 80 年代的，這些論著研究的都是 1976 年到 1989 年以前的文藝思潮，這是第二個階段。

---

[19] 即毛澤東於 1963 年 12 月 12 日和 1964 年 6 月 27 日所作的關於文學藝術的兩個批示，參見毛澤東《關於文學藝術的兩個批示》，《人民日報》，1967 年 5 月 28 日。

[20] 《林彪同志委託江青同志召集部隊文藝工作座談會紀要》，人民出版社，1967 年出版。《紀要》以「中發（66）211 號文件」於 1966 年 4 月 10 日，發至縣團級單位。

[21] 指俄國文藝理論家別林斯基、車爾尼雪夫斯基、杜勃羅留波夫。

[22] 朱寨：《中國當代文學思潮史》，人民文學出版社，1987 年 5 月。

[23] 何西來：《新時期文學思潮論》，江蘇人民出版社，1985 年 10 月。

[24] 陳遼：《新時期的文學思潮》，遼寧大學出版社，1986 年 6 月。

[25] 孫書第：《當代文藝思潮小史》，遼寧大學出版社，1986 年 6 月。

　　第三個階段就是 90 年代以後，中國當代文藝思潮開始進入學院派研究的階段。有這樣一些著作。蔣原倫《90 年代批評》[26]、孫德喜《20 世紀後 20 年的小說語言文化透視》[27]這是長江文藝出版社的。還有陳傳才的《中國 20 世紀後 20 年文學思潮》[28]，20 世紀後 20 年就是 80 年代、90 年代文學思潮，中國人民大學出版社的後一本書，都是研究 90 年代的文學思潮。另外還有一本書是人大陸貴山的《中國當代文藝思潮》[29]，這本書前面有「研究生教材」幾個字，但這本書研究的是傳進中國的當代的西方的文藝思潮，但冠以了「中國當代文藝思潮」這個名字。陸貴山、王先霈 1989 年主編過一本《中國當代文藝思潮概論》[30]，還有一本是方維保寫的《當代文藝學思潮史論》[31]，方維保，安徽師大的。還有北大曹文軒的《20 世紀末中國文藝現象研究》[32]、黃曼君主編的《中國 20 世紀文學理論批評史》[33]，當然，還有很多論文，這是第三個階段。

　　第三個階段的研究開始具有學院派的特點，開始研究理論形態和創作形態。一般來講都是各自訂立一些標準和價值體系。中國當代文藝思潮的研究現在還不深入，無論是歷史資料、還是子系統，在當代都是非常豐富的，主要還是研究不深入。例如，《當代文藝思潮》《當代文藝思潮》，1982 年 4 月由甘肅省文藝工作委員會創辦，1987 年底終刊，歷時五年有餘。80 年代甘肅省辦的，非常好的一個刊物，一共辦了 6 年，它整個的命運就跟當代文藝思潮一樣，一會兒批判了就收緊，一會兒放開了，他就放得很開。比如說，「三個崛起」[34]中的第三

[26] 蔣原倫：《90 年代批評》，天津社會科學院出版社，2000 年 5 月。天津社科出版社。

[27] 孫德喜：《20 世紀後 20 年的小說語言文化透視》，長江文藝出版社，2005 年 2 月。

[28] 陳傳才：《中國 20 世紀後 20 年文學思潮》，中國人民大學出版社，2001 年 1 月。

[29] 陸貴山：《中國當代文藝思潮》，中國人民大學出版社，2009 年 4 月。

[30] 陸貴山、王先霈主編：《中國當代文藝思潮概論》，中國人民大學出版社，1989 年。

[31] 方維保：《當代文學思潮史論》，長江文藝出版社，2004 年 3 月。

[32] 曹文軒：《20 世紀末中國文藝現象研究》，北京大學出版社，2002 年。

[33] 黃曼君主編：《中國 20 世紀文學理論批評史》，中國文聯出版社，2002 年。

[34] 即謝冕：《在新的崛起面前》（《光明日報》，1980 年 5 月 27 日）、孫紹振《新的美學原則在崛起》（《詩刊》，1981 年 3 月）、徐敬亞《崛起的詩群──評我國詩

個崛起，就是這上面發的。作者，徐敬亞，「新的美學原則的崛起」。徐敬亞本科畢業，就因為寫了這篇文章沒有分配工作，我也因為寫了一篇文章《社會主義人道主義的探索——青春詩會側談》給《當代文藝思潮》，它來信要發，我是寫了很多信，一天寫一封信，一天寫一封信叫不要發，責編管衛中來信表示理解，終於它沒有發。我後來想，要是發了，大概我這個碩士也不能畢業，我那篇文章後來收在《中國新文學論集》[35]裡，就是談人道主義的。這篇文章要是發出來我絕對是畢不了業的，拿不到碩士學位的，當時正是批判資產階級自由化的時候。今天看來就很好笑，但是這個就是歷史，你當時不能談人道主義。現在已經可以談了：以人為本。這在當時是要批判的。

　　《當代文藝思潮》這麼一個很好的刊物，後來終於被迫關掉了。現在中國知網上查不到這個刊物，許多研究當代文學的人，都不知道這個刊物。我讓一個研究生去做這個題目，就研究《當代文藝思潮》這個刊物。當代文藝思潮有很多的問題，都可以去研究，怎麼研究好很難講。我給她講，要把 80 年代的《人民日報》全部翻來看一遍，不然你怎麼回到那個語境裡面，不過我看現在去看《人民日報》，也不一定能看懂，關鍵是你不知道微言大義。當時有人寫詩說：「連鴿哨都發出成熟的音調，過去了，那陣雨喧鬧的夏季。／不再想那嚴峻的悶熱的考驗，／危險游泳中的細節回憶。」[36]這就是那首被《詩刊》叫做朦朧詩的詩，杜運燮的《秋》，那中的微言大義，以文革時毛澤東游長江代隱指那個時代，不知道就說是朦朧。

四、流變史略

　　如果站高一點看，會發現當代文藝價值觀有一個非常清晰的流變史，也可以說是中國當代文藝價值觀演變的規律。

歌的現代傾向》（《當代文藝思潮》，1983 年 1 期）三篇帶有「崛起」字眼的文章的合稱。

[35]　曹萬生：《中國新文學論集》，電子科技大學出版社，1993 年 8 月。

[36]　杜運燮：《秋》，《詩刊》，人民文學出版社，2000 年 5 月。

　　當代文藝思潮變化太快了，我那篇文章追回來了，慶幸了，後來我給《當代文藝思潮》又寫了一篇文章發了，就是《由神的膜拜到人的膜拜》[37]，後來看這個文章，就覺得淺了。時代變化太快了。

　　在我看來，中國當代文藝思潮，非常抽象的概括，就是從外到內，就是從政治到文學，不是藝術到藝術這麼一個演變。總體上是這樣。那麼本書的章節介紹一下。第一章，政治本位主義，以政治為本，做政治的附庸，這是 1949－1966 年的文藝價值觀。第二章，神本主義，極權的工具，1966－1976 年，是文革十年的文藝價值觀。第三章，回到自身的繆斯，人本主義，大寫的人，這是指 1985 年以前新時期的文藝價值觀，1976－1985 年。第四章，存在主義，褪下神光的人，小寫的人，這就是 1985－1989 年文藝的價值觀。第五章，消費主義與後現代主義，資本物化的人，這指的是 1989 到現在。中間斷了幾年是吧，1989－1992 年，為什麼要斷幾年，它這兩年實際上是一個準備期一個停滯的狀態，還有第五章的一個概括，它是一個多元的時代，但主潮是這個，實際上這個主潮 21 世紀開始已經發生了巨大的變化，現在已經開始發生一些變化。

　　講一下這個文藝思潮價值判斷。所謂價值觀，就是什麼是第一的問題，也就是一個基本的價值判斷的問題。所謂什麼第一，就是以什麼為本位，以什麼為本。我們經常講什麼主義什麼主義，這個主義是什麼呢，就是以什麼為第一。比如社會主義以社會為第一，就是全社會為第一。資本主義就是以資本為第一，講究資本的剩餘價值增值，以資本來推動社會的發展。社會主義就是以社會為本位，每一位人都要平等，這當然是很好的理想，等等。人道主義以人為本，為第一出發點。所以文藝以什麼為本位，以什麼為本，它是一個價值體系的問題。

　　我們當代文藝思潮有這樣一個非常鮮明的脈絡，以人以外的一個觀念為本位，然後再以人為本位等等，一些哲學價值體系的變化，非常清晰。實際上文藝思潮從來都是同時代的價值體系的體現，從來都是。比如說，中國古代文學思潮，中國古代文學思潮有一個非常鮮明的主線，就是儒學思潮，而儒學就體現在它的修、齊、治、平的模式，

---

[37] 曹萬生：《由神的膜拜到人的謳歌》，《當代文藝思潮》，1985 年第 5 期。

或者叫做「實踐理性」。修身、齊家、治國、平天下的這樣一套實踐理性精神。當然儒學還有許多範疇，比如民為貴，當然原儒又不同，宋儒又不同，但總的來講它有相同的一點，就是入世精神，強調積極入世，強調人的和諧、人與社會的和諧，把人與社會的和諧看得最重要。對人倫規定得非常具體，君臣、父子、男女、兄弟，它不談人事之外的事，「子不語怪力亂神」。但中國古代文學思潮中，經常要冒出來一些反對它的東西，這就是道家的東西，它經常從旁邊放出來構成另外一個價值體系。魏晉時期是這樣，先秦當然有莊子，一直到明清，像李贄這些人，他完全就不同。但主流是儒學，最有影響的還是儒學，比如說唐代的古文運動，比如說劉勰，他是一個和尚，但是你看看他寫的《文心雕龍》，「徵聖」、「宗經」、「原道」，就像我們今天講文藝一樣，首先文藝是從屬於政治的，什麼是政治，一定時期的政治是什麼，他講這個東西，這就是統治階級。馬克思講，統治階級的思想就是統治的思想，統治的思想就是統治階級的思想，就是主流的。比如今天中共中央說「以人為本」，「和諧社會」，那「以人為本」「和諧社會」就成了主流思想。中國儒家思想的形成與發展，與百家，特別是與道家，有一個變化的過程，那麼中國現當代文藝思潮也有這個變化，類似的變化。比如說，毛澤東就講政治本位，即使講政治，內涵也有不同。比如說「文革」前他叫講政治，「文革」爆發以後，這個政治實際上就變成了極權，最後新時期又講到人道，這就是價值觀流變，後邊的這些都以這個為主要的價值流史來研究。

第一章　政治本位主義

——先驗的人（1949－1966）

　　政治本位主義，研究的是我們傳統所講的十七年文藝的價值體系。這一章，研究這麼幾個問題：第一節，政治本位；第二節，政治文藝的內涵；第三節，反叛與潛流，就是說在這個主流的價值觀下邊的另外一種潛在價值觀。

第一節　政治本位

　　中華人民共和國建立以後的文藝，是解放區文藝的發展和延續。這裡講的解放區文藝指的是什麼呢？指的是 1942 年 5 月毛澤東《在延安文藝座談會的講話》以後的文藝。

　　這裡派生幾個問題。1942 年以前，毛澤東 1942 年《在延安文藝座談會的講話》以前的文藝算不算？不算。中國工農紅軍是 1936 年到達陝北的，最先是在保安，然後到了延安。因為 1937 年 7 月抗戰，蔣介石發表盧山講話以後，中國工農紅軍的地位合法化，合法化以後，全國的許多知識精英不滿國民黨的政治，投向解放區。這部分人去了以後，用「五四」啟蒙觀念，在解放區發表了許多不為政治家所歡迎的言論，這大致有這一些：蕭軍、羅鋒、丁玲、王實味等。羅鋒說「還是雜文時代」，意思是延安也有陰暗面，我們可以寫點雜文。王實味是北大哲學系的高材生，去了以後當的是中央研究院研究員，他搞哲學，他寫了兩篇文章，一篇叫《野百合花》[1]，大概意思是說，他有一個戰友李芬，在前面流血中犧牲了，但是他身邊的人卻「衣分三色，

---

[1] 　王實味：《野百合花》，原載《解放日報　文藝副刊》，1942 年 3 月 13 日、23日。一篇叫《政治家　藝術家》王實味：《政治家　藝術家》，原載延安《穀雨》雜誌，第 1 卷第 4 期。

食分五等」，還說當時的延安「歌囀玉堂春、舞回金蓮步」。丁玲寫了
《「三八節」有感》[2]，丁玲是說延安的婦女還談不上解放與婚姻自由。
蕭軍呼喚同志之間應有人性的愛。這些文藝家雜言，引起了毛澤東的
高度關注，所以毛澤東搞了個文藝整風，文藝整風就是要統一思想，
整肅這些資產階級思想，毛澤東把它叫做資產階級思想。後來批判了
丁玲、王實味等人，宣佈王實味為「托派」、特務，把他關起來。

　　《在延安文藝座談會上的講話》規定了幾個理論命題。一個命題
是：工農兵方向，文藝是為什麼人的問題，是根本的問題，我們的文
藝是為工農兵服務的。第二個命題，作家世界觀的改造問題，毛澤東
講，過去我覺得農民腳上有牛屎，不乾淨，現在我認為知識份子不乾
淨，知識份子要改造自己，思想感情要轉變，立場要轉變，到工農兵
群眾中去改造世界觀。他還提出了，文藝是打擊敵人消滅敵人的有力
的武器。毛澤東這個講話就規定了政治文藝的路子和政治文藝的方
向[3]，換句話講，文藝是什麼呢？文藝就是中國共產黨打擊敵人消滅敵
人的工具，作家要改造世界觀，改造思想。像王實味這種不聽話的說
怪話的，就關起來，丁玲聽話了，就表揚她。丁玲後來寫了解放區農
民的報告《田保霖》，得到毛澤東的表揚。延安撤退的時候王實味給
殺掉了[4]，這就開了後來知識份子批判的先河，後來的作家、批評家都
是這樣去批判的。你的思想就只能這樣講，你不這樣講，對不起，就
要批判，嚴重的要關起來，比如說胡風，就把你關起來了，反革命
集團，全國批判，你如果不是反革命那你就是右派，比如蕭軍，全
國批判。

　　1942 年延安的整風直接對文藝價值觀起到了調整的作用。調整什
麼？就是從「五四」的人道主義、個性主義調整到政治本位主義。最
好的一個標本就是丁玲。

---

[2]　丁玲：《「三八節」有感》，原載《解放日報》，1942 年，3 月 9 日。

[3]　參見毛澤東：《在延安文藝座談會上的講話》，原載《解放日報》，1943 年 10
　　月 19 日。

[4]　參見《王實味被秘密處死真相訪談錄》，《光州文史資料・王實味專輯》，中國
　　人民政治協商會議河南省潢川縣委員會文史資料委員會編，1995 年 12 月。

毛澤東起先對丁玲很有好感的。丁玲到解放區，毛澤東給她寫過一首詞，其中有一句叫做「洞中開宴會，招待出牢人，……昨天文小姐，今日武將軍」[5]。大家知道丁玲個性很強，她可能是現代作家裡唯一突出的女權主義者，像《莎菲女士的日記》，姚文元批判時就說是「玩弄男性」，這麼一個有個性同時倔強的女性。所以儘管毛澤東對她這樣好，丁玲遵循自己的感覺，按照五四人道主義的理論，寫了《三八節有感》，所以毛澤東就批了她，批完了以後有了《講話》。丁玲從此以後思想就改造得非常好：她創作了報告文學《田保霖》，這是寫解放區農民形象的，還有反映土地改革的《太陽照在桑乾河上》，這個得了史達林文藝獎金二等獎的。丁玲改造得好，一直延續到她以後一生。1957 年丁玲被周揚打成右派，然後被放逐到北大荒，整得很慘。新時期改正以後，她複出以後寫的文章，都是非常忠於毛澤東。你看她 80 年代的文章，就是屈原情結。這個標本是很典型的，它說明 1942 年延安文藝座談會對中國當代文藝的根本的價值塑形與影響。

延安文藝座談會上定下的這種模式，基本上就是後來十七年文藝的框架。1942 年延安文藝座談會上講話創立的模式，塑形並奠基的當代文藝價值觀，在第一次文代會後，直接全面地推向全國範圍。

1949 年 7 月，第一次文代會在北京召開，大會一共有三個報告[6]。第一個總報告，由郭沫若講，《為建設新中國的人民文藝而奮鬥》。第二個報告由周揚講，《新的人民文藝》。第三個報告由茅盾講，《在反動派壓迫下鬥爭和發展的革命文藝》。三個報告合起來的精神，就是要學習解放區文藝的經驗，團結國統區的作家，歌唱新中國與人民，創造新中國的人民文藝。

政治本位的文藝，它的價值觀很明確，就是毛澤東的三句話。

第一句話：「文藝是從屬於政治的」[7]。

---

[5] 毛澤東：《臨江仙‧給丁玲同志》，原載《新觀察》1980 年第 7 期。
[6] 即《為建設新中國的人民文藝而奮鬥》（郭沫若）、《新的人民文藝》（周揚）、《在反動派壓迫下鬥爭和發展的革命文藝》（茅盾）。
[7] 毛澤東在論及文藝同政治的關係時說：「文藝是從屬於政治的，但又反過來給予偉大的影響於政治。」（《毛澤東選集》第 3 卷，人民出版社，1967 年 3 月）。

第二句話：「文藝批評有兩個標準，一個是政治標準，一個是藝術標準，把政治標準放在第一位，藝術標準放在第二位。」[8]

第三句話：「我們的文藝是團結人民、教育人民、打擊敵人、消滅敵人的有力武器」[9]。

這三句話，一直講到 1979 年。

1979 年第四次文代會上，鄧小平代表中共中央作的祝辭中說：「黨對文藝工作的領導，不是發號施令，不是要求文學藝術從屬於臨時的、具體的、直接的政治任務」[10]，在中央召開的幹部會議上，鄧小平講：「我們堅持『雙百』方針和『三不主義』，不繼續提文藝從屬於政治這樣的口號」[11]。

所以，1949 年以後，可以上溯到 1942 年的解放區，下延到 1979 年，都是這樣。這二十七年的文藝就是政治本體的文藝，只不過，文革十年把這個政治本體推向極端，推向神權時代。這個政治本體，就制約和決定了十七年文藝的根本面貌，就是改變了五四開啟的個性主義、人道主義價值觀，封閉了人性的發展與深化。

政治文藝內涵的第二句話，是實現第一句話的手段，是非常重要的，沒有二者，一者就難以得到保障。這就是文藝批評。

8　毛澤東在談及文藝批評標準時指出：「文藝批評有兩個標準，一個是政治標準，一個是藝術標準……但是任何階級社會中的任何階級，總是以政治標準放在第一位，以藝術標準放在第二位。」（《毛澤東選集》第 3 卷，人民出版社，1967 年 3 月）。

9　毛澤東在《講話》的引言中指出：「我們今天開會，就是要使文藝很好地成為整個革命機器的一個組成部分，作為團結人民、教育人民、打擊敵人、消滅敵人的有力的武器，幫助人民同心同德地和敵人作鬥爭。」（《毛澤東選集》第 3 卷，人民出版社，1967 年 3 月）。

10　1979 年 10 月全國第四次文代會在北京召開，鄧小平代表黨中央致祝辭，他說：「黨對文藝工作的領導，不是發號施令，不是要求文學藝術從屬於臨時的、具體的、直接的政治任務，而是根據文學藝術的特徵和發展規律，幫助文藝工作者獲得條件來不斷繁榮文學藝術事業，提高文學藝術水平，創作出無愧於我們偉大人民、偉大時代的優秀的文學藝術作品和表演藝術成果。」（參見：《在中國文學藝術工作者第四次代表大會上的祝辭》，《鄧小平文選》第 2 卷，人民出版社，1983 年 7 月），1980 年 1 月 16 日。

11　轉引自徐慶全《「文藝為人民服務，為社會主義服務」的提出》，《人民文摘》2004 年 10 期。這也是吸收了 27 年血的教訓得出的結論。

政治第一，藝術第二這個標準，也是文藝的價值尺度，這個標準是很厲害的。此時的文藝批評就是批判文藝隊伍的一個工具，特別是批判國統區來的作家。同時，也靠批評來封官，比如說姚文元，李希凡，就是靠批評。

第三句話是：「我們的文藝是團結人民、教育人民、打擊敵人、消滅敵人的有力武器」[12]

上述三句話都是 1942 年毛澤東《在延安文藝座談會上的講話》裡的。這第三句話，從戰爭學的角度強化了政治本位文藝價值觀的功能意義。

按照馬克思主義歷史唯物論的看法，政治是上層建築之一。社會形態是由上層建築和經濟基礎兩個部分構成的。經濟基礎研究的是生產力和生產關係的矛盾運動。由於生產力與生產關係構成了不同的經濟基礎形態，這些經濟基礎形態，決定了不同的相應的上層建築，這些上層建築與經濟基礎共同構成不同的社會形態。在馬克思看來，經濟基礎是最根本的，最基礎的，所以叫第一，所以叫決定，就是經濟基礎決定上層建築。所謂歷史唯物主義，就指的這個思想。有一句通常的話，叫做社會存在決定社會意識，也是這個意思。這一點，恩格斯在馬克思墓前發表過的講話[13]講得很清楚。恩格斯說，馬克思有兩個發現，第一是發現了剩餘價值理論，第二是發現唯物史觀。

唯物史觀最根本是剛才講的經濟基礎，這個經濟基礎與相應的上層建築構成的社會形態，在馬克思看來有這麼幾個：奴隸社會的形態，封建社會的形態，資本主義的形態，共產主義的形態等等。就是說生產力發展到農耕時代就是封建主義，然後羊吃人了，進入工業時代了，這就是資本主義。在經濟基礎上是相應的上層建築，但上層建築是由經濟基礎來決定的。

---

[12] 毛澤東在《講話》的引言中指出：「我們今天開會，就是要使文藝很好地成為整個革命機器的一個組成部分，作為團結人民、教育人民、打擊敵人、消滅敵人的有力的武器，幫助人民同心同德地和敵人作鬥爭。」（《毛澤東選集》第 3 卷，人民出版社，1967 年 3 月）。

[13] 恩格斯：《在馬克思目前的講話》，《馬克思恩格斯選集》第三卷，人民出版社，1972 年 5 月。

　　上層建築裡面首先就是政治，然後是各種意識形態，意識形態裡
面就有很多種，你看現在我們的文學概論裡面講文學是審美意識形態，
也是馬克思主義的觀點，是意識形態的一種，是一種審美的意識形態。
過去還講是上層建築，講與政治的關係，現在不太講，現在基本不講。

　　那麼政治是什麼呢？政治按馬克思主義的看法，是經濟的集中體
現。這個政治經常被狹義地理解為執政黨一個時期的中心工作，經常
被這樣理解，比如說土改就寫土改、大躍進就寫大躍進，人民公社就
寫人民公社，合作化就寫合作化，大煉鋼鐵就寫大煉鋼鐵，比如艾蕪
的《百煉成鋼》就是寫大煉鋼鐵。當時的文藝就是這樣。有什麼工作
就寫什麼工作，包括除四害就寫除四害。那麼人在哪裡呢？沒有人。
這是整個十七年文藝的特色。

　　那麼政治是什麼呢？政治是外在於人的一個物，我把它叫做外在
於人的先驗之物，以先驗之物為本，而不再是「五四」以來的以人為
本，所以這個文藝就成為政治的附庸，成為政治的附庸和奴僕，這是
整個十七年文藝的價值體系。

　　研究三個問題：理論規定、批評實踐、創作實踐。

一、理論規定

　　第一個大問題，理論規定，理論規定就是剛才講的文藝從屬於政
治。新時期以前的所有的文學概論都這樣講。有哪些呢？蔡儀主編的
《文學概論》[14]，人民文學出版社出版，這是高校文科教材；第二本
以群主編的《文學的基本原理》[15]，上海文藝出版社出版。這兩本書，
蔡儀的主要是北方大學用，以群的主要是南方的大學用，一直到 80
年代，高校指定的文藝理論教材。與此同時，還有些個人著作和大學
編的，比方說山東大學編的《文藝學引論》，霍松林編的《文藝學新
論》。一直到新時期，十四院校編的教材叫做《文學原理基礎》，都堅
持文藝從屬於政治的價值觀。

---

[14]　蔡儀：《文學概論》，人民文學出版社，1979 年 6 月。
[15]　以群：《文學的基本原理》，上海文藝出版社出版，1983 年 6 月。

文藝從屬於政治，從價值觀上講就是政治第一，政治本位。作為上層建築之一，文藝從屬於政治，同藝術從屬於宗教，文藝從屬於法律本質上是一致的。比如說，文藝從屬於宗教，這個是西方中世紀的神學，它們有個共同點就是什麼呢？就是排斥文藝以人為本，共同點跟中世紀一樣的，所以中世紀文學以後的文藝復興時期的文學跟五四文學、新時期文學有許多的相似性。

文藝從屬於政治有兩種可能性：如果政治清明它可能與人達到一致性；但是一旦政治專制，這個文藝就反過來成為壓制人的工具。毛澤東提出文藝從屬於政治[16]的目的，主要是想奪取政權，奪取政權以後主要是想鞏固政權。其實他把這個文藝的作用看得太大，你現在不談這個東西還不是能鞏固政權？

他講利用小說反黨是一大發明，李建彤寫了一部小說，寫了《劉志丹》這部小說，他就說這是反黨的[17]，這個太籠統。大家知道劉志丹以前在陝北搞得很好，然後中央紅軍去了，會師了。你再寫劉志丹他就認為你有另外的意思，其實不是的，劉志丹也算是紅軍嘛，他就說是反黨。都是黨的一個組成部分嘛，後來這個作者被關進監獄了，這是 60 年代的文藝鬥爭。

文藝從屬於政治，文藝鬥爭最後成了文藝從屬於我，最後變成了文藝從屬於我的某句話，這個就離以人為本相差十萬八千里。當然文藝從屬於政治在階級鬥爭激烈的時候，他有客觀的作用。所以我講，在那時候他也必須這樣辦，他不這樣辦，他就書生，就不是毛澤東了。

二、批評實踐

第二個大問題，批評實踐。這個批評實踐就是政治第一，甚至是政治唯一。剛才第一個大問題是理論規定，理論規定就一句話，文藝

---

[16] 毛澤東在《講話》中指出：「在現在世界上，一切文化或文學藝術都是屬於一定的階級，屬於一定的政治路線的。為藝術的藝術，超階級的藝術，和政治並行或互相獨立的藝術，實際上是不存在的。……因此，黨的文藝工作，在黨的整個革命工作中的位置，是確定了的，擺好了的；是服從黨在一定革命時期內所規定的革命任務的。」

[17] 參見韋君宜：《緩過氣來以後》，《思痛錄》，北京十月文藝出版社，1998 年 6 月。

從屬於政治，但是具體再以批評來實踐理論。這是最豐富的、最具體的、最具有現象學意義的。

政治第一的尺度從價值觀的角度說，文藝批評不過是文藝觀念的具體實踐，但唯其是具體實踐，它對觀念的表現就更多方面、更具體、更具有現象學的意義。回顧從建國初期開始的《武訓傳》批判到文革前的《不夜城》、《早春二月》、《逆風千里》、《林家鋪子》的批判，可以用一句話來概括：政治批判。文藝批評已經喪失了自身的特點，文藝批評完全成為政治鬥爭的工具，這最集中地體現了政治為本的思潮特點。

第一個大規模的批判，就是 40 年代解放區搞的對王實味的批判。

延安文藝座談會上的講話批評了很多人，講話是用駁論寫的，「還是雜文時代」，引過來，然後就開始批判，這是批判羅鋒。還有比如「人類之愛」，這是批判蕭軍的。一個人一個人批，批了這些人以後，這些人就不說話了。延安文藝座談會召開期間，1942 年 5 月起，《解放日報》連續發表許多文章批判王實味，計有齊肅《讀〈野百合花〉有感》、楊維哲《從〈政治家‧藝術家〉說到文藝》、金燦然《讀實味同志的〈政治家‧藝術家〉後》[18]。《解放日報》兩天連載了周揚的《王實味的文藝觀和我們的文藝觀》的長篇論文[19]。從文藝與政治、人性論、歌頌光明與暴露黑暗等角度進行了系統的批判。1942 年 6 月 15 日到 18 日，延安文藝界舉行座談會，作出了批判王實味的決議。隨後，丁玲在中央研究院批判王實味的大會上也作了《文藝界對王實味應有的態度及反省》的發言[20]，並對自己的《三八節有感》作了自我批評，過了關。批判王實味，是講話後第一次大規模的集中的文藝批評，開了以後的文藝批評模式的先河，文藝批評成為政治批評。同時，通過批評來鞏固政治本位文藝的價值觀，這個努力收到成效。

1949 年建國以後，陸續進行了一些小的批判，如 1949 年 8 月《文匯報》批判了「可不可以寫小資產階級」的疑問；1950 年阿壟在《文藝學習》第一期上的《論傾向性》主張「政治藝術一元論」，受到陳

---

[18] 分別見《解放日報》1942 年 4 月 7 日、5 月 19 日、5 月 26 日。
[19] 見《解放日報》1942 年 7 月 28、29 日。
[20] 見《解放日報》1942 年 6 月 16 日。

湧《論文藝與政治的關係》[21]的批判，強調政治第一，可見講話以來的氣氛已經彌漫開來。

第二次大規模的批判是 1951 年 5 月 20 日，《人民日報》發表了毛澤東的《應當重視電影〈武訓傳〉的討論》[22]。這個批判震動了中國的政界、文壇和思想界。這個電影寫的是什麼呢？大家知道武訓是清代的一個乞丐，這個乞丐靠乞討討了很多錢，然後辦了一個學校，這個學校不收錢，專門用來培養沒有錢的學生。這是善舉，然後就有好事者，把它拍成了電影並且演了。毛澤東就上升到政治高度進行批判：「這個電影是資產階級的反動思想侵入了戰鬥的共產黨，有些人則竟至向這種反動思想投降」[23]。這個就很厲害了。因為這個電影當時據說是請示過相關領導。這實際上是在批判黨內的領導人，並不是僅在批判這部電影。那麼毛澤東為什麼不喜歡這部電影呢？在毛澤東看來，電影宣傳的是資產階級人性論，人都是有階級的，怎麼可以這樣去行善。毛澤東講「沒有無緣無故的愛，也沒有無緣無故的恨」[24]，天下只有階級的愛，怎麼可以說一個人有這樣的博愛，並且去宣傳這種愛？去宣傳這種愛的共產黨員，就是對資產階級人性論的反動思想投降。現在已經沒有那個語境，這就叫做資產階級人性論。在 50 年代語境中，一講人性論就是思想反動，所以叫資產階級人性論，或者叫地主資產階級人性論。無產階級沒有人性論，無產階級只有階級論。階級論才是無產階級思想，才是戰鬥的共產黨的思想。這次批判跟上次批王實味不同的是，它又設了一個禁區，就是人性論。這意味著，已經深入到文學藝術內部了，人性論也上升為政治思想問題了。

第三次文藝批判，是 1951 年 6 月 10 日《人民日報》發表了陳湧的一篇文章，這篇文章叫做《蕭也牧創作的一些傾向》[25]，批評《我

21　《人民日報》副刊「人民文藝」39 期。
22　毛澤東：《應當重視電影〈武訓傳〉的討論》，《人民日報》，1951 年 5 月 20 日。
23　毛澤東：《應當重視電影〈武訓傳〉的討論》，《毛澤東選集》第五卷，人民出版社，1979 年版，47 頁。
24　毛澤東：《在延安文藝座談會上的講話》，《解放日報》，1943 年 10 月 19 日。
25　蕭也牧：（1918-1970），當代作家，浙江吳興人。曾在中共中央宣傳部工作，後調中國青年出版社任文學編輯室副主任。先後主持編輯出版了《偉大的祖國》

們夫婦之間》[26]這個短篇小說,「帶有嚴重的性質」。《文藝報》1951
年 6 月 20 號出版的 4 卷 5 期,也發表了馮雪峰化名李定中寫的《反
對玩弄人民的態度,反對新的低級趣味》[27]。蕭也牧這個短篇小說,
寫一個進城幹部與他當工人的妻子之間的生活:這個男主人公晚上經
常想去看看電影,想去感受一下都市的生活,但是這個女主人公,就
覺得不好,她覺得應該在家裡學習,小說略帶煩惱地敘述了夫妻之間
這麼一個問題。這是一篇進城幹部轉向城市生活,講究生活質量,很
人性化的小說,結果被批判為對工人「從頭到尾都是玩弄她!」,寫
知識份子情調,表現工人感情的粗糙成為政治問題。這次批判,是通
過具體的文藝作品批評,來匡正建國,以後可能生長的人道主義、人
性論的文藝創作,這樣一批評了,很多人都不敢寫這個東西了,作家
開始明白了,這裡也是禁區了。

　　第四次,1954 年,毛澤東發動了《紅樓夢》研究的批判[28]。山東
大學中文系有兩個學生,一個叫李希凡,一個叫藍翎,兩位做畢業論
文,作了一個對《紅樓夢》新紅學的批判論文。新紅學是搞考據的,
胡適、俞平伯是元老,比如說考證十二金釵是誰啊,還把曹家的東西
弄來考證,來做學問。李希凡他們就批評這種研究。四年級的本科生
你仔細研究過《脂批》嗎?你看都沒有看到過《脂批》,怎麼批判呢?
顯然這些很粗糙的文章,投給《人民日報》,《人民日報》當然就給退
稿了。江青是毛澤東的哨兵,天天讀簡報,瞭解動態。《人民日報》
退稿之後,江青馬上反映給毛澤東,毛澤東就感覺到這個事情是震動

小叢書、《時事叢書》,主編《紅旗飄飄》叢刊等,1949 年秋天發表了短篇小說
《我們夫婦之間》,小說提出了老幹部進城後所面臨的新問題,描寫了在新舊
交替時代的複雜性格。蕭也牧因這篇小說,1958 年被錯劃為「反黨反社會主義」
分子。此後飽受折磨。1970 年 10 月 15 日在河南「五七」幹校被迫害致死。1980
年春天,得到平反昭雪。

[26]　蕭也牧:《我們夫婦之間》,:《人民文學》第 1 卷第 3 期,1950 年 1 月 1 日。

[27]　李定中:《反對玩弄人民的態度,反對新的低級趣味》,《文藝報》,1951 年 6
月 20 號,4 卷 5 期。

[28]　山東大學中文系畢業生李希凡、藍翎合寫了一篇有關俞平伯先生研究《紅樓夢》
的文章,批評他的一些觀點,寄給《人民日報》,沒有被刊用,就寄到母校山
東大學的刊物《文史哲》發表了。此事引起毛澤東主席的不滿,認為是不重視
新生力量,向資產階級權威投降。從而引發了一聲關於《紅樓夢》研究的批判。

的事情，馬上就給中央政治局有關人員寫了一封信。他在信中說，「甘心做資產階級的俘虜，這同電影《清宮秘史》和《武訓傳》放映的情形幾乎是相同的」，說是《人民日報》以「黨報不是自由辯論的場所」為由阻攔了「小人物」的很有生氣的文章，「甘心做資產階級的俘虜，這是三十年多年以來向所謂紅樓夢研究權威作家的錯誤觀點的第一次認真的開火」[29]，李希凡一夜暴紅，從此成為古代小說研究的權威。文化革命中重印古代長篇小說，都由李希凡作序。這一次批判是針對學術界的，俞平伯大家知道，五四老作家，新紅學大家，當時的紅樓夢研究權威、古代文學研究權威，被批評後，後來整個古代文學界的都不能說話了。何其芳這點做得很好，何其芳是中國科學院文學所所長，後來評一級研究員時，何其芳還是就定了俞平伯。他覺得俞平伯學問做得好，就定了。要是其他人的話，怎麼可以敢定俞平伯？一級研究員相當於現在的所謂院士。

第五次，1955 年，毛澤東發動了對胡風文藝思想的政治批判，並且把胡風定為「反革命集團的代表人物」[30]。這個前提是，胡風一貫反對講話的精神。胡風抗戰時期辦了一個雜誌，這個雜誌叫《七月》，形成了七月派[31]。在《七月》（後來變成《希望》）雜誌上他發表了很多文章，這些文章的中心思想就是提倡作家的主觀戰鬥精神，什麼叫主觀戰鬥精神？胡風說了，「一方面要求主觀力量的堅強，堅強到能夠和血肉的對象搏鬥，能夠對血肉的對象進行批判」，「另一方面要求作家向感性的對象深入，深入到和對象的感性表現結為一體。」如魯

---

[29] 毛澤東：《給中央政治局和其他有關同志的信》，轉引自《關於紅樓夢研究問題的信》，《毛澤東選集》第 5 卷，人民出版社，第 134 頁，1977 年 4 月第 1 版。

[30] 毛澤東：《〈關於胡風反革命集團的材料的序言和按語〉》，《毛澤東選集》第 5 卷，人民出版社，第 161 頁，1977 年 4 月第 1 版。

[31] 七月詩派：是抗戰時期和解放戰爭時期國統區重要的現實主義詩歌流派，因胡風主編《七月》得名。代表詩人有艾青、田間和魯藜、綠原、牛漢等。他們以《七月》、《希望》、《泥土》為陣地，強調詩歌中主觀與客觀的統一，歷史與個人的融合，多寫自由詩，其中又以政治抒情詩為主。他們出版過《七月詩叢》、《七月文叢》等。該派在革命現實主義雄渾的總風格中，又顯示出各詩人充滿個性的特色。胡風的《為祖國而歌》，牛漢的《鄂爾多斯草原》，魯藜的《泥土》等是七月詩派的代表作。

迅說的，胡風這個人語言很囉嗦，你看他的文章就知道，現代漢語不
熟練。他還講：作家自己主觀與客觀相生相剋，內搏而產生出主觀戰
鬥精神。[32]這是什麼意思？我讀過來的意思是，作家要講自己的良知，
要忠於自己的藝術感覺，不要去聽人家給你灌輸的理論。第二個，勞
動人民「有精神奴役的創傷」，作家一定要忠誠於自己對勞動人民的感
受，然後去剖析勞動人民精神奴役的創傷，來促進他的人性的轉化，就
是魯迅改造國民性的意思。魯迅就是這樣的，魯迅筆下的狂人、瘋子、
魏連殳、子君、涓生都是這樣的，就是以先知先覺的個性主義者自居，
批判農民身上的國民性，以這種方式來進行反封建的思想革命。怎麼到
胡風這裡就錯了？關鍵是到了這個時候就不能這樣講。因為毛澤東在
《講話》說了，作家要改造自己，改造世界觀，文藝首先是為工農兵的，
要表現工農兵。結果你說作家要發揮主觀戰鬥精神，還要暴露勞動人民
的精神奴役的創傷，你這不是給毛澤東對著幹嗎？毛澤東發表《在延安
文藝座談會上的講話》，他就講這一套。胡風在國統區很有影響，他的
雜誌在全國也很有影響，所以毛澤東把何其芳派到重慶去宣傳《講話》，
傳達延安文藝整風精神，跟胡風談話，但胡風不理會。1949 年以後，
胡風還是不理。

　　1954 年 10 月 3 號到 11 月 4 號，中國作協主席團開會，討論《〈紅
樓夢〉研究》、批判俞平伯的《〈紅樓夢〉研究》。胡風就發言說，這
個批判是庸俗社會學，然後寫了 30 萬字意見書給毛澤東。胡風講的
許多問題，都和《講話》相左，他把《講話》裡面最重要內容，叫做
「五把刀子」，架在作家脖子上的五把刀子，說這樣幹的話就沒有文
學藝術了。毛澤東認為，胡風反革命集團代表了一切反革命的階級、
集團和個人[33]。毛澤東在《關於胡風反革命集團的材料的序言和按
語》，為他定的性就是「反革命集團的代表人物」[34]。公安部馬上派人
到胡風家裡去搜信，就關押了，關押了 33 年。胡風這個人意志很堅

---

[32] 胡風：《置身在為民主鬥爭裡面》，《希望》，1945 年 1 月。
[33] 毛澤東：《〈關於胡風反革命集團的材料的序言和按語〉》，《毛澤東選集》第 5
　　卷，人民出版社，第 168 頁，1977 年 4 月第 1 版。
[34] 毛澤東：《〈關於胡風反革命集團的材料的序言和按語〉》，《毛澤東選集》第 5
　　卷，人民出版社，第 161 頁，1977 年 4 月第 1 版。

強，1955 年關起來，一直到 1978 年放出來，還活到 80 年代，他沒有毅力是不能活得過來。他走的時候桌上還有一碗飯沒吃完，他正在吃飯，公安部來了一個人，是劉白羽帶的，劉白羽當時是中國作協副主席，胡風馬上就說劉主席來了，劉白羽就讓公安部的來人給他談話，說叫他把信交出來。這個事件，當然舒蕪起了很壞的作用，舒蕪先檢舉了他們的信件來往。新時期公安部平反。公安部平反時認為這是一個錯案，要全部糾正，不是反革命，也不是「托派」。他就是一個文藝思想的問題。但在這個批判中，跟胡風有聯繫的大批作家都被打成了胡風分子，都被專政了。

　　第六次是 1957 年反右。毛澤東在反右時寫了好幾篇文章：一篇最有名的是《〈文匯報〉的資產階級方向應當批判》[35]，一篇是《組織力量反擊右派分子的倡狂進攻》[36]，一篇是《打退資產階級右派的進攻》[37]，一篇是《一九五七年夏季的形勢》[38]。有個人叫章詒和，寫了一本書，叫《往事並不如煙》[39]，人民文學出版社出的，就是記錄這段歷史，叫做「陽謀」。毛澤東說：「從而聚集力量，等待時機成熟，實行反擊。有人說，這是陰謀。我們說，這是陽謀。」[40]

　　大批的作家被打成右派，其中我們比較熟悉的作家有王蒙、劉賓雁，劉冰雁寫報告文學《在橋樑工地上》[41]，高爾泰被打成右派，原因是他說「美是主觀」的，美怎麼是主觀的呢？這個就是右派，反對馬克思主義的言論。那時劃右派是分名額，每個班上都有名額，有百分比。右派最後就是不分配工作，有的下放到農場勞改。右派中有中右、極右，中右作為內控，放進檔案，內部控制不再提拔。反右後形成了極左文化，所以任何人不敢亂講話，這是反右的教訓。今天我們這樣講，因為早已是新時期了，早已否定了，1981 年 6 月，中共十一屆六中全會作出了《關於建國以來黨的若干歷史問題的決議》。這個

[35] 毛澤東：《〈文匯報〉的資產階級方向應當批判》，《人民日報》，1957 年 7 月 1 日。

[36] 毛澤東：《組織力量反擊右派分子的倡狂進攻》，《人民日報》，1957 年 6 月 8 日。

[37] 毛澤東：《打退資產階級右派的進攻》，《人民日報》，1957 年 7 月 9 日。

[38] 毛澤東：《一九五七年夏季的形勢》，《人民日報》，1957 年 7 月。

[39] 章詒和：《往事並不如煙》，人民文學出版社，2004 年 1 月。

[40] 毛澤東：《〈文匯報〉的資產階級方向應當批判》，《人民日報》，1957 年 7 月 1 日。

[41] 劉賓雁：《在橋樑工地上》，《人民文學》，1956 年第 4 期。

《決議》是鄧小平主持通過的，是總結毛澤東晚年錯誤的開始。把反右鬥爭給否定了。

　　1957 年反右前，大鳴大放的時候出現了許多好作品，馮友蘭的女兒宗璞寫的短篇小說《紅豆》[42]，北大學生劉紹棠[43]的短篇小說《西苑草》，鄧友梅的短篇小說《在懸崖上》[44]，還有蘇州作家，寫妓女的，陸文夫的短篇《小巷深處》[45]，還有流沙河的散文詩《草木篇》[46]等，都被打成右派文學，作家都被打成右派。

　　1958 年《文藝報》第二期開展了對丁玲的《三八節有感》[47]、蕭軍的《論同志的「愛」與「耐」》[48]、羅烽的《還是雜文的時代》[49]、艾青的《瞭解作家，尊重作家》[50]、丁玲《在醫院中》[51]一批作品的批判。為什麼舊事重提呢？這些作品都是 1942 年《在延安文藝座談會上的講話》前的作品，這些作者這次也被打成了右派。幾乎 20 世紀 30 年代跟周揚關係不好的人，全部打成了右派，包括馮雪峰，丁玲，蕭軍這些人，文藝界著名的有「丁陳反黨集團」，陳是陳企霞。個人右派最著名的是馮雪峰。大家都知道周揚和馮雪峰的公案，「兩個口號」的論爭。馮雪峰當時是中共中央特派員，從瓦窯堡去上海發展地下黨，他代表中共中央去的，任務是重建黨組織並建立電臺等。馮雪峰喜歡魯迅，他去了以後，沒去找左聯的黨團書記周揚，去找了魯迅。他和魯迅很投機，當時魯迅和周揚就不太好，周揚還提出了「國防文學」的口號，馮雪峰一到魯迅那裡，就提出了一個「民族革命戰爭中的大眾文學」，然後就開始

---

[42]　宗璞：《紅豆》，《人民文學》，1957 年「革新特號」。

[43]　劉紹棠：作家。河北通縣（今屬北京）人。1953 年加入中國共產黨。北京大學肄業。先後在共青團中央、中國作協北京分會專門從創傷。歷任《中國》文學雜誌副主編、中國作協第四屆理事。著有短篇小說集《青枝綠葉》、《蛾眉》，中篇小說集《蒲柳人家》、《瓜棚柳巷》。

[44]　鄧友梅：《在懸崖上》，《文學月刊》，1956 年 9 月號。

[45]　陸文夫：《小巷深處》，《萌芽》，1956 年。

[46]　流沙河：《草木篇》，《星星》，1957 年 1 月。

[47]　丁玲：《三八節有感》，《解放日報》，1942 年 3 月 9 日。

[48]　蕭軍：《論同志的「愛」與「耐」》，《解放日報》，1942 年 4 月 8 日。

[49]　羅烽：《還是雜文的時代》，《解放日報》，1942 年 3 月 12 日。

[50]　艾青：《瞭解作家，尊重作家》，《解放日報・文藝副刊》，1942 年 3 月 11 日。

[51]　丁玲：《在醫院中》，《穀雨》，1941 年 11 月第 1 期。

了「兩個口號」論爭。論爭中魯迅寫了《答徐懋庸並關於抗日統一戰線問題》，文中寫到「四條漢子」[52]，文革時批判周揚，就用了「四條漢子」典故。所以建國以後，《魯迅全集》注釋的爭論非常大。

這次批判都是舊事重提的。毛澤東為《文藝報》加的編者按說：「這些文章是反黨反人民的，是幫助了日本帝國主義和蔣介石反動派的『毒草』；他們『以革命的姿態寫反革命的文章』，是『屢教不改的反黨分子』。」那些文章，不過是主張文藝表現人性，暴露黑暗而已，但這些斷語，成為置之死地的判決。

第八次大的批判，是 20 世紀 60 年代文革前的大規模批判。講這個批判以前，要回顧一下文革前毛澤東的思路。

1962 年，毛澤東提出「千萬不要忘記階級鬥爭」[53]的口號。1957年以後，基本上沒人說話了，黨內也是。他頭腦發熱就提三面紅旗：總路線，大躍進，人民公社。大躍進就是大煉鋼鐵，趕美超英。人民公社是什麼呢？就是所有的農民全部實行公社化。什麼叫公社化呢？我們現在的村，相當於過去的生產大隊，生產大隊下邊是生產隊，生產隊就相當於現在村下邊的組，村上邊是鄉，鄉就相當於公社的規模。人民公社就是打破當時以隊為核算單位的制度，直接飛躍到公社，也就以現在的鄉的規模為核算單位。換句話說，一個鄉的人吃一樣的飯。這就改變了分配方式。並且，公社社員全部到食堂吃飯，不准在家裡做飯，每個人各盡所能到生產隊勞動，每個人一樣的工分，然後吃飯不要錢，就是共產主義的第一步。毛澤東是個非常理想化的人，希望農民馬上都過上富裕的日子。但是理想是終歸是理想，他挑戰了人性。大家在田裡你看著我我看著你，都不賣力，因為幹多幹少一個樣，吃飯的時候就排到前面去，最後沒有飯吃了。後來把這三年

---

[52] 四條漢子：語出魯迅的《答徐懋庸並關於抗日統一戰線問題》一文，指陽翰笙、田漢、夏衍、周揚四人。在 30 年代左翼文藝運動時期，他們四人都是「文委」（上海臨時中央文化工作委員會）成員。說「汽車上跳下來四條漢子，周起應，田漢，夏衍，陽翰笙，一律洋服，器宇軒昂」。

[53] 1962 年秋天，毛澤東提出了「千萬不要忘記階級鬥爭」的口號，從次年開始，在思想文化界開展了持續多年的範圍廣泛（涉及哲學、經濟學、史學、文學藝術等）的批判運動。這期間，毛澤東對文藝問題做過再次「批示」，對 50 年代以來的文藝狀況，特別是文藝界的領導者，發出嚴厲的指責。

折騰叫做自然災害。1960 年，中共中央召開從生產隊幹部以上的七千人幹部大會，會上，劉少奇就說是「三分天災，七分人禍」，還說有些事情，現在還看不清楚，要五年十年以後才看得清楚，這些話，實際上是對毛澤東的三面紅旗有了看法[54]。毛澤東自己當時覺得也無話可說了，因為全國人民沒有飯吃了。後來他退居二線，由劉少奇來管一線。怎麼管呢？劉少奇他們馬上就搞了「調整、鞏固、充實、提高」，把田分到農民手裡做，叫做包產到戶，就像現在責任田一樣，然後兩年不到，到處都是肉，吃都吃不完，大家都聽劉少奇的去了。毛澤東覺得不對，權利中心轉移，然後他去開會。他有一次他拿一本黨章、拿一本憲法說，我是中華人民共和國公民，按照憲法的規定，我可以開會，我是中國共產黨員，按照黨章的規定我可以開會。大家一看他這樣生氣，開始緊張起來[55]。

　　毛澤東馬上就開始講「千萬不要忘記階級鬥爭」、「階級鬥爭一抓就靈」[56]。他搞了「四清運動」，即清理農村的經濟不清、政治不清、組織不清、思想不清，否定了王光美搞的「桃園經驗」，定了《二十三條》[57]。《二十三條》由毛澤東親自主持制定。《二十三條》對四清運動中出現的打擊面過寬問題作了一些糾正。指出對待幹部要一分為二，幹部中好的和比較好的是多數，要逐步做到依靠幹部和群眾的大多數，實行群眾、幹部、工作隊三結合。強調不許用任何藉口去反對社員群眾，提出反對搞神秘化和煩瑣哲學，嚴禁打人和其他形式的體罰，防止逼、供、信。留下了劉少奇「形左而實右」的口實。

---

[54] 孫中華：《劉少奇「三分天災，七分人禍」提法的由來》，中國共產黨新聞網，http：//cpc people comcn/GB/64162/64172/85037/85039/5898093html。

[55] 毛澤東與劉少奇：分歧的由來和演變，中國共產黨新聞網，http://cpc people com cn/GB/69112/73583/73600/5075972html.

[56] 毛澤東關於社會主義社會階級鬥爭理論的主要言論。1962 年 9 月黨的第八屆十中全會上，毛澤東向全黨發出了「千萬不要忘記階級鬥爭」的號召，並提出階級鬥爭「要年年講，月月講，天天講」的綱領性指示。後來他親自發動和領導的「文化大革命」，提出「無產階級專政下繼續革命的理論」，把「千萬不要忘記階級鬥爭」的理論和實踐推向了頂峰。

[57] 毛澤東：《二十三條》，即《農村社會主義教育運動中目前提出的一些問題》（簡稱《二十三條》），1965 年 1 月 14 日在中共中央政治局召開的全國工作會議上通過。

在上述背景下，毛澤東 1963 年、1964 年就作出了文藝界的兩個批示[58]。這兩個批示，對 17 年的文學藝術作出了整體的否定，同時預演了文化大革命以文藝為突破口的政治鬥爭模式。

1963 年 12 月 12 日的批示說——

> 各種藝術形式——戲劇、曲藝、音樂、美術、舞蹈、電影、詩和文學等等，問題不少，人數很多，社會主義改造在許多部門中，至今收效甚微。許多部門至今還是『死人』統治著。不能低估電影、新詩、民歌、美術、小說的成績，但其中的問題也不少，至於戲劇等部門，問題就更大了。社會經濟基礎已經改變了，為這個基礎服務的上層建築之一的藝術部門，至今還是大問題。這需要從調查研究著手，認真地抓起來。

> 許多共產黨人熱心提倡封建主義和資本主義的藝術，卻不提倡社會主義的藝術，豈非咄咄怪事。

1964 年 6 月 27 日的批示說——

> 這些協會和他們所掌握的刊物的大多數（據說有少數幾個是好的），十五年來，基本上（不是一切人）不執行黨的政策，做官當老爺，不去接近工農兵，不去反映社會主義的革命和建設。最近幾年，竟然跌到了修正主義的邊緣，如不認真改造，勢必在將來的某一天，要變成像匈牙利裴多菲俱樂部那樣的團體。

這兩個給文藝界的批示對 17 年文藝界定了性。上面我們看到了，通過對 17 年的批判，都批判到蕭也牧那種作家，批判了人性論了，都這麼左了，毛澤東還是不滿，意欲全部否定掉，結果以文藝為突破口，搞文化大革命。現在看來，從七千人大會以來，毛澤東就有批判劉少奇的想法了。

兩個批示下來以後，文藝界進行了大規律的批判運動。

---

[58] 參見朱寨主編《中國當代文學思潮史》，人民文學出版社，1987 年版，462—464 頁。

　　一是批判小說《劉志丹》。說長篇小說《劉志丹》是為高崗反黨集團翻案。毛澤東講「利用小說反黨是一大發明。凡是要推翻一個政權，總是要先造成輿論，總要先做意識形態方面的工作，革命的階級是這樣，反革命的階級也是這樣。」[59]這就提高到反革命、推翻政權的高度上了，成了政治問題了。

　　二是展開了一系列批判。其中有對昆曲《李慧娘》的批判，批判李慧娘演的是「鬼戲」。[60]

　　有對「時代精神匯合論」的批判[61]，這是對周穀城《藝術創作的歷史地位》[62]。提出的批判。

　　有對寫「中間人物論」的批判[63]。寫「中間人物」是中國作家協會副主席邵荃麟在 1962 年大連農村題材短篇小說創作會上發言的一個觀點，主張在寫英雄人物的同時，也可以寫一點中間狀態的人物，主張人物的多樣化。並以《李雙雙小傳》為例說明。

　　還有對「現實主義深化論」的批判。這是對秦兆陽（化名何直）發表的《現實主義——廣闊的道路》一文的批判。

　　除了上述的理論批判以外，還組織了一系列對電影的批判。如下電影遭到大規模的批判：《早春二月》、《北國江南》、《舞臺姐妹》、《逆風千里》、《林家鋪子》、《不夜城》、《紅日》、《革命家庭》、《球迷》、《兩家人》、《兵臨城下》、《聶耳》，以及京劇《謝瑤環》等。這都是對照兩個批示來的，凡是沒有突出無產階級政治的全部批判，凡是寫了地下黨的批判，沒突出武裝鬥爭的批判，否定了很多。比如《早春二月》，是左聯五烈士之一的柔石寫的小說，夏衍把它拍成電影，也遭到批判，理由是蕭澗秋這個悲情人物，很動人，寫了人性論、三角戀愛，寫了大革命後的迷茫。

---

[59]　轉引自朱寨主編《中國當代文學思潮史》，人民文學出版社，1987 年版，458 頁。

[60]　江青組織的文章：梁壁輝《「有鬼無害」論》，1963 年 5 月 6、7 日《文匯報》。

[61]　姚文元《略論時代精神問題——與周穀城先生商榷》，《光明日報》1963 年 9 月 24 日。

[62]　《新建設》1962 年 12 期。

[63]　《「寫中間人物」是資產階級的文學主張》、《關於「寫中間人物」的材料》，《文藝報》，1964 年 8、9 期合刊。

現在來看，很清楚的是：這時期，一切大大小小的文藝批判鬥爭，都是毛澤東親自發動領導的。毛澤東認為：「政治是統帥、是靈魂」，林彪認為：「毛澤東思想是最高最活的馬列主義」，「毛主席的話一句頂一萬句」。文藝界唯一的思想就是毛澤東思想。在此，我之所以略去那些大大小小不勝枚舉的文藝批評家的數以萬計的批評文章，因為它們都大同小異，都在力圖解釋毛澤東思想。「共產黨的哲學就是鬥爭的哲學」。這與毛澤東作為政治家的地位是有關的，在他看來，文藝不過是實現政治鬥爭的武器，文藝要從屬於政治，並且，文藝還要為政治鬥爭服務，為政治鬥爭打開缺口，這一時期乃至文革，每次批判引致的就是政治鬥爭，文化大革命也是以文藝批判開導的。

今天來看，這一系列的批判，都是文化大革命的預熱。因為這個時候，江青搞了一個《部隊文藝工作座談會紀要》[64]，定性文藝界是「黑線專政」，號召要「堅決進行一場文化戰線上的社會主義大革命，徹底搞掉這條黑線」。在軍隊文藝系統內，對上述批判進行了總體的批判，上升到「黑八論」，然後就是組織對《海瑞罷官》的批判了。後面的思路，已經逐漸清晰了。在毛澤東看來，這是一場政治鬥爭，他要把睡在身邊的「赫魯曉夫式的人物」搞掉。通過批判十七年的文藝，進而否定十七年來的工作，罪名叫「走資本主義道路」。林彪委託江青召開部隊文藝工作座談會，已經體現了聯合林彪的戰略思路，這時，林彪正主持軍委工作。這預示著，一場更大的文藝批判與政治鬥爭就要開始。

三、文藝創作

現在看十七年文藝創作這個領域的情況。在我看來，十七年文藝，就是「在政治旋渦裡沉浮」。也就是說，整個十七年文藝創作，都是依附於政治，隨著政治的緊、松、寬、嚴而沉浮：政治控制緊的時候，它就蕭條，政治稍微放鬆的時候，它就繁榮。那麼在政治控制

---

[64] 1966 年 2 月間，江青在林彪的支持下，在上海秘密召開有軍隊文化幹部參加的座談會。座談會後，以《林彪同志委託江青同志召開的部隊文藝工作座談會紀要》為題，於 1966 年 4 月 16 日作為中共中央文件在中共黨內發表。

緊的時候作家怎麼辦呢？他們就是放棄現實題材，躲到其他的領域，許多躲到歷史題材領域。

　　1949 年以後的文藝創作，出現了一個很奇怪的現象，就是：中國現代文學史上的大作家，基本上江郎才盡：比如郭沫若、茅盾、巴金、曹禺、沙汀、艾蕪、沈從文、錢鍾書，這批作家都沒有創作什麼好的作品，當代時期都趕不上現代時期。

　　郭沫若除了歷史劇《蔡文姬》帶有個人經歷的激情以後，其他創作就是應景詩。茅盾主要寫文藝時評，他有一部 40 年代開始創作的長篇小說，叫做《霜葉紅於二月花》[65]沒有寫完，建國後一直想寫完，卻一直寫不完，因為已經不是寫這個題材的時候了。他沒有寫了，寫不下去。巴金，懷著巨大的熱情投入到抗美援朝戰爭中，幾次冒著生命危險到朝鮮去，寫過一些短篇小說，比如《團圓》，後來拍成電影《英雄兒女》。他的長篇創作停止了，只寫點散文。他的第三個高峰是新時期的《隨想錄》，但十七年已經非常遜色於 30 年代、40 年代了。曹禺寫了幾個劇本，但是都非常失敗，60 年代的《膽劍篇》[66]、70 年代的《王昭君》[67]等，比起他的《雷雨》、《日出》、《原野》、《北京人》，顯得非常失敗，大踏步地後退。艾蕪寫了《百煉成鋼》[68]，寫的鞍鋼，以老模範孟泰為模特寫，也是失敗的作品。錢鍾書做學術去了，根本沒有寫了。沈從文做文物研究去了，也沒有寫了。

　　那麼十七年活躍的主要作家是誰呢？就是解放區本土培養的作家。1942 年以後，這批作家成了主流，成了中堅，比如趙樹理、周立波、柳青這批作家。那麼解放區外來的那一批作家，就是寫抒情詩那批作家也江郎才盡，像何其芳、艾青等那批作家，也基本上江郎才盡。這是因為這些「五四」以來的作家，都沒有按照《講話》的模式改造好自己的世界觀和思想感情，他們都努力地去改造，去寫，但都不適應 1949 年以後的政治標準，包括藝術標準，他們寫不下去了。像何

[65]　茅盾：《霜葉紅似二月花》四川人民出版社 1980 年版。
[66]　田本相編：曹禺著《曹禺文集》(第四卷) 中國戲劇出版社 1990 年版。
[67]　田本相編：曹禺著《曹禺文集》(第四卷) 中國戲劇出版社 1990 年版。
[68]　艾蕪：《百煉成鋼》人民文學出版社 1982 年版。

其芳，建國時寫了一首《我們偉大的節日》，歌頌剛剛成立的中華人民共和國，就再也寫不出來了。

　　十七年詩歌創作的高峰也是解放區作家，這就是賀敬之和郭小川兩位詩人。賀敬之和郭小川能夠成功，是因為他們選擇了很適合他們的創作模式，就是政治抒情詩。賀敬之的《放聲歌唱》[69]、《雷鋒之歌》[70]、郭小川的《致青年公民》[71]、《林區三唱》[72]、《甘蔗林，青紗帳》[73]等。這些詩歌，對政治付出了真誠的體驗和熱情。這兩位詩人是解放區培養出來的，又都充滿了政治熱情、革命激情和個人才氣，所以他們能很好地把革命歷史、革命生活與個人體驗結合在一起，特別有深刻的個人體驗。他們把這種充滿個性的個人體驗藝術地化成詩歌，所以他們成功了。因為他們絕對虔誠於政治，像賀敬之的《雷鋒之歌》：「如果讓我重新選擇／我一千次選擇／一萬次選擇你／是你／還是你呵／——中國！／讓我一萬次尋找／是你／只有你呵／——革命！……雷鋒兩個字／陌路人／紅心相通」……它有很深的個人情感體驗，像《甘蔗林，青紗帳》等等。

　　但其他詩人痛苦。比如艾青，1942 年以後，他也想寫革命戰爭的英雄人物，寫了一首敘事長詩《雪裡鑽》，結果失敗了。進入 1949 年以後，他感到一種惶惑，他主要寫一點國際題材的詩。他作為中國作家代表團的成員經常要出國交流，加之國際題材可以回避現實題材、思想規定等等，所以好寫一點，但這些詩，也不成功。西南聯大詩人群像穆旦這些人，在十七年的大部分時間，都是沈默的。

　　郭沫若的詩是一種矯情，你看他寫的詩：「郭老不算老，／詩多好的少。／大家齊努力，／學習毛主席。／」因為詩歌最講究真誠，所以詩歌創作裡面，就只有兩個真誠相信革命投身革命的詩人成功了，他們起到中堅作用。因為他們的政治價值和個人體驗與毛澤東的《講話》，與整個的時代精神完全合拍。

69　李麗中編：《賀敬之代表作》河南人民出版社 1992 年版。
70　麗中編：《賀敬之代表作》河南人民出版社 1992 年版。
71　郭小川：《致青年公民》（詩集）作家出版社，1957 版。
72　《郭小川詩選》（上）人民文學出版社，1985 年 2 月版。
73　《郭小川詩選》（上）人民文學出版社，1985 年 2 月版。

　　相比來看，賀敬之的許多政治抒情詩寫的非常好，比如《放聲歌唱》。但比賀敬之更豐富更多思想的是郭小川。這是十七年詩歌創作一個獨特的現象。郭小川在體驗時代本身的政治激情以外，由於他個人的知識份子體驗的深入，所以他有時也寫一些主旋律以外的詩作。比如說《深深的山谷》[74]、《白雪的讚歌》[75]，這些都是長篇敘事詩，很長。《一個和八個》[76]這都是異端。他的這些詩展示的是對革命的反思、或者是站在革命與人性之間的複雜思考。特別是《深深的山谷》和《白雪的讚歌》，他把革命和愛情放在一個尖銳對立的平臺上來展示。展示那些到達延安的大學生，在愛情，在個人的愛情和革命紀律之間的矛盾。個人的愛情需要溫柔，需要私情；革命需要剛毅，需要集體。他寫這方面的衝突寫的很好，很深刻。主人公最後分道揚鑣，寫得很真實，寫了集體主義與個性主義、革命與愛情的深刻矛盾。寫得好的在於，他在作這種悲劇展示時，體現出一種真誠的矛盾。他有一個疑問，革命難道就是與個性主義不相容的嗎？但是這些詩很快就遭到了批判。另一種思考還有他的《望星空》[77]，這首長詩跳出了革命，寫的是人生與宇宙的思考。《望星空》通過星空的瞭望，浩歎人生的短暫，等等。在詩裡，我們能感覺到詩人體現出來深刻的困惑，與主旋律不一致的思考，就這個意義上講，《望星空》也是一種政治敘述，詩的多樣性，豐富性沒有得到體現。這首詩也遭到批判。

　　這裡面比較討巧的是聞捷，一位很有才華的詩人。他寫了《蘋果樹下》[78]等一些愛情詩。他把愛情和生產結合起來，寫小夥子很心急，想去摘蘋果，可是姑娘講，蘋果還沒有紅，還沒有紅。他寫愛情，但用生產的形式把愛情表現出來，這就得到普遍的讚揚，寫出了勞動人民健康的愛情。聞捷也寫了一部很好的長篇敘事詩《復活的火焰》，但是正像小說一樣，當作家一旦躲進了歷史題材以後，他就開始展現他的藝術才華，聞捷當然是很有才華的。他在文革時期去世，因為一樁愛情去世，很是可惜。

---

[74]　《郭小川詩選》（下）人民文學出版社，1985 年 2 月版。
[75]　《郭小川詩選》（下）人民文學出版社，1985 年 2 月版第 1 頁。
[76]　《郭小川詩選》（下）人民文學出版社，1985 年 2 月版。
[77]　《郭小川詩選》（上）人民文學出版社，1985 年 2 月版。
[78]　聞捷著：《聞捷詩選》人民文學出版社 1979 年版第 10 頁。

　　小說的情況比較複雜。由於政治文藝的制約，十七年的小說創作，產生了兩個極端，或者說兩種傾向。一個傾向是現實題材，現實傾向，我把它叫做才華敘事與歷史的尷尬的統一。所謂才華敘事，是指當時有一批很有才華的小說作家，寫了一些很好的小說。所謂歷史的尷尬，是指今天來看這些小說，他們都是失敗的。因為他們那個時代已經被否定了，因而顯得它的價值定位很尷尬。在這方面，有周立波的《山鄉巨變》[79]、趙樹理的《三裡灣》[80]、柳青的《創業史》[81]、浩然的《豔陽天》[82]，這些小說都是當時政治文藝的產物，都是寫什麼呢？寫農業合作化。《豔陽天》寫到了人民公社。從梁生寶到蕭長春，小說家們塑造了當時主流意識形態推崇的先進農民的形象。從今天經濟改革來看，這段合作化開始的集體化經營方式被否定掉了。就是毛澤東的農業合作化，人民公社化。這樣，這些作品就陷入了歷史的尷尬。

　　這些作家裡面，有一個奇特的現象，像柳青，由於他卓有才華的創作，使得他的《創業史》一直到今天，仍然是一部元氣酣暢的作品。所謂元氣酣暢，指的是他塑造了一個宏大的世界，一群有聲有色結結實實的人物，一幅色彩絢爛的陝北地方風俗畫面，描述了一部厚重而廣闊的中國農村的歷史，不僅僅是一個梁生寶。大家讀過《創業史》，柳青為了寫小說，全家都搬到鄉村去住。他是一個四十年代就在解放區出名的作家，趙樹理也是，全家搬到農村去住，十年，二十年地去住。他也是準備寫農民的歷史，柳青的《創業史》寫得非常厚重。你看他寫的姚振茂，那個富裕中農的形象，還有梁三老漢等等。姚振茂這個形象，在我看來，是世界文學史上的瑰寶。但是，看完《創業史》以後，你會感覺主人公梁生寶寫得不好，梁三老漢寫得好。為什麼梁三老漢寫得好呢？因為他很真實。梁生寶這個形象是作家虛構出來的，在生活中沒有。過去選進中學教材的那段《梁生寶買稻種》寫他進城，吃一碗一分錢的湯麵和不要錢的麵湯，過去我沒有讀懂，後來才讀懂了。他到城裡面為他們的合作組買稻種，捨不得錢，恨不得一

---

[79]　周立波：《山鄉巨變》人民文學出版社 1979 年版。

[80]　山西大學合編：《趙樹理文集》（第二卷）工人出版社 1980 年版。

[81]　柳青：《創業史》中國青年出版社 1960 年版。

[82]　浩然：《豔陽天》人民文學出版社 1976 年版。

分錢掰成兩半花。一分錢的湯麵就是有湯的面，不要錢的麵湯就是純粹的清湯。吃了以後，他就去買稻種。這是帶領農民走社會主義道路的帶頭人。他有一段愛情故事，和徐改霞的愛情故事。徐改霞被西安的國棉廠招工了，他們在分手的時候，他很難受，但是他覺得他還是要堅守在這塊土地上，把蛤蟆灘的合作化搞好。所以他們分手了，分手的時候，寫梁生寶為了辦好合作社，克制自己的愛情，就是為了突出先進農民的形象。作家描寫了很多當時的生活場景，所以顯得很厚重。但是，在今天看來，也還是有一些問題。就是從整體上來看，它是農業合作化結出的碩果，由於這段生活被歷史否定掉了，所以它就顯得很尷尬。其他的作家，像浩然的《豔陽天》[83]那就完全是觀念化的作品，蕭長春、蕭淑紅、「彎彎繞」、「馬大炮」等等，他們都是一些概念化的人物。

　　小說創作的第二個傾向是寫歷史。有一些有才華的作家就躲進歷史題材之中。這個歷史題材指的是 1949 年以前歷史，這就構成了十七年小說一個很奇特的現象，就是「紅色歷史」、「紅色經典」，並且，直到今天都往往稱為經典。這就是所謂的「三紅一創」裡的「三紅」。「三紅」現在還不尷尬：《紅岩》[84]、《紅旗譜》[85]，還有《紅日》[86]。羅廣斌、楊益言的《紅岩》、吳強的《紅日》、梁斌的《紅旗譜》，以至於楊沫的《青春之歌》[87]、高雲覽的《小城春秋》[88]、還有像《野火春風斗古城》[89]、《烈火金剛》[90]、《苦菜花》[91]等一大批歷史小說，主要是寫三十年代四十年代的戰爭。還有一些作品乾脆把眼光看向更遠的歷史，這就是姚雪垠的《李自成》[92]。

---

[83] 浩然：《豔陽天》，人民文學出版社 1976 年版。
[84] 羅廣斌，楊益言：《紅岩》，中國青年出版社 1963 年版。
[85] 梁斌：《紅旗譜》中國青年出版社 1957 年版。
[86] 吳強：《紅日》，中國青年出版社 1959 年版。
[87] 楊沫：《青春之歌》，作家出版社 1958 年版。
[88] 高雲覽：《小城春秋》，人民文學出版社 1956 年版。
[89] 李英儒：《野火春風斗古城》，人民文學出版社 1958 年版。
[90] 劉流：《烈火金剛》，中國青年出版社 1958 年版。
[91] 馮德英：《苦菜花》，人民文學出版社 1959 年版。
[92] 姚雪垠：《李自成》，中國青年出版社 1999 年版。

作家把才華放到歷史題材上面去展示，就躲避了很多不好寫的領域，比如，先進人物的問題，時代本質的問題，愛情描寫的問題等等。因為是寫過去的歷史，就可以放開來寫。那批小說在當時，感動了很多人，他們躲進歷史題材以後，就寫了凡人的情感和傳奇，包括《林海雪原》[93]，《林海雪原》寫了少劍波和白茹的愛情，很多青年學生都記得那一首詩：「你是軍中一小丫」，很多人都會背，就是少劍波寫給白茹的詩。但是這些在現實題材中是不能寫的。當時都有先驗的規定，要寫工人的本質是什麼，農民的本質是什麼，知識份子本質是什麼。比如那個時候的《我們夫婦之間》[94]就被批判了。回到我們這裡，這些歷史題材的作品。楊沫的《青春之歌》因為寫了一個三角戀，還有像歐陽山的《苦鬥》[95]、《三家巷》[96]這些小說都是這樣的，寫三角戀，寫了愛情，寫了人性，寫了資本家的有修養的美麗的陳文婷小姐和一個長著滿身肌肉疙瘩的革命工人周炳之間的愛情故事，這就是當時中國青年人精神上的盛宴，大家都喜歡。但是這些才華都是在歷史題材中才能得到體現，所以這就鑄成了這些小說創作的成功。實際上讀者看到的是這些人物身上獨特的人生和個人的體驗，它忽略或者說是淡化了這些小說的政治色彩。比如說余永澤，是林道靜的第一個男朋友，喜歡讀古書，躐進研究室，不參加革命，信奉胡適的實驗主義。其實他影射的就是後來那個寫散文的張中行，楊沫把她和張中行青年時期的經歷也寫進來了。她很多是寫實的，這實際上是他們對那個時代的一種體驗。但如果是現實題材，就不能寫。當然，正因為《青春之歌》、《三家巷》、《苦鬥》寫了這些小資產階級情調，所以當年也被小小地批判過一下，但由於茅盾等人的支持，風波一下就過去了。

戲劇和小說很類似，成功之作也都是歷史題材的作品。哪麼有哪些成功之作呢？比如說老舍的《茶館》[97]、田漢的《關漢卿》[98]、郭沫

[93]　曲波：《林海雪原》，人民文學出版社 1964 年版。
[94]　蕭也牧：《我們夫婦之間》，中國青年出版社 1979 年版。
[95]　歐陽山：《苦鬥》，作家出版社 1962 年版。
[96]　歐陽山：《三家巷》，人民文學出版社 1979 年版。
[97]　老舍：《茶館》人民文學出版社 1994 年版。
[98]　田漢：《關漢卿》人民文學出版社 1961 年版。

若的《蔡文姬》[99]等，六十年代文藝環境稍微寬鬆一點，這時改編創作的一些歷史題材的電影，像《早春二月》等等，那麼現實題材的戲劇呢？今天我們很難記起，因為寫了很多，如寫合作化的，寫大煉鋼鐵的，寫除四害的，寫掃盲的，寫階級鬥爭的，寫社教運動的，寫農業生產的，寫工業生產的，但沒有留傳到今天的作品，比如一個《霓虹燈下的哨兵》紅過一時，現在也沒有聽說了。

　　散文也是這種情況。散文的傷害是最多的。因為這種文體的要求是個人心靈體驗和個性化的展示。而這個命題本身就受到了很大的限制：你怎麼可以進行個性化的展示呢？不可以。當時的散文是寫自己的真實感受，那麼怎麼樣又可以帶有某些個性化的展示，又主要地展示主旋律的東西呢？這樣就產生了幾種模式。

　　一種是楊朔模式。楊朔的模式就是「我變成了一隻小蜜蜂」，他寫到從化溫泉，寫那個地方的荔枝蜜很甜蜜，然後讚美蜜蜂釀蜜的這種精神，最後寫晚上做了一個夢，「我變成了一隻小蜜蜂」[100]，他的《雪浪花》，寫秦皇島外的海，寫那裡的浪花，寫浪花一口一口地咬那些礁石的努力精神與堅定韌性，這象徵著祖國人民的堅強意志與勤奮精神[101]，這是寫那種氣魄，寫那種時代感。散文末尾，寫一位老泰山爽朗的笑聲，展示時代的樂觀、豪邁，這當然是時代大我的展示。楊朔的散文《雪浪花》和《荔枝蜜》當時都選進了中學課本。從形式上來看，它們都是標準的「形散神不散」，並且都是篇末點題，中心突出──「我變成了一隻小蜜蜂」。

　　還有一種散文，它就是躲，躲到知識性、趣味性之中去。秦牧是廣東人，家鄉靠近香港，他的散文集《藝海拾貝》，總是試圖躲避政治，寫一些文壇掌故，人文趣味，養花閒情。今天來看，很多都是文學、文藝學的常識，比如說怎樣鑒賞形式美啊，中國藝術如何精美呀，比如說「貴妃醉酒」不可翻譯，翻譯過來就是「一個妃子的煩惱」，

---

[99]　郭沫若：《蔡文姬》文物出版社 1959 年版。
[100]　楊朔：《楊朔散文》人民文學出版社，2005 年版，第 159 頁。
[101]　楊朔：《楊朔散文》人民文學出版社，2005 年版，第 175 頁。

就一下子沒有味道了。他的散文就寫這些題材，跟你講知識，又讓你感覺到很有趣味，他的《藝海拾貝》[102]當時也是很火爆的。

還有一種散文就是諷喻時政，這就是「三家村」，三位作家：鄧拓、吳晗、廖沫沙。他們在特定的三年困難時期，在《北京晚報》、《北京日報》、《前線》上，搞了這樣一批散文。寫什麼呢？寫歷史。通過歷史，借古諷今。比如說《一個雞蛋的家當》[103]，說古時候有一個人，撿到一個雞蛋。然後他就開始幻想：我這個雞蛋可以變成一隻雞，雞又可以生很多蛋，蛋又可以孵出很多的雞。因為那個時候，老百姓都吃不到蛋，寫得大家都饞涎欲滴，最後他想著想著，突然一失手，雞蛋打掉了。這篇散文是諷喻當時的三面紅旗。還有《白開水最好喝》，說白開水有許多營養，白開水最好喝。因為當時大家都吃不飽，餓了只能喝水。一般人都是用醬油來兌水喝，因為肚子裡都是空的，所以醬油兌水就可以充饑[104]，也是諷喻當時的饑荒。鄧拓當時是北京市市委文教書記，吳晗是副市長，廖沫沙是宣傳部長。文革一開始，姚文元就寫文章批判《海瑞罷官》、批判「三家村」，一下就全國共討之，三人都被打倒了。鄧拓、吳晗甚而自殺了。

散文創作就這三點，第三點是反對前面兩點的。其他有很多散文，但都沒有什麼意義了，都是時文。

上述簡單地概括了十七年文學各種體裁的情況。藝術上也是這樣的，我們看一下其他藝術。

音樂基本是進行曲和隊列歌曲，沒有獨唱。獨唱這種形式幾乎絕跡了。因為音樂當時有一個討論，就是水綿綿還是硬梆梆，等。討論的結果，還是要講究時代的、群眾的、工農兵的、敘事的審美風格，這些都是《講話》[105]精神，所以都是隊列歌曲。劫夫當年寫了很多這樣的歌曲，像《我們走在大路上》等。文革初期他還寫了很多毛澤東語錄歌。

---

[102] 秦牧：《藝海拾貝》上海文藝出版社。

[103] 鄧拓：《鄧拓文集》（第三卷）北京出版社 1986 年版，第 70 頁。

[104] 《白開水最好喝》鄧拓：《鄧拓文集》（第三卷）北京出版社 1986 年版，第 415 頁。

[105] 毛澤東：《在延安文藝座談會上的講話》華北大學 1949 年版。

　　舞蹈也是這樣。舞蹈都是集體舞,沒有獨舞,比如《洗衣歌》,裡面製造一些喜劇氣氛,來造成波瀾。大型音樂舞蹈史詩《東方紅》,是舞臺藝術的集大成者。音樂舞蹈史詩《東方紅》,就是把各種藝術形式──音樂、舞蹈、繪畫、戲劇、詩歌、歌曲,融為一體,創造了一種新形式「音樂舞蹈詩史」,在 1964 年 10 月 1 日建國十五週年時公演。它集中了當時中國最優秀的最有才華的藝術家,詩人。歌詞是郭小川寫的,他把共產黨的歷史分成了幾部分史詩,完全把藝術政治化了。這是一部典範之作。

　　所有這些情況都是在政治文藝旋渦裡沉浮。

第二節　政治文藝的內涵

　　政治文藝的內涵有三點:第一點,階級鬥爭;第二點,道德主義;第三點,集體主義。

一、階級鬥爭

　　毛澤東講:「階級鬥爭──一些階級勝利了,一些階級消滅了,這就是歷史,這就是幾千年的文明史。拿這個觀點解釋歷史的,就叫做歷史的唯物主義,站在這個觀念的反面的,就叫做歷史的唯心主義。」[106]這就叫做唯物史觀。

　　唯物史觀是這樣的嗎?我們都學過馬克思主義。恩格斯有一篇《在馬克思墓前的講話》,他講:「馬克思一生有兩大發現,第一個是剩餘價值,第二個就是唯物史觀。」他是這樣講的:人首先要吃,要生存,然後才會有上層建築的需要,馬克思發現了這個,這是歷史唯物主義。[107]歷史唯物主義有很多理論:生產力決定生產關係;生產力和生產關係合起來構成經濟基礎,一定的經濟基礎與一定相適應的上層建築合起來,

---

[106] 毛澤東:《丟掉幻想,準備戰鬥》,《毛澤東選集》第四卷,人民出版社 1991 年版,1491 頁。

[107] 恩格斯:《在馬克思墓前的講話》,《馬克思恩格斯選集》第 3 卷,人民出版社 1995 年版,第 776 頁。

構成一定的社會形態。上層建築是由經濟基礎決定的，一定的經濟基礎決定相應的上層建築政治。而階級鬥爭只是政治的體現。一般人都不認為，上層建築及其政治決定經濟基礎，決定歷史。因此唯物主義，首先是用生產力發展來解釋歷史。但是毛澤東卻可以這樣講。

毛澤東還講：「千萬不要忘記階級鬥爭」[108]。還有，「階級鬥爭，一抓就靈。」毛澤東的這些階級鬥爭理論，今天看起來很清楚。在很多情況下，它們都是政治鬥爭的產物。階級鬥爭，成為十七年文學的基本主題，到了文革時期，它又變成路線鬥爭。進入新時期以後，中共中央宣佈，不再提以階級鬥爭為綱了。這裡我就不展開了。

在歷史題材的文藝作品中，階級鬥爭主要體現為共產黨所領導農民、工人武裝，工農割據與地主和資產階級的戰鬥。這是《新民主主義論》[109]規定的也就是我們平常在中國現代史上所描述的土地革命十年、抗日戰爭八年、解放戰爭四年這些歷史，簡化為「推翻三座大山」。《紅旗譜》表現的是抗日戰爭的題材，《紅岩》和《紅日》表現的是解放戰爭的題材。《霓虹燈下的哨兵》[110]，這是一個話劇，寫南京路上的「好八連」。南京部隊政治部前線話劇團演出的。它表現的是建國以後反「糖衣炮彈」的題材，也是階級鬥爭。

《千萬不要忘記階級鬥爭》是一部話劇，寫一個青年工人星期天到郊外打野鴨吃，說他受資產階級影響，是階級鬥爭：買了一件好衣服，148 元，也說他是受資產階級影響，是階級鬥爭。農村題材的小說，現實題材的，像《創業史》、《三里灣》、《山鄉巨變》、《豔陽天》……都寫了階級鬥爭。它們所寫的現實的階級鬥爭，歸根究柢就是：走社會主義道路還是走資本主義道路？什麼叫走社會主義道路？就是農業合作化、人民公社化。但是農民都不願意，農民都願意單幹，這些小說主要寫資本主義道路和社會主義鬥爭。寫這兩條道路之間的鬥

---

[108] 這是毛澤東關於社會主義社會階級鬥爭理論的主要言論。1962 年 9 月黨的第八屆十中全會上，毛澤東向全黨發出了「千萬不要忘記階級鬥爭」的號召，並提出階級鬥爭「要年年講，月月講，天天講」的綱領性指示。後來他親自發動和領導的「文化大革命」，提出「無產階級專政下繼續革命的理論」，把「千萬不要忘記階級鬥爭」的理論和實踐推向了頂峰。

[109] 毛澤東：《新民主主義論》新華日報華北分館 1940 版。

[110] 沈西蒙編劇：《電影文學劇本·霓虹燈下的哨兵》上海文藝出版社 1964 年版。

爭。梁生寶、蕭長春，把農民組織起來，大家一塊種田。一塊記工分，
但農民都不願意，都願意一個人自己種，小說就寫這個鬥爭。

在這樣一種政治模式下，大量低劣庸俗之作出現了。在工業生
產、農業生產、科學研究、兒童文學題材中設計埋變天賬的地主婆，
佯裝磨剪刀的偵探，搞破壞的階級敵人，暗藏的敵特，他們成為情節
發展的動力，沒有他們似乎就只有文藝。「埋變天賬的地主婆」——
這塊地是我的，過去是我的，你現在把它收了，我就寫一個地契，或
者什麼的，把它收起來，叫「變天賬」；「磨剪刀的偵探」——就是解
放軍營房前，總是有一個磨剪刀的偵探在那裡刺探軍情。搞破壞的階
級敵人，比如說《海港》裡面的敵人，總是要把裝小麥的口袋，送出
去支援亞非拉國家的小麥的口袋，戳一個窟窿，裝一些玻璃纖維進去
破壞。這些東西成為情節發展的動機。也就是說，藝術家就用軍事鬥
爭的經驗和觀念來設計這種情節，就是用兩軍對壘的戰爭模式，來完
成整個過程。這在長篇小說《豔陽天》裡面表現得最突出了。《豔陽
天》裡面寫到最後，形成高潮，地主富農圖窮匕首現，公安局上來把
他們全部抓走了。這些富裕中農，這些「彎彎繞」、「馬大炮」，在現
實生活中會明火執仗地來破壞嗎？他們以自身的安全、富裕為行動的
指南，我想他們不會，過激的行為只會讓他們自我毀滅。但當時的小
說就這樣寫，這是現實題材階級鬥爭中的一個模式。

正如李澤厚所說，由於強調「要用階級和階級的鬥爭的觀點看清
一切，分析一切」，而「階級和階級鬥爭，階級分析又主要是無產階
級與資產階級的『你死我活』的兩軍對戰，於是彌漫在政治經濟而特
別是意識形態領域，無論從文藝到哲學，還是從日常生活到思想、情
感、靈魂，都日益為這種『兩軍對戰』的模式的規範和統治……『百
家爭鳴』實際也是兩家。」[111]「毛澤東以他的熟悉的農業小生產和軍
事鬥爭的經驗、觀念、習慣和理想，強調思想、政治、群眾運動。犧
牲精神來改變世界，毛澤東所強調的是應該不斷地組織作戰，不停頓
不間斷地進行革命，以保持群眾不斷高昂的革命熱情，才能推動社會
前進，才能戰勝資產階級和資本主義。」[112]

---

[111] 李澤厚：《中國現代思想史論》，東方出版社 1987 年版，187 頁。
[112] 李澤厚：《中國現代思想史論》，189 頁。

　　階級鬥爭主題還有一個派生物，這就是寫中心、寫政策、趕任務。最早提出寫政策的是周揚，他在第一次文代會的報告《新的人民的文藝》中提出文藝工作者應該「將政策作為觀察與描寫生活的立場、方法和觀點」，「學習政策、宣傳政策」[113]，提出「趕任務」，以後又發展為「寫中心」。建國以後的政策、運動、中心這些階級鬥爭（清匪反霸、鎮反、農業合作化、工商業改造、社教、反修）都成為主題，乃至計劃生育。文藝純粹墮落為政治的附庸。

二、道德主義

　　政治文藝的第二個內涵，就是道德主義。

　　由於階級鬥爭論的制約，當代中國社會的主要矛盾，在毛澤東看來，就是無產階級和資產階級之間的對立。根據這個模式，又根據這種先驗的規定，資產階級的本質是唯利是圖，無產階級的本質是大公無私。無產階級先進，有紀律，大公無私；資產階級唯利是圖，「每個毛孔在滴著鮮血」，自私自利。在道德領域裡就演變為很多的範疇。比如：勤勞和懶惰，公與私，善與惡，好與壞，勞動或者是剝削，就泛政治化了，就把人們的日常的行為、情感判斷都道德化了。道德化又是政治化的一個重要側面。這樣一來，無產階級的形象就是很樸實、很善良，很勇敢，很大公無私，先人後己；資產階級，就是穿得很漂亮、很自私、內心很骯髒、很懶惰，很醜惡。所有這些都貫穿到形象設計的價值判斷上面。

　　比如《紅岩》裡的甫志高，很注重生活的享受。晚上下班了，還要跑到牛肉店裡面，帶一包切好的牛肉給他的妻子吃。這是典型的小資產階級情調嘛。小說寫他去送江姐時，穿著一身西裝扛著行李上船，在江姐面前裝進步，江姐一眼就識破了他的虛偽，不踏實，感覺到他可能要叛變，果然他就叛變了。他一回家就感覺到有一個硬管的東西抵在他背後，他馬上就說：「我說，我說！」[114]

---

[113] 《文藝報》第三卷第 9 期、第 4 卷第 1 期，1950－1951。

[114] 羅廣斌，楊益言：《紅岩》，中國青年出版社，第 60 頁，1963 年 7 月第二版。甫志高為其中塑造的典型的叛徒形象。

　　連環畫上的女特務，都穿著高跟鞋，旗袍，燙頭髮；旁邊的解放軍女兵呢，都挽著袖子，羊角辮，眼睛瞪的大大的。文藝就這樣道德化，好人穿得粗糙，壞人穿得精緻。文化大革命叫做無產階級文化大革命，就是沒有產業的人最革命。最窮的時候才會革命。所以十七年的情形都是這樣的。作品中凡是寫了人情的，寫了私情的，寫了柔情的，都是資產階級，無產階級是不會的。而那些有才華的作家把道德化的東西盡善盡美，的確創作了一些很感動人的作品，就是道德主義作品，在一批有才華的作家的手裡，盡善盡美了。

　　政治變成了道德，道德主義盛行。突出政治演變為突出道德，「一不怕苦，二不怕死」，「向雷鋒同志學習」，「不為名不為利」一時成為文藝表現的對象。十七年文藝中的許多批評文章，認為英雄人物「最本質的特徵」，只有一個，就是「毫不利己，專門利人」。賀敬之的長篇抒情詩《雷鋒》最集中地體現了這一點，「今夜有／燈前送別；／明日有／路途相逢……／『雷鋒……』／——兩個字／說盡了／親人們的／千般叮嚀；／『雷鋒……』／——一句話，手握手，／陌生人／紅心相通！……」假如呵／我還不曾／不曾在人世上出生，／假如讓我呵／再一次開始／開始我生命的航程——／讓我一千次選擇，／是你，還是你呵／——中國！／讓我一百次尋找：／是你／只有你呵——革命！」曾經被郭沫若大力吹捧的金近邁的長篇小說《歐陽海之歌》，在寫歐陽海捨身救人時，用了萬多字的篇幅，大肆喧染他的內心活動，如像，董存瑞兄弟，等等我，我衝上來了；……張思德，我的好兄弟，我沖上來……；白求恩……。這種道德主義成為淨化世俗情感的清潔劑，又由於情感的撼動性，一時成為當時人們的崇拜物，這與傳統文化心理結構是有關的，如孔子的「克己復禮」「己所無欲勿施於人」，宋明理學的「正心誠意」。也由於建國的勝利，對革命先烈的崇拜，於是個人的私利就成為醜惡。「一心為公」、「舍己為公」，借文藝的力量，一時成為風尚。人的價值也以純潔、單純為好，知識份子由於感情的複雜纖細而在文藝作品中屢被誅心。而大老粗最純正，其情感反成為風尚，若干憶苦思甜的作品均如此。

三、集體主義

第三個內涵是集體主義。道德問題延伸出來就是利益問題,實際上,道德的根本問題而就是為己的還是為人的問題。道德最根本的機制是調節自我與他人之間的關係。自我與他人之間的關係的調節有兩種方式:一種是法律,強制性的方式,一種是道德,通過情感評價,價值引導。

所以 50 年代社會出現了集體主義,集體主義也是工農兵文藝必然的體現。十七年文藝中有一個特點,就是知識份子題材和主題的作品很容易受到批判,比如說《青春之歌》,就曾經被批判,在批判的過程中茅盾出來說了一句話,後來就算了。[115]還有,茹志鵑的《靜靜的產房》也是受到了批判,也是在批判的過程中,茅盾出來說了一句話,後來就算了[116]。雖然因為有良知的大家救了駕,但這種批判的本身就說明了當時文藝批評一個主流的價值判斷問題,就是知識份子的情感是「小我」的情感,骯髒的情感,根本比不上集體的情感,集體的情感才是健康的、革命的情感。正如那些批判文章所說的,林道靜的那種私情,怎麼能夠是我們這個時代青年的榜樣呢?這就是集體主義道德觀。這種道德觀有多方面的表現,而表現的傾向,就是否定個性主義,提倡工農兵的大眾文藝。

道德主義,集體主義的傾向,到了文革的時候演化為一種民粹主義。這種民粹主義最終導致的就是知識份子的自我矮化,知識的自我矮化,文明的自我矮化,「群盲」化。文化革命工宣隊管大學,最終導致的就是這種傾向,即是以「群盲」為榮的現象。

---

[115] 1959 年,茅盾針對當時文壇上對《青春之歌》全盤否定的情況,發表了題為《怎樣評價〈青春之歌〉》一文,一錘定音,結束了對《青春之歌》的討論。這篇文章成了對女作家楊沫最好的辯護。

[116] 1961 年,茅盾在《一九六零年短篇小說漫評》中,重點評價了茹志鵑的新作《靜靜的產院》,對其創作主題,及人物塑造給予了肯定,匡正了一些人對其主題和人物塑造的質疑,充分肯定了這位青年作家的創作。

音樂崇尚齊唱（非合唱），而個人獨唱成為絕唱；繪畫中山水絕跡、花鳥成風；舞蹈為集體舞；戲劇、電影塑造了英雄群像，如十八顆青松、八女投江、狼牙山五壯士等。而知識份子角色的不在了。

《文藝報》1965 年第 12 期評論員文章《用毛澤東思想武裝起來做又會勞動又會創作的文藝戰士》曰：「看不到英雄怎麼辦？看不到，多向毛主席著作去請數，照毛主席教導選苗苗；看不到，問群眾，問領導，群眾眼睛亮，領導站得高；看不到，勤把自己思想來改造，要和英雄人物走一道。看到了，要用主席著作來對照，看他做到哪一條，依靠哪一條，體現哪一條」。這就以權威話語方式，從道德出發，強制地規定了集體主義的獨尊地位。道德主義的主題在文革時期極端化為民粹主義。

第三節　反叛與彈壓

反叛是說整個政治文藝過程中，始終有人站出來反抗；彈壓是指針對這些反叛的鎮壓。比較典型的有兩個：一個就是胡風。胡風以現實主義與主觀戰鬥精神為他的理論根據，反對寫中心。再一個就是巴人。巴人就是現代文學史上的鄉土文學作家王叔任，後來搞文藝理論，他鮮明地提出了人性、人情和人道主義。這些理論都從價值論的角度來反對政治本位主義。他們都強調文學藝術家的主體，強調文藝的人本主義。

一、胡風

我們先看一下胡風。1954 年，胡風寫了《關於幾年來文藝實踐情況的報告》，即《三十萬言建議書》。此前，1953 年，林默涵發表《胡風的反馬克思主義的文藝路線》，何其芳發表《現實主義的路，還是反現實主義的路？》。這兩篇文章都是批判胡風的文藝思想。[117]前面提到過，這裡要詳細說一下它的緣由。

---

[117] 這兩篇文章相繼發在 1953 年《文藝報》第 2、3 期上。1953 年年初，林默涵和何其芳以左翼文學發表了對胡風等的異質思想進行系統清理的文章。林默涵的《胡風的反馬克思主義的文藝思想》認為胡風弄不清「舊現實主義」與「社會主義現實主義」的「根本區別」，所以在基本立場上是錯誤的。何其芳的《現實主

胡風文藝思想，實際上形成在四十年代初期。1942 年以後，他就跟延安唱了反調。1942 年延安文藝整風，整完風，中共中央就派何其芳到國統區去宣傳《講話》。毛澤東的《在延安文藝座談會上的講話》發表後，南方局在國統區作了積極的宣傳。1944 年 5 月中共中央根據周恩來的要求，派何其芳、劉白羽從延安到重慶，介紹、宣傳《講話》精神。1945 年，再次委派何其芳前往重慶，調查瞭解文藝界的情況，宣傳闡釋《講話》的精神。當時，周恩來在重慶周公館，何其芳到周公館，召集文藝界的人開會，其中就有胡風。何其芳這個人很真誠，毛澤東講的那些他全部傳達了，就是《在延安文藝座談會上的講話》的精神。第一，文藝是為什麼人的問題。我們的文藝「為什麼人」的問題是文藝的最根本的問題，我們的文藝是為最廣大的人民群眾的，首先是為工農兵的。為工農兵創作，為工農兵服務，這就是文藝的工農兵方向。第二個是「怎麼為」的問題。這是解決「普及」與「提高」的關係的問題。在為什麼人的問題，講話強調了作家世界觀的改造，感情的轉變的問題。毛澤東講了自己的親身經歷，「那時，我覺得世界上乾淨的人只有知識份子，工人農民總是比較髒的……這時，拿未曾改造的知識份子和工人農民比較，就覺得知識份子不乾淨了，最乾淨的還是工人農民，儘管他們手是黑的，腳上有牛屎，還是比資產階級和小資產階級知識份子都乾淨。這就叫做感情起了變化，由一個階級變到另一個階級。」[118]但胡風對毛澤東的理論不直接表態，而是組織了一批文章，這就是舒蕪的《論主觀》[119]。舒蕪在其中提出「主觀精

義的路，還是反現實主義的路》則直接認為胡風的所謂現實主義的路其實是反現實主義的路。胡風對林、何兩人批評不服。1954 年 3 月至 7 月，胡風在路翎、徐放、謝韜、綠原協助下，完成《關於解放以來的文藝實踐情況的報告》，即所謂「30 萬言書」，報告中全面否定了林默涵和何其芳文章的批評，申明他在若干重要的文藝理論問題上的觀點，批評「解放以來」某些文藝工作上的方針、政策和具體措施，並提出他的建議。林默涵、何其芳的文章系統批判了胡風 40 年代的文學思想，胡風也系統寫了這部《關於幾年來文藝實踐情況的報告》，即《三十萬言建議書》。

[118] 毛澤東：《在延安文藝座談會上的講話》，《解放日報》，1943 年 10 月 19 日，後編入《毛澤東選集》第二卷，人民出版社，第 849-880 頁，1964 年 4 月。

[119] 舒蕪：《論主觀》，《中國現代文學史參考資料 第二卷》，第 415 頁，中國人民大學出版社，1958。

神」、「戰鬥要求」、「人格力量」三大口號，以此作為文藝創作的關鍵。還有他寫的《現實主義的今天》[120]。從而引起了國統區關於「主觀論」和「現實主義討論」的討論。

胡風的觀點主要有三點：第一點，作家要忠誠於自己，提倡主觀戰鬥精神，「生活意志」、「戰鬥要求」、「創作力量」或「人格力量」，胡風將這些統稱為「主觀的戰鬥精神」。毛澤東談改造主體，胡風談要有主觀戰鬥精神。第二點，什麼是現實主義？現實主義就是作家發揮主觀能動性與客觀社會的相生相剋。在胡風看來，具有「主觀戰鬥精神」是現實主義「體現對象的攝取過程就同時是克服對象的批判過程。這就一方面要求主觀力量底堅強，堅強到能夠和血肉的對象搏鬥，能夠對血肉的對象進行批判，由這得到可能，創造出包含有比個別的對象更高的真實性的藝術世界；另一方面要求作家向感性的對象深入，深入到和對象底感性表現結為一體，不致自得其樂地離開對象飛去或不關痛癢地站在對象旁邊，由這得到可能，使他創造的藝術世界真正是歷史真實在活的感性表現裡的反映，不致成為抽象概念的冷冰冰的繪圖演義。」[121]第三點，勞動人民有精神奴役的創傷。「作家應該去深入或結合的人民，並不是抽象的概念，而是活生生的感性的存在。他們的生活欲求或生活鬥爭，雖然體現著歷史的要求，但卻取著千變萬化的形態和複雜曲折的路徑；他們的精神要求雖然伸向著解放，但隨時隨地都潛伏著或擴展著幾千年精神奴役的創傷。作家深入他們要不被這種感性存在的海洋所淹沒，就得有和他們的生活內容搏鬥的批判的力量。」[122]毛澤東講「最乾淨的還是工人農民，儘管他們的手是黑的，腳上有牛屎」，胡風卻講「勞動人民有幾千年精神奴役的創傷。」完全和毛澤東唱反調。當時在國統區解決不了胡風，就在報刊上展開討論，很多人就寫文章批評他。建國後開始在《文藝報》上系統進行批判，1955 年把他打成反革命集團主要成員。1978 年，

---

[120] 胡風：《現實主義的今天》，《在混亂裡面》，作家書屋，1949 年 9 月，第 56 頁。
[121] 胡風：《置身在為民主的鬥爭裡面》，《胡風評論集》（下），人民文學出版社，1984 年版，19 頁。
[122] 胡風：《置身在為民主的鬥爭裡面》，《胡風評論集》（下），人民文學出版社，1984 年版，21 頁。

胡風被釋放出獄。1980 年 9 月，中共中央做出審查結論，所謂「胡風反革命集團」案件是一件錯案。胡風在平反後，擔任第五屆、第六屆全國政協常委、中國文聯全國委員會委員、中國作家協會顧問、中國藝術研究院顧問。1985 年 6 月 8 日因病逝世，終年 83 歲。1988 年 6 月 18日，中共中央辦公廳發出《關於為胡風同志進一步平反的補充通知》，進一步澄清了這一歷史冤案。

　　胡風《關於幾年來文藝實踐情況的報告》，即《三十萬言建議書》，是 1954 年 7 月，胡風向中共中央政治局送交的一份 30 萬字的長篇報告，報告申明了自己對中國共產黨的一些文藝主張的不同觀點。報告深刻剖析了左傾文藝思想理論的實質，特別對極左文藝理論作了歸納為「五把刀子」[123]，報告引起了軒然大波，1955 年 1 月中共中央批轉中宣部《關於開展批判胡風思想的報告》。2 月，中國作協主席團擴大會議決定對胡風文藝思想進行全面批判。在全國掀起清查胡風集團的運動。[124]《文藝報》根據這個建議書，取名為「五把刀子」。哪五把刀子？就是：共產主義思世界觀，這是一個，第二個是工農兵生活，第三個是思想改造，第四個是民族形式，第五個就是題材規定。那個時候的文藝理論中經常講，作家進行思想改造，就是要樹立共產主義世界觀。第二個就是工農兵的生活，作家要深入工農兵的生活，才能寫，不能寫自己。第三個，思想改造，就是改造自己。第四個，民族形式，就是不能用西方的文學來寫了，這個西方的，你看趙樹理這樣的多好，民族形式就是這樣。第五個是題材規定，就是不能寫知識份子，要去寫農民。

　　《意見書》一發表，就展開了一系列批判。首先就是周揚的《我們必須戰鬥》[125]，這就升級了，變成政治鬥爭了。這個事情很複雜。我看到的材料，事情的突變是舒蕪把胡風寫給他的信都交出去，然後

---

[123] 始見於胡風《關於幾年來文藝實踐情況的報告》，即前文中的《三十萬言建議書》，形象化地把宗派主義文藝理論歸納在讀者和作家頭上的「五把『理論』刀子」（簡稱『五把刀子』）。

[124] 參見《胡風論集》文振庭，范際燕主編，中國社會科學出版社，1991 年，第315 頁。

[125] 周揚：《我們必須戰鬥》即周揚「1954 年 12 月 8 日在中國文學藝術界聯合會主席團、中國作家協會主席團擴大聯席會議上的發言」，《人民日報》，1954 年 12 月 10 日。

就送到相關部門，相關部門就到胡風家去搜查信件，然後胡風就失去自由了。毛澤東根據這些信，就為《關於胡風反革命集團的一些材料》[126]寫了個按語即《〈關於胡風反革命集團的材料〉的序言和按語》[127]1955 年 5 月 16 日在《人民日報》上發表，然後就將胡風等人定性為「反革命」。《按語》這樣講，說：過去說他們是「明火執仗革命黨」，「單純的文化人」，「不對了」，他們是「一個暗藏在革命陣營的反革命派別，一個地下的獨立王國」，「是以推翻中華人民共和國和恢復帝國主義國民黨統治為任務的」，完全成為刑事問題。

批判胡風運動，波及了幾百上千人，涉及到所有泥土社、七月、希望雜誌的作者和相關人員。七月詩派所有的詩人都被打成「胡風分子」，一封信，結果被打成了「胡風分子」，這個波及面非常廣。

胡風於 1955 年被打成反革命集團的代表，與夫人梅志一起入獄。1978 年，胡風被釋放出獄。1980 年 9 月，中共中央做出審查結論，所謂「胡風反革命集團」案件是一件錯案。1988 年 6 月 18 日，中共中央辦公廳發出《關於為胡風同志進一步平反的補充通知》，進一步澄清了這一歷史冤案，特別指出，「五把理論刀子」的論斷，與胡風的原意有出入，應予撤銷。

二、巴人

第二個問題是人道主義理論的反叛和辯駁。

巴人在 20 世紀 50 年代中期寫了一本書，叫《文藝論稿》，新文藝出版社 1954 年出版[128]，巴人在《文藝論稿》中，旗幟鮮明地運用馬列主義、毛澤東思想來解釋文學的起源、本質、特點、創作過程等一系列問題。第 317 頁這樣寫，說是，文學典型的共性，當時喜歡研究典型，過去講典型，講共性和個性的統一，個性特別突出的，又具有共性的形象是典型。共性是什麼？巴人講，共性「應是蘊藏在藝術

---

[126] 人民日報編輯部編輯《關於胡風反革命集團的一些材料》，人民日報編輯部，1955 年，共 128 頁。
[127] 《人民日報》1955 年 5 月 13 日。
[128] 《文藝論稿》巴人：《文藝論稿》，新文藝出版社，1954 年。

作品中，通過一切時代都能激動各個不同社會階級的人們的東西，也就是具有一般人類的共同特徵的東西」，這就提出了共同人性命題，鮮明地反對同時期的共性即階級性的命題。1942 年以後，一直到 20 世紀 80 年代的文藝學，講典型的共性，都認為是先進階級的共同性，不是所有人的共同性。簡言之，所謂的共性就是階級的共性，不是所有人的共性。巴人的這個論斷，成為他後來被打成右派的主要原因。例如阿 Q，當時講是一個什麼樣的典型呢？是一個落後的流浪雇農的典型。首先他是流浪雇農，是農民，他種地，勤勞、淳樸、油滑，他是農民，所以他革命，但是他又落後，他有精神勝利法，麻木，不覺悟。一般都是這樣講。絕不會說阿 Q 是一種人類病態心理的典型，不會這樣講。這樣講，是 80 年代以後才合法化的。今天來看，阿 Q 之所以具有典型性，就在於寫了共同人性的精神勝利法，實際上他是一種人類病態心理的典型。每一個國家每一個時代都有阿 Q。在現實世界失敗的人們，通過精神勝利來取得與現實世界的平衡，這是一種共性。只不過在阿 Q 身上更典型，更突出，同時他具有當時的時代社會特徵。所以魯迅從多方面來感受他的時候，魯迅就感覺到他具有共性，他具有時代特徵。這本是人所共知的道理，但是當時的典型論就認為不是。巴人當時還寫了一系列的論文，從 1956 年到 1957 年，談當時的文學創作缺少人情味，缺乏人人所能共同感應的東西，缺乏出於人類本性的人道主義，他明確地提出了人道主義，這就是 1957 年 1 月發表在《新港》雜誌上面的《論人性》[129]。《新港》是天津作協的文學雜誌。隨之，王淑明在《新港》1957 年 7 期上又發表《論人性與人情》[130]聲援巴人。那是「大鳴大放」的時代，毛澤東突然主張大鳴大放，當然他最後說了一句話，他說我們是「陽謀」[131]。原文為「就是說，共產黨看出了資產階級與無產階級這一場階級鬥爭是不可避免

---

[129] 巴人：《論人情》，載《新港》，1957，第一期。參見谷斯范編《巴人雜文選》，人民文學出版社，第 526 頁，1985 年版。

[130] 王淑明：《論人性與人情》，載《新港》，1957 年 7 月。

[131] 「陽謀」始見於《文匯報的資產階級方向應當批判》，毛澤東著，《人民日報》，1957 年 7 月 1 日。後收入《毛澤東選集・第五卷》，第 437 頁，人民出版社，1977 年 4 月。

的。讓資產階級及資產階級知識份子發動這一場戰爭……對於這種倡狂進攻在一個時期內也一概不予回擊，使群眾看得清清楚楚，什麼人的批評是善意的，什麼人的所謂批評是惡意的……有人說，這是陰謀。我們說，這是陽謀。因為事先告訴了敵人：牛鬼蛇神只有讓它們出籠，才好殲滅它們，毒草只有讓他們出土，才便於鋤掉。」在這個氣氛下，徐中玉，錢谷融、徐懋庸發表了相應的文章。後來這些人都打成了「右派」，何其芳、馮雪峰也寫了關於人性和階級性的關係的文章，這就是 20 世紀 50 年代中期知識份子的早春氣候。巴人、錢谷融、徐中玉、徐懋庸、何其芳、馮雪峰的人道主義主張一下子冒了出來，作為對政治本位主義的反叛。

　　理論一下激發了創作。1957 年左右，文學創作非常活躍。產生了像宗璞的《紅豆》[132]等一大批寫人性人情的小說。《紅豆》主題與郭小川《白雪的讚歌》、《深深的山谷》近似。

　　宗璞的《紅豆》觸及到這個敏感題材和主題：人性、愛情與革命的衝突。作品以其強烈的藝術感染力，以回首往事的方式，描寫了 1949年前夕一對大學生無可懷疑的真誠的愛與革命衝突的悲劇，從而在廣大知識份子讀者群裡引起了強烈的藝術共鳴。江玫和齊虹刻骨銘心的愛，以及他們在人生道路所無法彌合的決裂，作品以極其細膩的藝術描寫，表現了愛情應當服從政治的決定以及江玫的矛盾，猶豫、覺醒的過程。江玫從小的生活「就像那粉紅色夾竹桃一樣與世隔絕」，由於女友共產黨員肖素等的影響，父親精神和革命形勢的感召，因而由不問政治到傾向革命。而她與銀行家少爺齊虹的愛情，纏綿悱惻，矛盾苦澀「正像鴉片煙一樣，使人不幸，而又斷絕不了」，真切地描寫了少男少女初戀時的刻骨銘心的傷痕。一個資本家的闊少爺齊虹，以資本家的家庭為恥，很酷，想走自己的路。整天瘋瘋癲癲地在校園裡面，目中無人，彈的一手很瘋狂的鋼琴，有很豐富的內心世界，臉色蒼白，神經質。他們相愛後，再也無法分開了，他們戀的非常深，都非常理解對方的情感。齊虹就是苦於沒人理解他，這個冷酷的少爺，

---

[132] 宗璞：《紅豆》，《人民文學》，1957 年第 7 期，後收入《宗璞小說散文選》，北京出版社，1981 年。

覺得到處都是醜陋，結果在江玫這裡找到了真、美、善，所以他愛的
非常狂熱。但是江玫參加了共產黨組織的學生運動。齊虹從來不管天
下大事，也很討厭她去參加遊行，對人類早就失望了，但是江玫充滿
熱情。這是北平馬上就要易幟的時候，齊虹爸爸派了一架飛機來，一
個銀行家，給他弄走。江玫在矛盾中終於決定分手了。這是一篇追憶
的小說，寫江玫到了以前的學校住的地方，在神龕裡面有兩顆紅豆，
打開以後眼淚就「汪」的一下出來了，就開始倒敘。在夾竹桃地林蔭
道上的愛情故事。這個小說很深刻地寫了愛情與革命之間的衝突，但
是它主要不在寫這個衝突，而在寫這個非常美好的愛情的被摧殘。我
記得文革時偷讀到這個小說，覺得很難受很感動，也很讓人深思。幾
屆研究生的面試，抽到了這個問題，但是基本上沒有人答對，說沒有
讀。《紅豆》寫了人性。馮宗璞是馮友蘭的女兒，馮沅君的侄女，她
的情感體驗很豐富，體驗得非常好。其實這部小說在政治為本與以人
為本中選擇了前者，但還是因為寫了人情、人性，被打成了右派。這
是在 1957 年這個知識份子的早春氣候下冒出來的精品。

　　與此相似的還有陸文夫的《小巷深處》[133]。蘇州作家陸文夫，寫
蘇州小巷的故事，現在城市化以後，已經沒有了。那時候小巷深處，
全部都是黑色的小的鵝卵石鋪的路，清清正正，到處是高牆，很窄的，
有時候就不知道走到那裡去了，走出去就是很小的橋，橋下是小河，
在河邊一看，滿河邊都是小橋，彎彎曲曲，每家都有小石梯通向小河，
很美。全部都是這些，現在沒有了，都被整成水泥地。他寫一個小巷
裡面，一個很孤獨，很憂鬱、很美的一個女子，寫她的什麼遭遇？寫
一個人愛上她了，但是她不肯結婚，因為什麼呢？因為她是妓女，解
放前她是妓女。這是一個很出格的題材，寫了舊時代的女人到新時代
的新的生路的問題，這本來是一個人道主義的問題，但也遭到了批判。

　　還有鄧友梅的《在懸崖上》[134]，寫的是婚外戀，不過他已經說清
楚了是「在懸崖上」，作家的價值判斷還是很符合當時道德標準的，

---

[133] 陸文夫：《小巷深處》，《萌芽》，1956 年第二期。收錄於陸文夫文集《小巷深處》，
　　上海文藝出版社，1980 年。
[134] 鄧友梅：《在懸崖上》，《文學季刊》，1956 年 9 月號。收錄於鄧友梅：《鄧友梅
　　短篇小說選》，：北京出版社第 197 頁，1981 年版。

就是愛上了，很危險，在懸崖上這個態勢，但是他的這個婚外戀寫的很有分寸。還有像劉紹棠寫的《西苑草》[135]，寫當時大學生的生活與愛情。劉紹棠當時在北京大學當學生，當時他除了寫《西苑草》以外，寫了不少運河小說，得了不少稿費。他還提出了一個口號──「為三萬元而奮鬥！」為三萬元稿費而奮鬥，他是最有經濟眼光的作家。因為當時他一部小說大概就幾千塊錢吧。建國以後作家最有錢，所以當時很有才華的人都要當作家，其他都只靠工資，作家有很高的稿費。計劃經濟體制下，除了工資你什麼也不能做，你不能做小生意啊，你不能像現在這樣的炒股票啊什麼的，那時候都不行。然後，劉紹棠三萬塊錢終於掙到了，他用三萬塊錢買了一座四合院。他也為「為三萬元而奮鬥」這句話付出了代價，當了右派。另外，還有高纓的《達吉和他的父親》，寫了人性與人情，徐懷中的《無情的情人》，觸及了敏感的人性，均被打翻在地。

這一批作家，全部被打成「右派」，就是因為寫了人性。姚文元在 1960 年寫了一篇文章，叫《批判巴人的〈人性論〉》[136]，這是一篇鞭屍的論文。巴人已經被打倒了，他鞭屍。說巴人是「文藝上資產階級人性論的一個代表，應該集中起來加以系統的批判」。從這個時候開始，整個文藝界就把人性、人道主義，提高到政治上來重新命名定性，給整個中國文藝界的作家留下了一個印象是：馬克思是反對人性的，反對人道主義的。他們引用馬克思一句話：人是一切社會關係的總和。馬克思說過這句話──「人，就其在現實性上，是一切社會關係的總和。」[137]這是馬克思在談關於費爾巴哈機械唯物論的問題上說的話，他是在談機械唯物論的時候說的這些話，「就其現實性上」，他是這樣講的。馬克思寫過《1844 年經濟學－哲學手稿》明確地談到了人道主義命題，並且與自然主義相提並論地論述共產主義。姚文元們

---

135 劉紹棠：《西苑草》，《東海》，1957 年 4 月號。收錄於劉紹棠：《劉紹棠短篇小說選》，北京出版社，第 125 頁，1980 年。
136 姚文元：《批判巴人的〈人性論〉》，《文藝報》，1960 年第 2 期第 31 至 32 頁，發表在《文藝報》1960 年 2 期上。
137 馬克思：《馬克思選集》第一卷，人民出版社，1995 年，第 56 頁。

總是先命定命題：馬克思反對人性人道主義，然後推斷對方因為主張人性論、人道主義，所以是反馬克思主義的，從而在政治上打倒。

十七年文藝批評開了這個惡劣的先河。姚文元現象很值得研究。年輕人希望往上爬，他是爬上去了。他是姚蓬子的兒子，二十年代的象徵派詩人中的最差的一個。姚蓬子是書店的老闆。社會關係特別複雜，這個兒子長大了以後就到處鑽營，投毛澤東之所好，專門研究毛澤東，毛澤東喜歡什麼，他就喜歡什麼，最後官至中共中央政治局委員，「四人幫」粉碎後，判了 20 年。最後出來，繼承了他父親的遺產，躬行了他所反對的一切。一個姚文元，一個李希凡，「南姚北李」。所不同的是，李希凡是很偶然地就被提上去了，姚文元是不斷地向上爬，向上爬，向上爬，結果爬上去了。

第四節　簡要的評價

第一點，階級鬥爭的十七年文藝價值觀，是中國革命的必然結果。所謂必然結果，是指當時中國新的政權建立以後，它需要統一思想政治。當然這是中國特色，在西方不存在這種情況，在中國就存在。這是激烈的階級鬥爭的結果，是革命的結果。當革命黨轉變為執政黨以後，就不會有這樣的了。今天提出「以人為本」「和諧社會」，才回到正常的軌道。以人為本，怎麼會去搞兩軍對壘呢？階級鬥爭實際上是毛澤東鬥爭哲學的產物。毛澤東說過：「八億人口，不鬥行嗎」[138]

第二點，契合了中國傳統文化心理。這就是說它有社會基礎。主要體現為道德主義和集體主義，道德主義和集體主義以倫理作為泛政治的價值標準。這一點與整個中國傳統封建王朝以禮教為泛政治是一樣的。實際上，禮教並不是政治範疇，也是倫理範疇。比如說，夫妻關係的規定，長幼關係的規定，家長權威的規定，這都屬於禮教的範疇。它和君主制度，本來就是兩回事，但它是君主制度的派生，特別注意正心誠意。「個人的事再大也是小事，集體的事再小也是大事」，

---

[138] 毛澤東：《毛主席語錄》，《人民日報》，1976 年 5 月 17 日。

這是十七年一句很關鍵的話。就是個人是沒有地位的，中國沒有個人，沒有這個概念。

　　第三點，政治文藝直接成為文化大革命意識的基石。所謂文化大革命意識的基石，意思指的是什麼呢？就是到了最後，成了個人專制這種政治格局的意識基石。就是政治化、倫理化。這種高度政治化、倫理化的准軍事體制最後導致的就是極權，就是一個人說了算。所以文化大革命的發生，是很正常的，在當時的中國是很正常的。在現在的世界，你要搞一個文化大革命是很困難的，但是在當時中國卻是很正常的。

第二章　神本主義

——神化的人（1966－1976）

　　1966 年到 1976 年，是文化大革命的十年。文化大革命太複雜了，你不論從什麼角度上來關照它，特別是現在，得到的結論都不同。很多不瞭解文化大革命的人，也熱衷研究文化大革命，並且很有興趣，它就是這樣一個時期。

　　如李澤厚所言，你可以說這是一個最革命的時代，也可以說，這是一個最反動的時代；你可以說這是一個最正經的時代，也可以說這是一個最荒唐的時代；你可以說這是一個最理性的時代，也可以說這是一個最沒有理性的時代。這個文化大革命是人類歷史上的一個奇跡。

　　政治本位文藝，到了 1966 年以後，它又轉化，這個「政治」更尖銳了，轉化為「神」，成了「神」的形態，神權形態。

　　上一個時期的階級鬥爭就轉化為這個時期的路線鬥爭；上個時期的道德主義，變成了禁欲主義；上一個時期的集體主義，到這個時期，就變成了民粹主義。中國當代文藝到了 1966 年至 1976 年這個時期，就完全走上絕境，幾乎就沒有了文藝，就只剩下了一個神權。老百姓講的是：「魯迅帶領八大樣板戲，走在金光大道上。」這就是社會用語對它的概括，當然，這是一種極端的說法。

第一節　毛澤東神話與英雄神話

　　人民群眾對毛澤東作為領袖的由衷的歌頌，至此變成為神權崇拜。這是毛澤東政治鬥爭的需要，也是中國傳統文化心理結構的現代變形。英雄神化作為君權神化的具體化，成為八大樣板戲的美學規範。這是異於十七年文藝的質變。如果說，十七年文藝是以無產階級

政治為本位的階級鬥爭的工具的話，那麼，文革十年文藝則成為以神為本的毛澤東路線鬥爭的工具。

1949 年建國以後，毛澤東對中國有兩個「恩」。一個「恩」是讓中國獨立了。1840 年以來，帝國主義通過鴉片戰爭、第二次鴉片戰爭、《辛丑條約》等把中國變成他們的市場和原料來源地，新中國的成立結束了半殖民地半封建社會的歷史。中國人民從此站起來了。這是第一個「恩」。第二個「恩」，對中國農民，農民重新「耕者有其田」，但是很快就沒有了。當然，這第二個恩，就那麼幾年，田很快就收回集體了。這個「恩」，通過各種文藝形式和政治形式，中國人民對他產生了由衷的歌頌和讚揚，《東方紅》這首歌就是確證。這在十七年是很正常的，實際上神話在當時已經開始了。但還沒有以「神」為本。那麼「以神為本」是什麼時候開始的呢？在我看來，是在 1966 年，所以我就把這個時代命名為神權時代。

為什麼這個時候要神話？這是毛澤東政治鬥爭的需要。毛澤東接見美國記者埃德加·斯諾時，曾說：「總要有人崇拜嘛！你斯諾沒有人崇拜你，你就高興啦？……總要有點個人崇拜。」斯諾說：「對於人們所說的對毛主席的個人崇拜，我的理解是：必須由一位個人把國家的力量人格化。在這個時期，在文化革命中間，必須由毛澤東和他的教導來作為這一切的標誌，直到勝利的終止。」

文化大革命的歷史依據是什麼呢？它是中國傳統文化心理的現代變形。也就是它有歷史的基礎，是一種封建意識。那麼在文藝中，它就體現為英雄崇拜，英雄崇拜主要是神的具體化。神的具體化就是英雄，具體就體現為八大樣板戲。八大樣板戲的「三突出」就是神權文藝的美學寫照或者特徵。這一點，跟十七年文學不同，也是十七年文學的一個質變，從政治文藝發展到神權文藝。

我先講一講毛澤東。毛澤東研究，在我看來，現在還不深入，不深入是因為沒法深入，沒法深入是因為很多資料沒有辦法找到。現在你看到的都是解密的，沒解密的你看不到。

　　過去我對毛澤東的理解，側重於這樣的一些思路。就是說他是一個理想主義者，一個什麼樣的理想主義者呢？「不患寡而患不均」[1]，不必擔憂少，而應擔憂不平均；把這個「不均」提高到最高的地位，力圖讓人人平均的一個的理想主義者。這是我歷來的比較正面的評價，這個想法基於什麼呢？基於他的文化大革命的理論。

　　其實毛澤東的文化大革命的理論是一個很系統很完整的理論。他大概是這樣一個思路：就是說，在他看來，社會主義社會是一個相當長的歷史時期。在這樣一個歷史時期，由於始終存在著小生產，這個消滅不了，這是列寧講的，他繼承了這一點，所以始終要產生商品經濟，這也消滅不了，這就成為資本主義時刻復辟的社會因素，這些必然要反映到共產黨內，階級鬥爭在黨內就變成路線鬥爭。因此，無產階級繼續革命的主要對象，就是整黨內走資本主義道路的當權派。無產階級專政下繼續革命的形式，就是發動群眾起來造走資派反的文化大革命，七八年要來一次。

　　也就是說農民，始終想自己幹，工人始終想拿獎金，差不多都是這樣的。這個就是馬克思資產階級法權批判的兩個條件。資產階級法權又叫資產階級的權利，就是全世界現在公認的私有權利。財產是你的就是你的，你有多少錢，就用多少錢，人家的錢你不要去用。你能夠掙多少錢，你家裡就只有多少錢，這個叫做私有財產。你不能夠去把人家的財產拿過來用，這是資產階級權利的最根本的體現。從共產主義的角度來看，資產階級權利不合理。為什麼不合理呢？比如說，我們家一個人工作，養五個人，你們家一個人工作，養兩個人，那麼我們不就不平等了嗎？馬克思認為這個就不平等，社會主義就是什麼呢？所有的東西都是共同所有，各盡所能，全社會所有，這才是社會主義。所以馬克思就覺得資本主義很荒唐，各盡所能，按需分配多好啊。人的能力有大小，不能說你能幹你就多掙錢，我不能幹我就少掙錢，這樣我們就不平等了。我們雖然各盡所能，但是我們按需分配，多好。

---

[1]　不患貧而患不均，語出《論語·季氏》。

　　但是普通人都不聽這樣說，都很自私，都想自己的利益。列寧就覺得這是一個問題，毛澤東也覺得這是一個問題。那麼怎麼辦呢？按照馬克思的想法，是這樣幹的：大力發展生產力，讓物質財產特別豐富，然後就可以按需分配。這個是歷史唯物主義。後來毛澤東發現這樣太慢了，要好多代人才能辦到，那怎麼辦？大躍進！倒過來幹。從改變生產關係入手，特別是改變分配方式入手。大家都去幹活，然後東西平均分，這就是毛澤東搞的人民公社。人民公社就是這樣的，它是由互助組、合作化搞上來的。互助組幾家人一起核算，合作化一個村一起核算，人民公社就是許多村，人民公社相當於現在的一個鄉，一個鄉一起核算。鄉為基礎，以前是隊為基礎，三級所有。後來搞大躍進，鄉為基礎。

　　如果把 AA 制夫妻除開，那麼現在的家庭是平均分的，合作社擴大到幾家人，農民就有些不高興，後來擴大到一個村，再後來擴大到一個鄉。鄉有上萬人，都平均分。農民就覺得，反正是分一樣的，積極性就不高了，大家出工不出力，生產力怎麼發展？

　　分配制度這樣倒過來以後，怎麼解決生產力發展的問題呢？那就提高大家的思想覺悟。所以這時候提了許多口號：工業學大慶，農業學大寨，全國人民學解放軍，解放軍學全國人民，每個人學雷鋒。鬥私批修。狠鬥私字一閃念等等。這叫做意識形態的反作用，在文革時期，叫做「政治第一」，「活的政治第一」。

　　人民公社搞到什麼程度？全部吃食堂。搞到最後沒有飯吃。但報紙報導到處都是畝產萬斤，還有照片為證。一畝地可以產萬斤。毛澤東是農民，他也相信了。然後他就去問錢學森，你相不相信？錢學森說，光合作用如果充分，還是可能的。不敢說不相信。這個萬斤怎麼來的？把一大片田的稻子割下來，然後捆在一起，堆在一起照相。大家都在那裡照相。搞到 60 年代初期，情況更糟糕。然後他就決定不搞經濟了，就把經濟交給劉少奇。劉少奇就搞了「分田到戶」、「三自一包」。所謂「三自一包」是指自留地、自由市場和自由生產，包產到戶，這叫「三自一包」。工廠搞獎金。全民有飯吃，肚子都吃飽了，都有肉。每個人開始有血色了，以前都是菜色。

　　這時候毛澤東就發現了一個問題，什麼問題呢？就是他說話人家不聽了，中國共產黨歷史上有一個慣例，誰犯了嚴重的錯誤，誰就要

下臺。陳獨秀是這樣，王明是這樣，瞿秋白是這樣，都是這樣。現在
該他了。他就馬上搞階級鬥爭，所以從這個時候他就開始搞，就搞了
一個「四清」[2]。先提「千萬不要忘記階級鬥爭」[3]然後搞「四清」。說
現在農村，基本政權不在共產黨手裡了，有三分之一以上不在共產黨
手裡。劉少奇就按照他自己的思路去搞，派他老婆王光美去，搞了個
「桃園經驗」[4]，搞紮根串聯。所謂「紮根串聯」，就是下去再也不開
會了，不找幹部了，一個一個村地，找最窮的人，搞串聯，摸清階級
隊伍，重新組織貧下中農協會，重新建黨。劉少奇「桃園經驗」搞出來
以後，在中央開會，說：光美同志這個很好，我看比我好，毛主席那套
行不通了。他就說毛主席搞調查研究的那一套行不通了，他本來說的是
這個，就是說，你現在到農村去了，不要搞調查研究了，找幾個生產大
隊開個會已經不行了，政權都沒有在共產黨手裡了，現在就是要紮根串
聯，他本來說的是這個意思。但是，陳伯達馬上就報告了。劉少奇講完
了就說不要做紀錄。毛澤東馬上就搞了個「二十三條」，就是中共中央發
的《農村社會主義教育運動中目前提出的一些問題》簡稱《二十三條》[5]
批判這個桃園經驗。然後明確「四清」的矛盾，是走社會主義道路還是
走資本主義的矛盾，運動的重點就是整黨內走資本主義道路的當權派。

　　同時，1963、1964年毛澤東在文藝領域作了「兩個批示」，搞部
隊文藝座談會，搞「十七年文藝黑線」批判，搞《海瑞罷官》批判，
搞《五一六通知》，搞《十六條》，文化革命就展開了。最後才發現，

---

[2]　「四清」運動是20世紀60年代開展的一場政治運動，它持續了四年之久，直
　　至「文化大革命」的爆發。運動從一開始的「清賬目，清倉庫，清工分、清財
　　物」發展到後期的「清政治、清經濟、清思想、清文化」。這場運動既是建國
　　後階級鬥爭擴大化的產物，也是「文化大革命」的預演。

[3]　毛澤東：《千萬不要忘記階級鬥爭》，《人民日報》，1967年11月21日。

[4]　中共中央轉發《關於一個大隊的社會主義教育運動的經驗》，又簡稱「桃園經
　　驗」。這是王光美1964年7月5日在河北省委工作會議上所作的報告。王光美
　　在報告中介紹了她從1963年11月至1964年4月參加河北省撫寧縣桃園大隊
　　「四清」運動的體會和認識，介紹了工作隊進村後一整套「對敵鬥爭」的作法
　　和經驗，後來被人們稱作「桃園經驗」。《中華人民共和國通鑒》編委會編，《中
　　華人民共和國通鑒》，遼寧人民出版社，第559頁，2000年。

[5]　《農村社會主義教育運動中目前提出的一些問題》又稱「二十三條」，1965年1
　　月14日由毛澤東主持制定。

這是一場政治大革命，是從文藝打破缺口的政治大革命，是要打倒劉少奇。在運動中，毛澤東還講，以後要進行多次，七、八年來一次。[6]把黨內這些不斷產生的走資派打倒，才能夠保證大家走社會主義。因為走資派的權利，所以要發動群眾運動，通過「四大」——大鳴、大放、大字報、大辯論的形式來搞，通過群眾運動的方式來搞，才能保證永遠走共產主義道路，不斷革命。

這是理論上的理解，後來發現，很多是權利鬥爭的問題，就是鞏固政權。搞文化大革命，把劉少奇打倒，然後定了林彪，然後林彪發現自己的地位不穩定，搞了「五七一工程紀要」[7]林彪打倒後又定了王洪文。王洪文任中共中央副主席[8]，然後又發現王洪文不行，然後又是華國鋒等等。

鄧小平複出以後，搞了個《關於建國以來若干歷史問題的決議》，否定了文化大革命。文化大革命悖逆了歷史潮流，所以天怒人怨。從某種意義上說，文化大革命悖逆了人性。改革開放後，歷史順應了人性的發展，經濟就搞上去了。實踐證明了文化大革命失敗了。

---

[6]　毛澤東並不相信一二次「文化大革命」就能達到這些目標，但他認為這是一條創造共產主義新社會、實現現代化的新的有效途徑。1966 年 7 月 8 日，毛澤東在武漢給江青寫了一封信，表述了這個意思。信中說，「現在的任務是在全黨全國基本上（不可能全部）打倒右派，而且在七八年以後還要有一次橫掃牛鬼蛇神的運動，爾後還要進行多次掃除」（國防大學黨政工教研室編：《中共黨史教學參考資料》文化大革命時期上冊，第 55 頁）。他把不懈地抓階級鬥爭當作建設社會主義社會的強大動力，想通過七八年一次規律性的政治運動，不斷地清除黨內的陰暗面，激發人民群眾的革命熱情，以不斷革命保持社會主義的純正性。王海光：《從革命到改革——20 世紀的回顧・中國卷》，法律出版社，第 356 頁，2000 年。

[7]　《「571 工程」紀要》：1971 年 2 月，林彪兒子林立果在蘇州的一所別墅密謀策劃武裝叛亂的計畫。3 月 22 日至 24 日，林立果按林彪、葉群的指令，糾集周宇馳等人在上海制定發動發革命武裝政變的具體計畫，根據「武裝起義」的諧音，取名為《「571 工程」紀要》。朱宗玉、楊元華、真俊彥主編《中華人民共和國主要事件人物》，福建人民出版社，第 161 頁，1989 年。

[8]　1973 年 8 月，中國共產黨第十次全國代表大會，王洪文當上了黨中央副主席，江青、張春橋、姚文元、王洪文在中央政治局內結成「四人幫」，江青集團的勢力又得到加強。趙炳章、何金銘主編《陝西通史：中華人民共和國卷》，第 154 頁，陝西師範大學出版社，1998 年。

在這場政治革命中，毛澤東要爭取全黨全民的絕對支持，搞了個人崇拜，這就形成了文化革命十年的以神為本的文藝價值觀，也就是以毛澤東為本位的文藝價值觀，這個神，具體化為英雄。

一、空白論

在上述背景下。現在我們來研究第一個大問題：空白論。

要神話毛澤東，才能夠打倒一切政敵，要神話，那麼必須粉碎以前所有的偶像。1966 年 2 月，江青搞了一個東西，《林彪同志委託江青同志召集部隊文藝工作座談會紀要》[9]。《紀要》以「中發（66）211 號文件」於 1966 年 4 月 10 日，發至縣團級單位。這個會議是 2 月開的，1966 年 4 月中共中央批發文件，4 月 18 號，《解放軍報》社論向社會全面公佈了這個《紀要》的全部觀點內容。1979 年 5 月 13 日中共中央撤銷了這個《紀要》。

《林彪同志委託江青同志召集部隊文藝工作座談會紀要》（簡稱《紀要》），它的中心內容，就是否定「五四」到 1966 年的所有的文藝史、作品、成果。他們認為，從《國際歌》到革命樣板戲，這中間一百多年是一個空白。[10]就是說無產階級文藝從什麼時候開始的呢？從鮑狄埃的《國際歌》開始，然後就是空白，一直到樣板戲，這一百多年是一個空白。江青同志率領培育的革命樣板戲開創了無產階級文藝的新紀元。這就是「空白論」。否定了整個中國現代文學史、中國當代文學史。在這個前提下，《紀要》批判了「黑八論」即「寫真實」論、「現實主義廣闊的道路」論、「現實主義深化」論、反「題材決定」論、「中間人物」論、「反火藥味」論、「時代精神匯合」論、「離經叛道」論。

「八論」的背景是什麼呢？60 年代初期劉少奇出面主持經濟工作，他搞了一系列的調整。中共中央提出了「八字方針」，叫做「調

[9]　《林彪同志委託江青同志召集部隊文藝工作座談紀要》，人民出版社，1967 年出版。

[10]　《紅旗》雜誌社論《歡呼京劇革命的偉大勝利》的概括，《紅旗》1967 年 5 期。

整、鞏固、充實、提高」[11]這個調整是全方位調整，其中包括文藝的調整，教育的調整。當時蔣南翔搞了一個《高校六十條》[12]、薄一波搞了《工業六十條》[13]，那些都是非常經典的文件。《高校六十條》是一個很好的文件，後來毛澤東給他否定了。蔣南翔這個人，很有眼光，是當時的清華大學校長兼高教部部長。那麼文藝都搞了什麼呢？就搞了一系列座談會，其中包括邵荃麟在大連召開的中國作家協會農村題材短篇小說創作會邵荃麟時任中國作家協會的書記處書記，他在這個會議，以《李雙雙小傳》[14]裡李雙雙夫妻的喜劇為例，說明先進人物之外，也可以寫一些中間狀態的人物，就被概括為「中間人物」論，1962年6月，邵荃麟在《文藝報》一次討論重點選題的會議上開始提出了「寫中間人物」的見解。

「空白論」成為他們神話的源頭，就是摧毀一切歷史。艾青複出後寫了一首詩《在浪尖上》，概括他們這樣一段作為，說是：「最殘酷的迫害／最大膽的壟斷／比宗教更荒唐／比謀殺更陰險」，這是很恰當的概括。當時白樺也寫了一首詩《陽光，誰也不能壟斷》。

---

[11] 「八字方針」：1960 年冬，黨中央和毛澤東決定對國民經濟實行「調整、鞏固、充實、提高」的方針。這個方針是 1960 年 8 月周恩來、李富春主持研究 1961 年國民經濟計劃控制數字時提出來，經 1961 年 1 月黨的八屆九中全會正式通過的。

[12] 《高校六十條》或稱《高教六十條》，是 1961 年 9 月 15 日中共中央印發討論試行的《教育部直屬高等學校暫行工作條例（草案）》的簡稱。它共分十章、六十條，故名。

[13] 薄一波《工業六十條》：1961 年 1 月，中共八屆九中全會決定對國民經濟實行「調整、鞏固、充實、提高」的方針。為了切實執行這個方針，系統解決工業發展中存在的嚴重問題，鄧小平領導和組織中央書記處、國家計委、國家經委派出 11 個工作組，分別到北京、上海、天津、山西、吉林等地的工礦企業進行調查。7 月 26 日，鄧小平在中央書記處會議上談了東北工業企業的情況，提出企業要整頓，要起草一部工業企業工作條例。並且讓薄一波具體負責起草《國營工業企業管理工作條例（草案）》。8 月 11 至 14 日，在鄧小平主持下，中央書記處在北戴河連續舉行四天會議，對薄一波寫出的條例草稿逐條討論，最後歸納為七十條，簡稱「工業七十條」。

[14] 李准：《李雙雙小傳》，人民文學出版社，1977 年。

二、毛澤東神話

　　毛澤東神話主要是在政治領域來進行的，是配合他的文化大革命的，主要是配合清除劉少奇、鄧小平這些反對派的，屬於政治領域。

　　毛澤東神話是由林彪一手策劃執行的。林彪當時搞了一本《毛主席語錄》[15]，並在《毛主席語錄》前面寫了一段《毛主席語錄再版前言》。在《再版前言》裡，林彪說：「毛澤東同志是當代最偉大的馬克思主義者。」「毛澤東思想是馬克思列寧主義的頂峰，是最高最活的馬克思列寧主義。」[16]。「頂峰論」是 1958 年康生在北京政治教師大會上做報告時提出：「毛澤東思想是馬列主義的頂峰。」1966 年 1 月 25 日《解放軍報》傳達林彪指示：「毛澤東思想是馬克思列寧主義的頂峰，是最高最活的馬克思列寧主義。」所謂頂峰是什麼呢？指的就是終極意義的締造者：神。他還說了一系列類似的話：「毛主席的話句句是真理，一句頂一萬句」；「理解的要執行，不理解的也要執行」；「偉大的導師、偉大的領袖、偉大的統帥、偉大的舵手」，四個「偉大」；「讀毛主席的書，聽毛主席的話，做毛主席的好戰士」；「毛澤東思想是人類的燈塔，是世界革命的最銳利的武器，是放之四海而皆準的普遍真理。毛主席活到哪一天，90 歲、100 歲，都是我們黨的最高領袖。他的話，都是我們行動的準則。誰反對他，全黨共誅之，全國共討之。……毛主席的話，句句是真理，一句超過我們一萬句。」[17]之

---

[15] 《毛主席語錄》由《解放軍報》資料室於 1964 年 1 月 5 日出版。起初為徵求意見本，徵求全軍意見，由全軍政治工作會議委員會下發。初版題名為《毛主席語錄 200 條》。編選者根據意見進行增補，並改名《毛主席語錄》，共設 25 個專題，收語錄 267 條。這是最為初期的毛主席語錄。此後，歷經多次修訂，首先作為幹部學習資料、再作為戰士學習資料，到 1965 年 5 月，解放軍總政治部決定再版《毛主席語錄》，全書調整設置為 33 個專題，收語錄 427 條。在文革時期，《毛主席語錄》成為全民讀物，並被稱作「紅寶書」。此外還有多語種的《毛主席語錄》流通海外。

[16] 林彪：《毛主席語錄‧再版前言》，1966 年 12 月 16 日。

[17] 此言出自林彪於 1966 年 5 月 18 日中央政治局擴大會議上的講話；毛主席的話「理解的要執行，不理解的也要執行」是林彪於文革初期極力鼓吹的觀點；1966 年 8 月 18 日，毛澤東等接見紅衛兵並舉行慶祝文革的大會，會議由中央文化

後，連續發明了「四個第一」和「讀毛主席的書，聽毛主席的話，照毛主席指示辦事，做毛主席的好戰士」來作為要求全軍部隊革命化的標準……在林彪這些語錄和言論的指導下，《解放軍報》出現了《大樹特樹毛主席的絕對權威，大樹特樹毛澤東思想的絕對權威》的文章。諸如：「九大行星圍繞著紅太陽轉，毛主席是我們心中最紅最紅的紅太陽」；「毛主席指山山長樹，毛主席指河河水清」比比皆是……

　　毛澤東神話，最終由準宗教儀式體現出來。這個準宗教儀式就是「早請示，晚彙報」。早上起來，上班之前，全體人員排成整齊的隊伍，由一人拿一本毛主席語錄，領呼：「敬祝毛主席──」下面的人就齊聲說：「萬壽無疆！萬壽無疆」。領呼第二句說：「敬祝林副主席──」下面的人齊聲說：「身體健康！身體健康」。有的地方還出現了，領呼第三句說：「敬祝江青同志──」，眾人齊聲呼：「比較健康！比較健康」。這個儀式做了以後，就由領呼人對著毛澤東像，開始向毛主席請示工作，說：毛主席！今天我們，比如說，今天我們 04 級研究生開始上課了，我們上什麼什麼課，請指示！其實也沒有人指示，然後就結束了。這是「早請示」。「晚彙報」仍然是這樣，全體人排成一隊，它前面有一個毛主席的像，那時候每個地方都有毛主席的像，對著毛主席的像就說：敬祝毛主席萬壽無疆！萬壽無疆！說完了，然後就是，毛主席，今天我們工作了，今天我們這樣、那樣了，今天我們有什麼不對，今天哪裡錯了。檢討完了，然後就是明天應該怎麼樣改正，把革命工作做得更好，向毛主席報喜。完了。然後就下班。這是「晚彙報」。吃飯的時候也有。吃飯的時候是這樣的：飯前，有一位念語錄的，先要念幾段語錄才能吃飯。有的地方是，其他的人就邊吃邊聽語錄。一般都要念：貪污和浪費是極大的犯罪，就是說，不能把糧食浪費掉，說是極大的浪費。然後才開始吃飯。有的時候，要結合工作的需要，選一篇毛主席語錄來念。

革命小組組長陳伯達主持。陳伯達在開頭語中提出了毛主席是「偉大的領袖」、「偉大的導師」、「偉大的舵手」三個定語，不久，林彪又親自題寫了「偉大的領袖、偉大的導師、偉大的統帥、偉大的舵手毛主席萬歲」，由此，四個「偉大」在全國迅速傳開；1960 年 1 月，林彪把毛澤東在延安為抗大題寫的三句話、八個字發揮成為「三八作風」。

被打倒的走資派學的都是《敦促杜聿明等投降書》[18]全部學這一篇。這個杜聿明就是楊振寧的老丈人，杜聿明，當時是國民黨的將領。

每一家都有毛主席石膏像，像神牌一樣被供奉，有的還有供果，有的就沒有。最糟糕的，就是打掃衛生時，不小心打壞了石膏像，全家都很恐慌。有那種少不更事的革命青年，他就去告，大義滅親，就要抓人，很多這種悲劇。《傷痕》，寫的就是女兒揭發母親，是那個時代的時尚，叫做爹親娘親不如毛主席親。沒有親情，只有階級情，只愛毛主席。

當時還有很多宗教儀式，比如說「迎芒果」，就是巴基斯坦總統阿尤布‧汗，他送了一筐芒果給毛澤東，毛澤東就把這筐芒果送給了清華大學毛澤東思想宣傳隊。這個毛澤東思想宣傳隊是幹什麼的呢？就是去教育紅衛兵的。毛澤東讓紅衛兵造反，打倒了劉少奇，紅衛兵就居功自傲了，然後就打內戰。毛澤東就讓解放軍、工人組成毛澤東思想宣傳隊開進各個大學，把紅衛兵的權利奪回來了，就是這個毛澤東思想宣傳隊。毛澤東召集北京五大學生領袖宣佈這個決定[19]。為了表示支持毛澤東思想工人宣傳隊，毛澤東就給他們送芒果。工宣隊怎麼敢吃呢？然後就做成了很多蠟做的芒果，派飛機送到各省、市、自治區，各省、市、自治區就開大會，遊行，接芒果，接了後又送到各地市，各地市又送到各縣，所有的人都站在那裡，歡迎芒果，看芒果，每個人都激動得熱淚盈眶。

還有一個造神方式，就是每晚都要聽中央人民廣播電臺的《各地人民廣播電臺聯播節目》，經常要公佈一兩條最新的毛主席語錄，叫做最新最高指示，只要一發表，全國人民就馬上集合，上大街遊行。其中有一條指示是：一個人有動脈，靜脈……意思是說血液要通過動

---

[18] 毛澤東：《敦促杜聿明等投降書》，摘自《毛澤東選集‧第四卷》，人民出版社出版，1260－1262 頁，1960 年 9 月第一版。此後，有過關於此文的作者之爭，葉永烈等都曾撰文參與爭論。《炎黃春秋》雜誌 2009 年第 7 期莊重曾撰文《誰是〈敦促杜聿明等投降書〉的作者》，參與爭論。

[19] 毛澤東，又稱接見五大學生領袖。指 1968 年 7 月 28 日凌晨 3 點半至 8 點半毛澤東同林彪以及中央文革碰頭會的所有成員一起接見被稱為五大學生領袖的北京大學「新北大公社」頭頭聶元梓、清華大學「井崗山兵團」頭頭蒯大富、北京師範大學「井崗山公社」頭頭譚厚蘭、北京航空學院「紅旗戰鬥隊」頭頭韓愛晶、北京地質學院「東方紅公社」頭頭王大賓一事。

脈向靜脈的循環，黨也要吐故納新[20]，然後，一個人領呼：「一個人有
——」下面的人就說：「動脈！動脈！」不能念錯，念錯了人家就說
你是「現反」，什麼是「現反」呢？就是「現行反革命」這個罪了，
其實每個人都很革命，他怎麼會反對呢？結果是口誤，很多人是口誤，
都說自己是最愛毛主席的，結果總有一些人被抓起來當成現行反革命。

　　當時有一整套的理論，整套的儀式，通過新聞電影片播放。

　　還有就是毛主席像章。所有的人都要佩戴毛主席像章。像章有各
種各樣的，其中大到一噸重的，小到一分幣的。有塑膠的，有鋁合金
的，有銅的，有鎳的。周恩來胸前帶的是一個「毛澤東手書的為人民
服務」的徽章。像章完全宗教化，模式化了。

　　敬神的另一面是恐懼，這也是伴隨毛澤東神話過程中的派生物。
每一張報紙，第一版都有毛主席像，第二版，如果有一段批判階級敵
人的話，比如——把他打翻在地，然後再踏上一隻腳，讓他永世不得
翻身……這樣一些套話，可能對應到一版的像，那個總編就成了「現
反」。其實編報紙的時候，他在編第二版的時候，沒想到第一版的這
個地方有一個像，他不管，所以就成了現行反革命，所以很多冤獄。
形成了一種恐怖，叫「紅色恐怖」。最先大家都很難接受，但是恐怖
長期以後，就成了一種崇拜，變成了一種自覺崇拜。看著都發抖，全
民都恐懼，一種無條件的崇拜。所以，毛主席指山山長樹，毛主席指
河河水清，毛主席說打誰，就打誰。整個文化大革命每個人都說自己
在保衛毛主席，都在與對方鬥爭，都說對方是反毛主席的，其實對方
也真正是想保衛毛主席。這個崇拜，這個造神運動，亙古未有。

---

[20] 1968 年伊始，《人民日報》、《紅旗》雜誌、《解放軍報》（被稱為「兩報一刊」）
元旦社論《迎接無產階級文化大革命的全面勝利》，發佈了毛澤東的最新指示：
「黨組織應是無產階級先進分子所組成，應能領導無產階級和革命群眾對於階
級敵人進行戰鬥的朝氣蓬勃的先鋒隊組織。」1968 年第四期《紅旗》雜誌發表
社論《吸收無產階級的新鮮血液》，又公佈了毛澤東的最高指示：「一個人有動
脈，靜脈，通過心臟進行血液迴圈，還要通過肺部進行呼吸，呼出二氧化碳，
吸進新鮮氧氣，這就是吐故納新。一個無產階級的黨也要吐故納新，才能朝氣
蓬勃。不清除廢料，不吸收新鮮血液，黨就沒有朝氣。」這兩段最高指示都是
表達了毛澤東對業已癱瘓的黨組織進行新成員發展的意願。

　　到文革初期，毛澤東神話完成了。他變成了全國人民一種准宗教式的超級崇拜對象，並且全民族都洋溢在這個氛圍中。按照馬克思主義關於階級、政黨、領袖的觀點來看的話，這是完全不正常的。馬克思、恩格斯、列寧都講過關於階級、政黨與領袖的關係，民主集中制的關係。但是到了文革初期，就變成了沒有政黨意志、也沒有階級意志，只有領袖的意志。這個群眾性的准宗教崇拜還體現在一個全國性的狂歡中，就是八次接見紅衛兵。

　　毛澤東從 1966 年 8 月 18 號開始，到 1967 年 1 月，一共八次接見了紅衛兵，在天安門廣場，全國各地的紅衛兵都去了。我也去了，我們那個時候在廣場幾乎就是這種情感。就像列夫・托爾斯泰寫的《戰爭與和平》裡面的那種情感，他寫的是希望用嘴去舔沙皇的鞋子，我們那個時候就是想把廣場上的方磚舔乾淨，就有這種情感，全國人民，全國的紅衛兵都是這種情感。接下來就是，全民的文化和武化革命。先是文化革命，然後是武化革命。武化革命實際上就是戰爭，就是武鬥。大家都是認為自己在保衛毛主席。

　　毛澤東神化的高潮是 1969 年的「九大」，那時候，全國都在一片狂歡節中，這個高潮的宗教儀式之一，就是跳忠字舞，唱語錄歌。所有城鄉，所有街道，都是跳舞的人群，人們手執葵花，心向太陽，圍繞太陽，跳起永遠忠誠毛主席的舞蹈。成天成天地跳，一直跳到九大閉幕。

　　毛澤東神話的破滅是在 1971 年的「九一三」事件，毛澤東神話告一段落。林彪事件爆發，中共中央的文件裡面公佈了林彪兒子林立果搞的《五七一工程紀要》，五七一就是武裝起義的諧音，這個《五七一工程紀要》把當時的中國形勢概括為「黨內長期鬥爭和文化大革命中被排斥和打擊的高級幹部敢怒不敢言。農民生活缺吃少穿。青年知識份子上山下鄉，幹部五七幹校等於變相失業。……工人（特別是青年工人）工資長期凍結。」[21]然後把所有都歸罪於 B-52，B-52 就是

---

[21]　《五七一工程紀要》，林彪之子林立果夥同周宇馳、於新野、李偉信為武裝奪權所確定的計畫名稱。1971 年 3 月 23 日至 24 日，於新野執筆起草了《「571工程」紀要》。原稿後來被繳獲。其中提到：「黨內長期鬥爭和文化大革命中被排斥和打擊的高級幹部敢怒不敢言。農民生活缺吃少穿。青年知識分子上山下鄉，等於變相勞改。……工人（特別是青年工人）工資凍結，等於變相剝削。」

林立果給毛澤東取的代號，B-52 是當時美國的戰略轟炸機，最厲害的戰略轟炸機。說毛澤東今天團結這一部分人打擊那一小撮，明天團結那一部分人打擊這一小撮，等等。他們是最崇拜毛澤東的人，結果想殺害毛澤東，驚醒了國人。林立果曾經講了一個講用報告，叫做「活學活用毛澤東思想講用報告」，裡面充斥著「九大行星圍繞紅太陽轉」，「毛澤東就是我們心中最紅最紅的紅太陽」等等。林立果最後官至空軍司令部作戰部副部長，他實際上可以指揮空軍，當時的空軍司令員是吳法憲，當時的空軍、海軍、陸軍都被林彪所掌控。就是所謂「黃吳葉李邱」，「黃」是黃永勝，總參總長，李作鵬是海軍司令，吳法憲是空軍司令，「邱」是邱會作，總後部長，「葉」是葉群，林彪的老婆，林辦主任。實際上他們完全把軍隊控制了。但是毛澤東已經知道了他們的很多跡象，毛澤東就在全國巡視，分別找人談話。他們本來準備在毛澤東回北京的路上用火焰噴射器噴射，毛澤東提前回到北京了，林彪很驚慌。他們本來想南逃廣州，後又改為北逃。林彪事件向全國公佈後，毛澤東神話基本告一段落，大家覺得是「大夢初醒」，最崇拜毛澤東的人結果卻要殺他，開始對文化大革命產生懷疑。

　　毛澤東是一個很複雜的政治家。毛澤東有很強的理想主義，他均貧富，他「不患寡而患不均」，他希望中國的老百姓每個人都過好的生活，這對他來講是絕對真實的。他特別反對等級反對特權，當然也反對腐敗，那個時候還沒有腐敗。另一方面他又是一個極端專權的人，就是這個權力肯定只能由他掌控，比如說儘管有人可能出來可以把老百姓生活搞得更好，但他反對。比如說劉少奇、鄧小平。他極為專權，他很精通權術，所以他歷經掌權 41 年不倒。所以李澤厚有這麼一段話，他說，「毛澤東既有追求新人新世界的理想主義的一面，又有重新分配權力的政治鬥爭的一面……」，「既有憎惡和粉碎官僚機器……的一面，」他經常說一些批判性的話，「煤炭部，應該改做煤炭科，」「衛生部，應該改為『城市老爺衛生部』」，「文化部是『才子佳人部』」「帝王將相部」，他批判國家機器，認為他們是等級制度。但是「又更有懷疑『大權旁落』有人『篡權』的一面；既有追求永葆革命青春、奮鬥精神（即所謂『反修防修』，修正主義）的一面，又

有渴望做『君師合一』的世界革命的導師和領袖的一面。」[22]既是君王，又是導師。李澤厚這段話今天來看，這個概括還不是很準確，在權力鬥爭方面，他基本承襲了中國傳統政治的權力方式。毛澤東去世之前基本上翻的兩本書，一個是《新唐書》，一個是《舊唐書》，講李氏政權交替，交接政權[23]。從馬克思主義講，民主政治，政黨政治，他以前大概是這樣做的，比如在遵義會議，在六大、在七大、八大，八大就很典型。八大以後就變了，八大是 1956 年開的，九大是 1969 年開的，一共有 13 年沒開全國代表大會。他就不開，他可以不開。後面我們講路線鬥爭還要講到。當然我們這裡不是研究毛澤東，我們是研究當代文學思潮，這裡涉及到他。

三、根本任務論和八大樣板戲的英雄神話

文革初期的神權政治實際上一直持續到文革結束。那個時候的中共中央，那個時候中國政治是怎麼回事？毛澤東躺在床上，用他那個說不清楚的話指揮中國。只有兩個人聽得清，一個是張玉鳳，一個是毛遠新。聽了以後就去召開政治局會議，由毛遠新來傳達。毛遠新當時的職務叫「主席的聯絡員」，他宣佈批鄧，毛澤東說了幾句話，都寫成文件，斷斷續續的幾句話。「說是永不悔改，靠不住啊」，這是一句。另一句，「走資派還在走」，又是一句，就是這樣的，批鄧，反擊右傾翻案風。整個政治局會議就是這樣，一直到他去世。所以我講是神權政治。

神權的具體化就是英雄崇拜，文化革命時期的文藝就是英雄崇拜，就是神的具體化。《紀要》提出了文藝的根本任務論：「我們要滿腔熱情地、千方百計地去塑造工農兵的英雄形象。努力塑造工農兵的英雄人物，這是社會主義文藝的根本任務。」[24]《紀要》以「中發（66）

22　李澤厚：《試論馬克思主義在中國》，《中國現代思想史論》，東方出版社，第 192－193 頁，1987 年。
23　王炳華：《毛澤東讀書生涯》，長江文藝出版社，第 209 頁，1998 年出版。
24　《林彪同志委託江青同志召集部隊文藝工作座談紀要》，人民出版社，1967 年出版。

211 號文件」於 1966 年 4 月 10 日，發至縣團級單位。這個根本任務論在理論上有三個問題。一個問題是按照毛澤東的文藝理論來講，就是毛澤東《在延安文藝座談會的講話》提倡的，工農兵文藝路線，就是「我們的文藝是為廣大人民服務的，首先是為工農兵服務的」，這是方向，但是，把它作為根本任務，這就抹殺了文藝本身與人民的關係。文藝為人民服務的根本任務變成了塑造英雄人物，從理論上說，這是抹殺了任務與手段的區別。另一個問題就是這個根本任務論實際上就是唯心主義歷史觀，也就是個人英雄、神權政治在文藝上的體現，所以這個根本任務論也是為了推行毛澤東神話，為了搞無產階級文化大革命，在文藝上的一個最重要的舉措。神的具體化就是英雄。

　　「根本任務論」具體落實為八大樣板戲的主要英雄人物有：革命現代京劇《紅燈記》中的李玉和、《沙家浜》中的郭建光、《智取威虎山》裡的楊子榮、《海港》裡的方海珍、《奇襲白虎團》裡的嚴偉才，革命現代舞劇《白毛女》中的大春、《紅色娘子軍》裡的吳清華，他們之所以是英雄是因為他們忠實地體現了政治的需要，集中了人民群眾的智慧和勇敢，淨化了世俗情欲。

　　比如，楊子榮是長篇小說《林海雪原》的人物，改變成京劇後，主要突出楊子榮的無所不能，有勇有智有謀，總是化險為夷的神能。最後把少劍波他們引上威虎山，剿滅匪幫，被拔高了。本來他們是過去文學創作中的英雄人物，但是在樣板戲中「三突出」成一號英雄，集中了普通的人民群眾無法企及的智慧、勇敢和膽略，無所不能，並且沒有任何個人的欲望，所謂淨化了情欲，也就把他們神話了。

　　再比如，《紅燈記》裏的三人不是一家人，正像李奶奶所唱的，「咱們祖孫三代不是一家人哪！你姓陳，我姓李，你爹他姓張！」[25]再比如，《沙家浜》裡的阿慶嫂，整個戲裡面沒有阿慶，阿慶呢？「跑單幫去了」，她就是一個人。《白毛女》有很多個版本。40 年代最早的《白毛女》中的喜兒是被黃世仁姦污了，還生下了一個女孩，生了一個小黃毛丫頭，還對黃世仁有幻想。後來改編當然這個情節就沒有了，最後改編的舞劇裡面，白毛女和大春本來的戀愛關係也沒有了，他們是

---

[25]　《紅燈記》：翁偶紅、阿甲改編，中國戲劇出版社，第 32 頁，1965 年。

一種階級情感。他們都成了不食人間煙火而又無所不能的神的具體化，這就是下面要談到的「三突出」的產物。「三突出」就是神的具體化的手段與藝術方法。

當時的英雄文藝它有發展階段，到了文革後期，特別是 1974 年以後，就成為赤裸裸的政治鬥爭的產物。這個政治鬥爭是文革派與反文革派的鬥爭，實際上就是江青、張春橋、姚文元、王洪文這一派與其他老幹部的鬥爭的工具。比如說電影《春苗》寫赤腳醫生，體現毛澤東的意思，農村都搞赤腳醫生，全部城市的醫生都要下鄉的。《決裂》寫江西共產主義勞動大學，大學生上山下鄉，與舊的教育制度決裂，其中有一個細節，就是考教授，大家都來考，大家都答不出來。還有《盛大的節日》裡的鐵柱，是王洪文的化身，《反擊》中的江濤和趙昕，用多家的諧聲以附江青等。純粹寫政治鬥爭，寫當時「王張江姚」同鄧小平的鬥爭，這個電影還沒開始演，「四人幫」就被粉碎了，最後放的內部電影。

英雄文藝到最後就成了一個政治鬥爭的工具。毛澤東晚年說過一句話，「我一生幹了兩件事，一是和蔣介石鬥了那麼幾十年，把他趕到那麼幾個海島上去了。抗戰八年，把日本人請回老家去了。對這些事持異議的人不多，只有那麼幾個人，在我耳邊唧唧喳喳，無非是讓我及早收回那幾個海島罷了。另一件事你們都知道，就是發動文化大革命。這件事擁護的人不多，反對的人不少。」[26]他說他只做過兩件事，文革大多數人都反對，他實際上也清楚，但是「我看文革還是應該三七開」，毛澤東在 11 月 3 日同毛遠新談話時對文化大革命做出了一個三七開的總評（即：「基本正確，有所不足，」「七分成績，三分錯誤」），要求通過討論，統一認識，作個決議。11 月 24 日下午，中共中央政治局按照毛澤東的指示精神，在北京召開了一個「打招呼」會議。參加會議的有全體在京政治局委員、黨政軍機關一些負責的老同志，共 130 多人。會議仍由鄧小平主持。鄧小平宣讀了經毛澤東審閱批准的《打招呼的講話要點》。其中便有一點「正確對待『文化大革命』」。認為文革基本上還是對的。實際上江青，張春橋，姚文元，王洪文等人是一直在搞文革，

26　【英】蕭特著，仝小秋、楊小蘭、張愛茹譯：《毛澤東傳》，中國青年出版社，第 489 頁，2004 年。

政治局裡面的文革派，另一批人是反對。毛澤東最後也感覺到文革大概是沒有什麼人贊同[27]，最後成為政治鬥爭的產物。這是關於英雄文藝的問題。

四、「三突出」與神的具體化

革命現代京劇和革命現代舞劇都通過「三突出」的方法，把英雄人物淨化成為神的形象，成為凡人不可企及的偶像，也就是成為人們現實鬥爭中學習的榜樣。當時的文藝就是用虛構的形象來指導生活，指導人們的生活方式、鬥爭方式包括戀愛方式。

首先，「三突出」的提出及內容。

「三突出」原則最早是于會泳「根據江青指示」歸納的：「在所有人物中突出正面人物來；在正面人物中突出主要英雄人物來；在英雄人物中突出中心人物來」[28]，後經姚文元改為「在所有人物中突出正面人物；在正面人物中突出英雄人物；在英雄人物中突出中心人物」[29]，同時最後一句「在英雄人物中突出中心人物」也被說成是：「在英雄人物中突出主要英雄人物」。這就是所謂「三突出」的規範說法。

其次，「三突出」的地位及體現。

「三突出」成為文革時期「文藝憲法」，把它說成是社會主義文藝創作必須遵循的堅定不移的原則。

「三突出」在不同藝術形式的不同創作過程中，其性質和作用又有所不同。在電影創作中，規定電影鏡頭必須「我近敵遠，我正敵側，我仰敵俯，我明敵暗」；英雄人物要「近、大、亮」，敵人形象只能「遠、小、黑」。在戲劇舞臺上，中心人物（主要英雄人物、一號人物）必須佔據舞臺中心，「始終坐第一把交椅」，連整個舞臺的燈光也得跟著他轉。這些地方的「三突出」，是作為舞臺調度的法則出現的。根據

---

27 【英】蕭特著，仝小秋、楊小蘭、張愛茹譯：《毛澤東傳》，中國青年出版社，第 489 頁，2004 年。

28 于會泳：《讓文藝舞臺永遠成為宣傳毛澤東思想的陣地》、《文文匯報》1968 年 5 月 23 日。

29 姚文元：《努力塑造無產階級的光輝形象》、《紅旗》1969 年 11 月。

「三突出」,「所有人物的安排和情節的處理,都要服從於突出主要英雄人物這一前提」,以此「來組織和展開矛盾和衝突」。在此,「三突出」又是作為組織作品、結構情節的原則出現的。根據「三突出」,要「突出主要英雄人物在矛盾鬥爭中的主導作用和支配作用」[30],這裡的「三突出」,又是認識生活和表現生活的總原則了。于會詠等人還特別強調的是,「六條標準是最低標準,三突出才是最高標準」。「三突出」不僅是創作原則,而且是批評標準,還是「最高標準」。總之,一切文藝形式都複製於「三突出」。

從「三突出」原則出發,又生發,演繹出三陪襯,多側面、多浪頭、多回合、多波瀾、多層次和起點高等一整套「三字經」創作模式。按照他們的解釋,所謂「三陪襯」,就是「以成長中的英雄人物來,陪襯主要英雄人物」,「以其他正面人物來陪襯主要英雄人物」,「刻畫反面人物,反襯主要英雄人物」[31]。所謂多側面,是「多方面地組織戲劇矛盾,有利於表現英雄性格的廣度、即多側面;而將圍繞著英雄人物的多對矛盾適當地、有界限地加以強化、激化,則有利於表現英雄性格多個側面的深度」[32]。所謂「多浪頭」「多回合」「多波瀾」「多層次」,基本上是一個意思,是說「現實的階級鬥爭是長期的、曲折的,複雜的。因此,無產階級文藝要多層次、多回合、多波瀾地描寫矛盾鬥爭。」具體說來,「多層次」要求寫出「矛盾衝突的發端、發展、激化真正解決的全過程」;「多回合」是表現「長期的鬥爭和反復的較量」;「多浪頭」或「多波瀾」是反映鬥爭的「波瀾起伏,曲折跌宕」[33]。另外,還有所謂「水落石出」和「水漲船高」。「水落石出」

[30] 見《智取威虎山》和其他劇組的文章。
[31] 見北京京劇團《杜鵑山》劇組:《疾風知勁草、烈火見真集》,1974 年 8 月 20 日《人民日報》;江天:《努力塑造無產階級英雄典型》,1974 年 7 月 12 日《人民日報》;上海話劇團《智取威虎山》劇組:《努力塑造無產階級英雄人物的光輝形象》《紅旗》1969 年 11 月。
[32] 《杜鵑山》劇組文章和小戀:《用對立統一規律指導文藝創作的典範》、《人民日報》1974 年 7 月 29 日。
[33] 中國京劇團《平原作戰》劇組:《堅持塑造無產階級的英雄典型》,1974 年 8 月 7 日《人民日報》;上海市《龍江頌》劇組:《向著毛主席無產階級文藝路線前進》,《紅旗》1972 年 6 月。

是「壓低或砍掉一些人物的戲，以突出主要英雄人物」；「水漲船高」則是「強化、激化矛盾衝突，以加強其他人物的戲來烘托主要人物」。所有這些，都是他們「千方百計」突出所謂「英雄人物」的種種規定。

第二節　極權文藝的內涵

一、文藝是階級鬥爭路線鬥爭的工具

什麼是路線鬥爭？按照當時中國共產黨的解釋，就是階級鬥爭在黨內的反映。路線鬥爭在中共歷史上，過去經常被提到，但是沒有系統化。最早提到的是陳獨秀的「托陳取消」[34]路線，後來又有王明的，羅章農的，瞿秋白的，各種的左右傾路線。到了中共九大，1969 年 4 月，慶祝文化大革命勝利，毛澤東在大會上講了一次話，談到九次路線鬥爭，就把這個中共路線鬥爭系統化。在他看來有哪九次路線鬥爭呢？陳獨秀，這是第一次，然後是王明，第二次，第三次是李立山，然後瞿秋白，張國燾……這樣一直數到第八次是彭德懷，廬山會議，然後第九次是劉少奇，叫做「反革命修正主義路線」[35]，「鄧小平，他是跟著過去劉少奇那種路線走，無非是搞什麼物質刺激，利潤掛帥，不提倡無產階級政治，搞什麼獎金，等等。」性質是右的。然後中共十大召開的時候，因為那個時候林彪事件已經出現了，所以是第十次路線鬥爭，林彪反黨集團的反革命路線。然後 1976 年 10 月，「四人幫」被粉碎，華國峰在十一大政治報告時又把它叫做第十一次路線鬥爭。這就是中共的十一次路線鬥爭。十一大之後，鄧小平講，以後再也不要講路線鬥爭了，就沒有再講了。

---

[34] 毛澤東：《「七大」工作方針》，1981 年 7 月 16 日刊於《人民日報》。原文為毛澤東在 1945 年 4 月 21 日中共七大預備會議上所作的報告。其中談到，「北伐勝利，轟轟烈烈。可是這一時期的末尾一段，我們黨搞得不好，出了一個陳獨秀主義。後來，陳獨秀反對我們，搞成托陳取消派，走到反革命方面去了。」

[35] 毛澤東：《在中共九屆一中全會上的講話》，引自《紅旗》雜誌，1975 年第 4 期。

　　文藝是階級鬥爭、路線鬥爭的工具。這一點就是十年文革文藝的基本內涵。「文藝是團結人民，教育人民，打擊敵人，消滅敵人的有力武器。」[36]後來文藝理論家把它引申成為階級鬥爭的工具。這個工具論在文革前的文學創作中，實際上體現得不多。因為當時缺乏現實題材，現實的階級鬥爭，很多作家都想往這上面靠，但是靠不上。革命現代舞劇《海港》的主角叫方海珍，抓了一個往出口小麥袋塞玻璃纖維的錢守維，就寫了和平時期的階級鬥爭，比較牽強。階級鬥爭路線鬥爭最集中體現是在文革時期。

　　文革寫這個主題的文藝主要有三類。

　　第一類是革命樣板戲。革命樣板戲主要寫階級鬥爭，還沒到路線鬥爭。從《紅燈記》開始，《沙家浜》、《智取威虎山》、《奇襲白虎團》。《奇襲白虎團》講的是抗美援朝的事，包括舞劇《白毛女》、《紅色娘子軍》，寫的都是建國以前的階級鬥爭，《龍江頌》、《海港》寫的是建國後的階級鬥爭。

　　第二類是小說創作。文革的小說創作由階級鬥爭向路線鬥爭發展，這裡面代表性的創作有浩然的《金光大道》。《金光大道》是《豔陽天》的延續，《金光大道》寫了一個人物叫「高大泉」[37]，就是三突出，又高又大又全，高就是思想覺悟高，大就是偉大，全就是無所不包無所不能。小說把這個「全」字改成泉水的「泉」，簡稱「大泉」，聽起來還是很好聽的。《金光大道》就是寫路線鬥爭，寫人民公社化。地主的破壞，黨內一些走資派反對搞人民公社。一般來說黨委書記是毛主席路線，行政是修正主義路線。

　　上海人民出版社出版了一本書叫《虹南作戰史》，作者是《虹南作戰史》創作組，沒有名字，集體創作的，是領導機制下作家集體創作的產物。這個《虹南作戰史》看起來很頭疼。裡面大段大段都是黑體字。文革時候有個規定，就是馬、恩、列、斯、毛，五個人的語錄必須是黑體字，其他都是宋體字。寫的就是上海郊區農村集體化的道路兩條路線的鬥爭。還有廣東集體創作《牛田洋》，廣東軍區牛田洋

---

[36] 毛澤東：《在延安文藝座談會上的講話》，《毛澤東選集》第 2 版第 3 卷，人民出版社，第 866 頁，1991 年。

[37] 浩然：《金光大道》，人民文學出版社，1972 年、1974 年出版第一、第二部。

創作組，也是長篇小說，寫填海造田。這些小說都是又寫階級鬥爭又寫路線鬥爭的。文革的小說很少。

　　第三類是電影。從 1966 年文革開始到林彪事件爆發，中國沒有電影。林彪事件以後，毛澤東神話告一段落，中共中央開始調整文藝政策，放了四部電影：《火紅的年代》、《閃閃的紅星》、《第二個春天》、《戰洪圖》。《閃閃的紅星》寫土地革命戰爭，《火紅的年代》寫大煉鋼鐵，《第二個春天》寫海軍建設，《戰鴻圖》寫農村的水災，裡面都穿插了階級鬥爭。這是第一批電影，是江青給全國人民開的一個恩。

　　當時還開了一個恩。我記得是把「山丹丹開花紅豔豔」一批陝北民歌解放了，可以唱了。

　　第二批電影就是以走資派為對象的，寫走資派的電影，明顯具有現實鬥爭意義，主要寫的就是路線鬥爭。比如《春苗》就寫九次路線，通過春苗這個女赤腳醫生的形象塑造，表現打倒「城市老爺衛生部」，走毛主席的衛生路線的道路的主題。《決裂》體現的是教育革命路線，也是批判劉少奇的九次路線。《歡騰的小涼河》寫「批鄧、反擊右傾翻案風」。這個電影出來得很快。「批鄧、反擊右傾翻案風」是毛澤東在 1975 年冬天的決定。1976 年春天這個電影就出來了。

　　文革文藝還有一個重要的現象，就是上海的《朝霞》[38]，其中第一篇小說就是《朝霞》，寫教育革命的。《初春的早晨》、《金鐘長鳴》，寫安亭事件，寫「一月革命」。就是上海工人在安亭車站臥軌，不准車子開。王洪文搞的，叫做「一月革命」。安亭事件指 1966 年王洪文

---

[38] 《朝霞》雜誌包括「上海文藝叢刊」、「《朝霞》叢刊」階段和「《朝霞》雜誌」階段。叢刊階段：「上海文藝叢刊」由上海人民出版社於 1973 年出版，32 開，《朝霞》（第一輯中史漢富作，短篇小說，引為第一輯刊名）是第一輯名稱，此後三輯，均以編輯部認為的所刊載最為優秀的小說題名為專輯名，分別為《金鐘長鳴》、《珍泉》和《鋼鐵洪流》，標「上海文藝叢刊」。四輯後又出 8 本，雖繼續使用「叢刊名」編輯體例，但不標「上海文藝叢刊」，改標《朝霞》叢刊。共 12 本。（一說 13 本。）月刊階段：《朝霞》雜誌出版於 1974 年 1 月 20 日，月刊。終刊於 1976 年第 9 期，共出版 33 期，主要作品與叢刊共同發表。《朝霞》雜誌是上海市委寫作組計畫創辦，主要負責人有施燕平、歐陽文彬等，發表的作品有小說、散文、敘事詩等，寫作者範圍較廣，有現已成名的賈平凹、黃蓓佳等，還有處於輿論中心的餘秋雨，和大量以筆名發表作品的作家以及工農兵寫作者等。雜誌，這個雜誌發表了一系列路線鬥爭的小說。

等為達到政治目的，即造反組織合法化的目的，臥軌攔截列車的事件。1967 年 1 月初，「中央文革小組調查員」成員張春橋、姚文元計畫到上海奪權。在相繼奪下《文匯報》和《解放日報》權後張姚二人借助各造反派的力量召開「打倒市委大會」，批鬥上海市委、市政府領導。毛澤東對此表示支持併發去賀電，號召全國向上海學習。《人民日報》發表了《告上海全市人民書》，以《編者按》傳達了毛澤東的意見。1 月 22 日，《人民日報》發表社論，認為「一月風暴」是「今年展開全國全面階級鬥爭的一個偉大開端」，號召「從黨內一小撮走資本主義道路當權派和堅持資產階級反動路線的頑固分子手裡，自下而上地奪權」。2 月初，「上海人民公社」成立，此後改稱「革命委員會」。張、姚等人稱 1966 年 1 月份為「一月革命」。反對當時的上海市委，把上海市委的權奪了。

文革時期的文學創作基本上是由中央文革及其所指導的各地機構指揮創作的，並不是作家想創作就創作。還有當時創作、發表作品是要經過政治審查作者身份這道程式的，主要審查作者家庭和本人政治歷史，在文革期間主要站在哪一派，有沒有站錯過隊，比如有沒有站到保守派一邊，因為保守派犯的就是第九次路線犯的錯。

二、禁欲主義

同文革極權政治和神權崇拜相適應的，跟歐洲中世紀很相近的，是倫理上的禁欲主義。我在講「十七年文學」時講過，道德主義，到了十年「文革」時它實際上演變為禁欲主義了。它是神權政治的當代體現。歐洲中世紀講神權崇拜，文藝創作中也搞禁欲主義。其實中世紀的禁欲主義還搞得不怎麼樣。我們看過中世紀的一些騎士小說，騎士文學，裡面的貴婦人喜歡聽一些搞笑的笑話，只是說她缺少真正的人文關懷。當然莫里哀的古典主義戲劇裡面倒是一種理性主義，儘管寫愛情，愛情也是加以約束的。但是文革文藝與中世紀還不同。中世紀基本上是西方僧侶的禁欲，西方僧侶的倫理要求。文革文學是全面的禁欲。

禁欲主義的第一個體現就是世俗情欲的淨化。在文革初期階段，我們講文革初期就是講 1966 年到 1969 年中共「九大」以前，文革中

期就是 1969 到 1972 年林彪事件以前，1972 年以後到 1976 年就是後期。文革後期經過「批林批孔」，「四人幫」倒臺。

那麼這個世俗情欲的淨化有一個前提就是政治倫理化，這是它的理論前提，也就是政治理念已經成為倫理的了。當時政治理念倫理化最典型的體現就是「老三篇」，「破私立公」，「鬥私批修」[39]。

「老三篇」就是毛澤東的三篇單篇著作，一篇是《為人民服務》，一篇是《紀念白求恩》，一篇是《愚公移山》，叫做「老三篇」。《為人民服務》是總領，「只要我們為人民的利益堅持好的，為人民的利益改正錯的，我們這個隊伍就一定會興旺起來。我們都是來自五湖四海，為了一個共同的革命目標，走到一起來了。」[40]。第二篇《紀念白求恩》提出了幾個概念，毫不利己，專門利人，他講「為了幫助中國的抗日戰爭，受加拿大共產黨和美國共產黨的派遣，不遠萬里，來到中國。去年春上到延安，後來到五臺山工作，不幸以身殉職。一個外國人，毫無利己的動機，把中國人民的解放事業當作他自己的事業，這是什麼精神？這是國際主義的精神，這是共產主義的精神，每一個中國共產黨員都要學習這種精神。」[41]，他概括了白求恩的很多優點，這就成為了後來普通人的道德標準。「毫不利己，專門利人」成為為人的尺度。還有一個口號，毛澤東提出的，叫做「破私立公」[42]，

---

[39] 「老三篇」說法，源於《培養千萬個一心為公對共產主義新人學習蔡永祥無限忠於偉大的毛澤東思想——南京部隊學習毛主席著作積極分子學習蔡永祥同志座談紀要》，《人民日報》，1966 年 11 月 21 日，星期一第三版。

　　「破私立公」，源於《實現革命的大聯合必須打倒私字》，《人民日報》，1967 年 7 月 10 日，星期一第二版。

　　「鬥私批修」，源於《上海一零一廠革委會和廣大工人認真落實「九大」精神》，《人民日報》，1969 年 7 月 6 日，星期日第一版。1967 年 11 月 6 日《人民日報》、《紅旗》雜誌、《解放軍報》聯合發表編輯部文章：《沿著十月社會主義開闢的道路前進——紀念偉大的十月社會主義革命 50 周年》。這幾個概念成為政治標準，也成為革命標準。

[40] 《毛澤東選集》第三卷，人民出版社，1963 年，第 1003 頁。

[41] 《毛澤東選集》第二卷，人民出版社，1963 年，第 653 頁。

[42] 「破私立公」，源於《實現革命的大聯合必須打倒私字》，《人民日報》，1967 年 7 月 10 日，星期一第二版。

還有一個口號，毛澤東提出的，「鬥私批修」[43]，總的來講，都是針對「私」，就是今天我們講的私有，私人財產。在毛澤東看來，「私」這個概念應該消滅，全部都應該是「公」。所以當時就有「狠鬥私字一閃念」，源於 1963 年毛澤東提出的「向雷鋒同志學習」[44]，從雷鋒神化開始，到文革時候發展到頂峰。他把私和公對立起來，不承認有私人利益和私人空間，更不承認有私人情感，包括愛情，都不承認。

在政治倫理化的前提下，世俗情欲都成了罪惡。世俗情欲要被淨化，一定要被淨化，否則就是私有。如私人幸福感，愛情，私人情感，還有就是血緣關係，家族關係。私人利益更是不要說了，比如私有財產。當時張春橋寫過一篇文章叫《論對資產階級實行全面專政》，資產階級法權最根本的要害就是私權，資產階級認為法律第一個承認的就是「私有權」。對所有的私人利益宣戰。

文學作品中，人與人之間的自然屬性，家庭血緣關係，感性欲求就成為被批判的對象。革命樣板戲正是在這個角度上把世俗情欲淨化了，這就是禁欲。現實生活中也是這樣的。人與人之間的關係，比如青年男女之間在一起，他不會說「談戀愛」，而是用一個很粗俗的話叫「搞對象」，寫進書本。部隊裡面都這樣講，不會說談戀愛。談戀愛是資產階級的東西。魯迅講中國人崇拜生育，但是反對戀愛，所謂「崇拜生育」就是延續家族，可以拿到口頭上來講，但是反對戀愛。當時申請結婚一般要寫結婚申請書。「敬愛的黨組織：為了更好地搞好革命工作，云云……」。現實是這樣，文藝作品也是這樣。因此，《紅燈記》、《白毛女》……所有作品中都沒有愛情。阿慶嫂沒有阿慶，大春和喜兒沒有情愛的關係，《紅色娘子軍》最容易產生愛情的地方也沒有愛情。《海港》是領導、老工人、小工人和階級敵人關係的體現。所有作品都沒有，包括剛才講的那些小說，如《洪南作戰史》[45]、《牛

---

[43] 「鬥私批修」，源於《上海一零一廠革委會和廣大工人認真落實「九大」精神》，《人民日報》，1969 年 7 月 6 日，星期日第一版。1967 年 11 月 6 日《人民日報》、《紅旗》雜誌、《解放軍報》聯合發表編輯部文章：《沿著十月社會主義開闢的道路前進——紀念偉大的十月社會主義革命 50 周年》。

[44] 《毛澤東題詞墨蹟選》第 165 頁。毛澤東的題詞原載於 1963 年 3 月 2 日出版的《中國青年》雜誌，1963 年 3 月 5 日《人民日報》轉載。

[45] 上海縣《洪南作戰史》寫作組，上海人民出版社，1972 年 2 月。

田洋》，[46]更是沒有。人們的關係淨化到社會關係中的階級關係這一層
面，人與人之間體現的都是階級關係，「親不親，階級分」[47]，把人的
社會關係全部狹隘化、片面化，政治化。人人都成為不食人間煙火的
神，文藝作品都是這樣。

當時中共中央機關刊物《紅旗》社論講，「從國際歌到革命樣板
戲，這中間一百多年是一個空白。」[48]為什麼是空白？五四以來的全
部作品都批判，除了魯迅，因為毛澤東講過「要讀點魯迅」[49]。所以
不批判魯迅，其他的全部批判。

郭沫若於 1966 年 4 月 14 號在人民大會堂參加全國人民代表大
會常務委員會第三十次會議上，他首先出來講，「拿今天的標準來
講，我以前所寫的東西，嚴格地說，應該全部把它燒掉，沒有一點價
值。」[50]當然後來巴金也講他的書全部要燒掉。每個作家都出來講。
當時很多圖書館都把書燒了，有的圖書館的管理員有良心的就沒有
燒。四川大學廣場在 1967 年有一個非常大的辯論，就是是不是應該
把圖書館炸掉，爭論激烈但無結論，達成妥協說運動後期再說，就擱
下了，否則圖書館就被炸掉了。因為按照江青的說法，所有的書都是
「牛鬼蛇神」，都寫了情感，只有國際歌沒寫，樣板戲沒寫，其他的
全部都要燒掉。不然你怎麼理解謝惠敏、宋寶琦。

《班主任》寫一個神道、一個獸道，文化大革命就發展這兩個東
西，沒有人道，人是被否定的，人很壞。這個跟十七年文學就不同。
十七年最好的作品是《創業史》，裡面還寫了梁生寶的愛情。梁生寶
和徐改霞，徐改霞長得很漂亮，兩個大眼睛，皮膚很白，很豐滿。生
寶和改霞單獨在黑色無邊的關中大平原上時，改霞的兩隻長眼毛的大
眼睛一閉，做出一種嬌嗔的樣子。生寶在這一霎時，似乎想伸開強有

---

[46]　《牛田洋》，上海人民出版社，1972 年 01 月。

[47]　韋昌明，《認真學習馬克思主義的階級鬥爭理論》，《人民日報》，1975 年 1 月
15 日，星期三第二版。

[48]　《紅旗》雜誌社論《歡呼京劇革命的偉大勝利》，《紅旗》1967 年 5 期。

[49]　毛澤東講過四個字，「讀點魯迅」，摘自毛澤東 1975 年底至 1976 年初關於理論
問題的指示。

[50]　郭沫若，《向工農兵群眾學習為工農兵群眾服務》，《光明日報》，1966 年 4 月
28 日。5 月 5 日《人民日報》星期四第二版轉載。

力的臂膀，把表示對自己傾心的閨女摟在懷中。改霞等待著，但他沒有這樣做。文章寫到：「共產黨員的理智，顯然在生寶身上克制了人類每每容易放縱感情的弱點。」[51]梁生寶為了革命事業，把個人愛情犧牲了。但是到了文革文藝，這些全部都沒有了。這些都是要批判的。

　　所以到了新時期，劉心武寫了一篇很差小說《愛情的位置》[52]。當時大學校園都有廣播的，都轉播中央人民廣播電臺的節目。吃晚飯的時候，電臺播《愛情的位置》，萬人空巷，大家都想聽愛情。幾十年久違了。情感饑渴，但並不是性饑渴，只能說是「情」。有家庭的晚上，可以有性，但不能說「情」，這種情況一共延續了27年。前17年好一點，但是也基本不說談戀愛。現在說什麼？「耍朋友」。現在有的講情感氾濫，叫「放電」。鄧麗君有一首歌就唱《放電》，到處傳唱，大家都是要「補課」。

　　第二點，人的非主體化。這個話什麼意思呢？就是人完全喪失了主體性，成為政治或者是官方哲學演繹的符號。禁欲主義發展的結果最終是由倫理的意義走向哲學意義。所謂走向哲學的意義，就是超越了所謂世俗情欲淨化的層面，成為時代的理念體現的工具或者是符號。換句話講就是人的非人化，人有七情六欲，弱點，缺點，而他都沒有這些，這些只是觀念的體現。

　　英雄的本質是這樣的而不是那樣的。一號人物應該是所有錯誤都不犯，二號人物可以犯一點點錯，三號人物就是一般人物，反面人物的所有判斷都是錯誤的。整個文學創作都是這樣的。他演繹這個理念。有人說，「文革是喪失了理性的運動。」這是就一個層面來講，且要看從什麼意義上理解理性。理性有十幾個含義。實際上這是另外一種理性的意義。反過來講，文化大革命有一整套從政治、倫理、哲學等等涉及到很健全的規範，包括傳媒用語。僅在政治層面上講。那個時候所有的生活都是這樣的，包括寫文件，包括說話。文革語言，全部是套話。生活基本上是政治化的，準軍事的生活。沒有私人空間，沒有私密性，文藝作品中的人的行動也就是根據一般的人的情感生活的演繹，強調人物形象必須符合規範。

---

[51]　柳青：《柳青文集・創業史》，陝西人民出版社，1991 年 5 月，第 484 頁。
[52]　劉心武，《愛情的位置》，上海人民美術出版社，1980 年 4 月。

比如《海港》[53]，為了體現階級鬥爭，就引用毛澤東當時在60年代提出「千萬不要忘記階級鬥爭」，設計了一個暗藏的階級敵人，這個階級敵人叫「錢守維」，他搞破壞活動。還設計了一個小工人「韓小強」，他是一個貪玩的小工人。還設計了一個黨支部書記「方海珍」，英明能幹，明察秋毫。

當時樣板戲中每一個人都是革命機器上的一個螺絲釘，都是為這個機器服務，作為人的私密性是沒有的。在這些作品看來，個人是沒有意義的，人的意義是附著於機器的運行，革命就是意義。人的生活就是為了革命，當時有句話叫做「一切都是為了革命。」也就是說禁欲主義氾濫到這個程度，已經非人化了。所以說當文革文藝結束後，新時期文學出來，很多人都不能適應，更不要說「朦朧詩」了，那更不能適應了，以致造成很大的落差，形成朦朧詩論爭。

三、民粹主義

民粹主義是十七年文藝集體主義的自然延伸，也是文革政治的自然的體現。民粹主義是19世紀60、70年代俄國革命運動中的一種小資產階級革命思潮。大家看過列夫・托爾斯泰《戰爭與和平》、《安娜・卡列寧娜》中的列文、安德列這些形象，列文就是把自己家裡的地全部分給農奴，解放農奴。當時俄國知識份子貴族裡面就有這麼一個思潮，同時體現在政治革命家身上。有一批激進的革命黨人，他們依靠農民階級，走向民間，包括那些無政府主義者，如巴枯甯、克魯泡特金，都是這樣。

俄國跟中國有比較近似的地方，如沒有發達的資本主義，也沒法搞資本主義。俄國當時是農奴社會，奴隸還沒有人身權利。所以民粹主義者認為「農民階層是全民族的根本」[54]，這是一個基本的觀點。民粹主義實際上就是農民崇拜。民粹主義認為「所謂一切民族的工業

[53]　上海京劇團，《海港》劇組集體改編，人民文學出版社，1972年1月演出本，1974年9月1日。
[54]　威・羅雪爾，《關於國民經濟的科學》，1869年莫斯科版第二卷，第114節第492頁。

都不可避免地要經過資本主義發展階段的理論是錯誤的」[55]，它存有天生反對西方資本主義的看法，站在農民立場上滿懷資產階級理想來搞俄國革命。因此民粹家認為革命是知識份子下去與農民相結合來完成的，他們的確是這樣做的。但就這個革命，後來他們理解為了社會主義。當然列寧對這個做了一個區別。

中國革命在很大程度上也是民粹主義革命，就是農民革命。

民粹主義有兩個基本特點：一個是痛恨資本主義，希望越過資本主義去發展社會主義，好像人類可以不經過資本主義就到了社會主義。實際上民粹主義是對馬克思主義的修正。馬克思從來就不認為是這樣，資本主義是人類發展過程中的一個階段，不可忽略，不可跳越的，怎麼可能跳越？首先馬克思不是從政治上來講，而是從經濟學上來談的，從農耕方式，然後進入機器革命，工業革命，這才體現發展。這是民粹主義的一個特點。當然中國也是這樣。

第二個特點就是依靠農民，全心全意依靠農民。文革的響亮口號是「依靠貧下中農」，也就是貧農，下中農。所謂「貧下中農」是貧農、下中農的合稱。農民裡面也分幾個階級。第一個階級是最窮的貧農，當然包括雇農。中下農有一點田，中農基本上自給自足，所以他就不革命了，因為他有田，他就不去搶人家的東西了。貧農就要搶別人的東西，革命就是去把人家的東西搶過來。富裕中農是可以雇工、請人的，地主就能請人嘛，所以農民最恨地主，所以要把地主的田拿來分了。革命就是破壞經濟秩序。歷史上的農民起義都是農民和大地主之間的鬥爭，最大的大地主就是皇帝，矛盾尖銳到不可調和時，就爆發起義戰爭。你看朱元璋，就是乞丐，他最革命，革命之後他又是一個大地主。革命的目的就是把你的地拿來我種，你又當貧農了，而我又當地主了。馬克思所設想的是每個人都平等。你看阿Q革命，他成功了無非又是一個趙太爺，有什麼意義呢。中國農民歷史上的革命都是改朝換代，沒有意義，對歷史發展沒有意義。什麼時候才有意義呢？新的生產力產生，比如說機器，工人，生產力大大發展了。你看現在農村人進城了，也不要當地主，就可以成為一種新的生產力。

---

[55]　瓦・巴・沃龍佐夫，《俄國資本主義的命運》（摘錄），人民出版社，1983 年 11 月。

　　我這裡講的民粹主義就是俄國當時非常流行的，是很具有理想性的，這在當時是具有很強的道德倫理意義的。這就是我講的原來的民粹主義。

　　民粹主義在文革文藝中的體現，第一個是對資本主義和資產階級包括對城市文明農民式的憎惡與反感。這是文革文藝的一個基本特徵。

　　在我看來，文革文藝的基本價值觀念是一種中世紀的政治倫理，一個是政治，一個是倫理。對進步的資產階級傾向的批判，本質上是這樣的。但是這卻是通過馬克思主義或者共產主義的方式體現出來的。文革主要的政治目的是對劉少奇、鄧小平的批判並打倒，主要是打倒，也就是把劉少奇的國家主席的職務免掉，把鄧小平中共中央總書記的職務免掉。總書記不是現在的總書記，當時是主席制，總書記是辦事機構書記處的班長。免掉就免掉嘛，不，他是要把這個思潮推翻。這是什麼思潮呢？毛澤東把他叫做「走資本主義道路的當權派」。

　　文革運動的重點就是整黨內走資本主義的當權派。怎麼走資本主義道路呢？在毛澤東看來，「三自一包」，「四大自由」，獎金掛帥。「三自一包」就是自負盈虧、自由市場、自留地和包產到戶，「四大自由」是土地租佃、買賣自由、借貸自由、貿易自由。工人就是獎金掛帥。除了工資以外，計件，完成多少就發多少獎金。毛澤東認為不行，多少級就領多少工資嘛，怎麼可以說又發獎金。這個我以前講過了，大家可能對那個時代不瞭解，因為再那樣搞下去大家沒有飯吃，所以當時劉少奇搞這個，一搞，大家有飯吃了。毛澤東就批判，說是資本主義。

　　我們看毛澤東是用什麼東西來批判，是不是馬克思主義？他講是馬克思主義，他叫做無產階級專政下繼續革命的理論。什麼是無產階級專政下繼續革命的理論呢？我前面已經講過，大概意思就是說在社會主義革命的整個過程中都存在著階級鬥爭，因為有小生產，小生產就會影響這些人，有些人就想致富，階級鬥爭就會反映在黨內來，就會形成黨內資產階級。黨內資產階級就會始終推行資本主義，因此社會主義革命的主要任務就是打倒這些走資派。只要一出現了就把他們搞倒，一直搞到共產主義。毛澤東說「七、八年就來一次」。這就是毛澤東的無產階級專政下繼續革命的理論。

　　用什麼來搞呢？比如樣板戲這套理論。大公無私，不患寡而患不均。其實是農民幻想，他不是用現代生產力來平均物欲，而是回到了最先，這就是農民的理想。農民理想往往非常好，很善良，但是能不能辦到呢，這就是民粹理論。就這個東西，這也很理想化。現在很多青年學生在搞這個，新左派，博士做論文就做這個，他們覺得現在的社會不平等，他們就是要當蔣光慈啊，當柔石，左聯五烈士。但你不能動搖了社會秩序。現在法律在保護這個東西，不保護你革命了。

　　中共現在不是革命黨，是執政黨，已經宣佈了的。三個代表中最重要的是「代表先進生產力」。什麼是先進的生產力？知識經濟就是先進的生產力之一，肯定不是下崗工人，也不會是貧下中農。現在一些「新左派」批判現政權，批判現在的經濟。所以這個裡面概念非常混亂。大學裡面一些生活很清貧的博士，很有才華，但是沒有錢，他恨這些有錢人，他有很淳樸的理想。這個理想也就是文革的理想，他們很理解毛澤東。

　　文革時期，提了一些口號，「鬥私批修」「興無滅資」，興無產階級滅資產階級。還有就是反對愛情，認為人類情感表現是資產階級的。當時很多人很反感這個理論，經常把馬克思寫給燕妮的信拿出來看。說你看馬克思都談愛情。這是一方面。

　　對資本主義的反感，包括對都市文明的反感。對都市文明的反對最主要代表作《霓虹燈下的哨兵》[56]，寫上海就是一個大染缸，就是都市文明，高樓大廈，燈紅酒綠，帝國主義蔣介石想共產黨紅的進來黑的出去。現在共產黨把大上海建設得更好，更是大染缸了。實際上是當代中國經濟社會的一個象徵，當代中國都市文化的體現。但是文革反對這些。就是說由農業文明向都市文明轉化的過程中，由農村文化向都市文化轉化過程中，怎樣看待都市文化，文革全部是批判。

　　第二個特點體現在文學創作中，就是農民形象。農民情感成為文學創作和文學批評的最高尺度。這是中國現代文學裡一個很典型的現象，就是農民形象，農民崇拜。

---

[56] 沈西蒙、莫雁、呂興臣集體創作，沈西蒙執筆，《劇本》，1963 年第二期。

　　樣板戲裡面有兩個農民戲，一個叫《龍江頌》，寫江水英。由於水災來了，舍己救人，江水英把自己生產隊的田淹了，保護人家生產隊的田，意思就是說她已經超越了農民階級的局限了。這個戲演了以後，毛澤東請這個演員，這個演員叫李炳淑，演江水英的這個演員，是一個很有名的京劇演員，請她吃了一碗壽麵。他晚年為數不多的幾場壽麵，其中有一場請了李炳淑吃，並且說：「你為中國農民演了一出好戲。」[57]要多難看有多難看，但唱腔是比較好的。所有的東西都是假的，太假。李炳淑為此寫了一篇文章，在《紅旗》雜誌上發表。《紅旗》雜誌是中央機關刊物。所以說這個民粹主義在中國當時是空前氾濫。農民的情感，農民的價值尺度就成為最高的尺度。這個價值尺度就是「安貧守己」、「老實本分」、不越軌、少欲念。就是安於貧困、把自己守住、本分、老實、少欲望。無論是肉體的痛苦，還是情感的痛苦，都表現空前麻木，像閏土一樣麻木最好。農民的這種形象成為一個模式。所有人塑造的農民形象都是這樣的。蕭長春、高大泉等等。先進一點稍微胸懷寬廣的，比如說經常想到兄弟生產隊的。

　　整個社會就是農民崇拜。當時中國社會凡是教育人就是吃憶苦飯，就是找一些糠、苦菜做來吃。事實上這個東西都是杜撰出來的，意識形態化的。當時我非常想我要是出生在農民的家庭該多好。因為我祖父當時在臺灣，是國民黨軍官，如果是農民的兒子，什麼障礙都沒有，可以參軍啊，可以入黨啊，我什麼都不能。現在新時期當然可以了。當時對年輕人是精英淘汰方式，農民崇拜，專門淘汰這些稍微聰明一點的。當時入黨的條件就是你要老實。其實非常老實的人，一進去就不老實了。現在一些農民在農村的時候都很老實，沒有人爭，一進城就變壞了。什麼時候會再善良呢？大富大貴的時候。老實是因為愚蠢，因為貧窮。如果你又聰明又很富有同時也很善良就最好了。特別是在競爭中善良最好。不是的，都是想方設法裝做很老實。當時這一套形成了很多畸形的政治性格，這個在文革文學裡面很多體現。

---

[57]　《龍江頌》1972 年 5 月上海京劇院一團創作，《龍江頌》，人民文學出版社，1972 年 6 月。

第三節　潛流與彈壓

潛流就是潛伏在下面的暗流。專制的產物是獨裁。任何時代，一個極度專制的社會只能產生獨裁，所以文革基本上是獨裁政治。文藝也是獨裁的，所以今天看到的文藝基本上都一個樣。這裡面有沒有魯迅所講的另外一個時代？魯迅說中國有兩個時代，「一個是想做奴隸而不得的時代，一個是暫時做穩了奴隸的時代。」[58]什麼是想做奴隸而不得的時代，就是異族人來統治的時代。比如說滿人來統治，蒙古人來統治的時代，漢人的地位連奴隸都不如，特別是元代，元代的漢人是很糟糕的，所以只能當關漢卿，「想做奴隸而不得」。所以魯迅呼籲第三個時代。文革就基本上沒有第三個時代，當然有些不怕死的青年人還是存在。

現在發掘出來的文革地下文學，就是這個潛流。

就詩歌來講，主要是現在寫進文學史的《今天》[59]。朦朧詩潮的主角是「今天詩派」，也就從半秘密的狀態中破土而出。《今天》聚集的是「文革」中有過曲折的心靈歷程的青年詩人，他們是新時期前期最重要的詩人，有北島、芒克、多多、食指、江河、楊煉、嚴力、曉青、顧城、林莽等。《今天》是一種民間傳播方式，但這批青年詩人的創作，在城市的知識青年中影響逐漸擴大，而文學變革的潮流也成難以遏制之勢。詩派，就是「北洋澱詩派」，就是趙振開這批人。趙振開是北京四中的，裡面的都是很優秀的青年。但是毛澤東不讓上大學，他們上山下鄉，落戶到北洋澱，包括食指，就是郭路生。還有芒克等。他們經常互相寫，抄傳。然後文革後期辦了一個《今天》，這是一黨。成都有個「野草」詩社·野草詩社，1963年在成都成立，是四川地區重要的地下文學團體，其中詩人有鄧墾、蔡楚、杜九森、陳墨、馮裡、樂加等。但成都這些詩歌寫得不好，還是北島他們寫得好。但是北島他們寫得好藏在屋頂上，是當時寫的還是後來改過的？文革文學現在有一個問題，就是需要考

---

[58] 魯迅：《魯迅全集·墳》，《燈下漫筆》，人民文學出版社，1987年北京，第213頁。
[59] 1978年12月，詩刊《今天》誕生在北京，由北島、芒克創辦。該刊在中國大陸共出了9期，另出了3期交流資料。

證,因為當時寫了馬上是要殺頭的,當時的人是不敢寫日記的。我是非常戰戰兢兢寫了十年,藏在屋頂上,最後被我爸發現了,然後就燒掉了。非常痛苦。因為他覺得不燒掉我就不安全,的確是這樣。我記錄了很多思想,這很可惜。當時人都不敢寫日記,不敢寫信,不敢表達不滿。所以現在我很懷疑這些作品有多少是原版的。還有貴州黃翔等人寫的詩。我最近主編的《中國現代漢語文學史》專門有一章就是文革地下文學。

小說方面,主要是手抄本小說,就多了。如張揚的《第二次握手》[60]。趙振開寫的《波動》[61]。靳凡的《公開的情書》[62]。也是文革地下文學。這些都體現了當時青年人的思想,反對禁欲主義,反對民粹主義,啟蒙人的覺醒,呼喚情感,呼喚友誼,呼喚平等,呼喚自由。這就是他們的主題。其實他們政治上也沒有什麼要反對的,但這樣寫,當時是禁止的。

還有大批知青歌曲,當然這些知青歌曲有的良莠不齊。

第三個就是無標題音樂,畫展[63]。1972 年調整文藝政策以後,一批藝術家以為「山丹丹開花紅豔豔」出來了,就開始把西方的古典音樂搬來,一些無標題音樂,九號奏鳴曲之類。這個也遭到批判,認為是資產階級的。黃永玉的畫也被批判,很多人當時都被批判。這些無標題的畫無標題的音樂都被批判[64],這是第二波,公開發表的,馬上就被批判。

---

[60] 張揚,《第二次握手》,中國青年出版社,1979 年 7 月。

[61] 北島,《波動》,香港中文大學出版社,1983 年。

[62] 靳凡,《公開的情書》,時代文藝出版社,1979 年。

[63] 1974 年,江青等以批林批孔為名,另搞一套,批「周公」,批「大儒」,批「宰相」。與此相配合,在文藝界,策劃了批無標題音樂、批「黑畫」兩大批判。這些都被批判。

[64] 1973 年 11 月上旬周恩來批復「同意」對外友協關於邀請土耳其兩音樂家於 12 月上中旬來華作訪問演出的報告,要外交部具體辦理此事。18 日,江青見該件後批道:「建議今後少接待或不接資本主義國家的文藝團體,其後果是嚴重的!」19 日,周恩來又批:「今後應盡可能地少接待,或有選擇地接待,完全不接待不甚可能,但我事先可調查清楚,避免請來我無法接受或不瞭解其內情的文藝團體。」之後,江青、張春橋、姚文元繼續指責對外友協的報告是宣揚「無標題音樂、無社會內容」,並在上海、天津、北京等地發起「批判資產階級無標題音樂氾濫」活動,攻擊此邀請演出是「開門揖盜」,號召「與反革命修正主義路線鬥爭」。在江青等人干擾下,原定土兩位音樂家訪華計畫未能實現。

　　最後一波，天安門詩歌，天怒人怨。1976 年 4 月 5 日，清明節，中國人民再也忍受不住暴政，紛紛借懷念周恩來發洩對文革的不滿。因為周恩來在四屆人大報告上最後有這麼一句話，這句話打動了當時中國人，叫做「四個現代化一定要實現」。因為當時中國鎖國多年，已很落後。什麼叫「現代化」都很模糊。大家主要發洩對文革的不滿，發洩對江青、王洪文、張春橋、姚文元這些人的不滿。其中有一首詩是這樣寫的，「秦皇的時代一去不復返了」[65]這裡影射毛澤東。還有首詩是這樣寫的，「欲悲聞鬼叫，我哭豺狼笑，灑血祭雄傑，揚眉劍出鞘」[66]。「欲悲」就是周恩來去世，「聞鬼叫」聽到鬼在叫。「我哭豺狼笑」。在周恩來的追悼會上，江青沒有脫掉她那經常戴著的帽子。我們這裡看不到，北京的群眾是看到了的，她動了眾怒。

　　這首詩是《天安門詩抄》中的一首。這首詩定為公安部一號案件[67]。當時沒查出來是誰寫的，當時很多人都跑到紀念碑上去送花圈、貼詩歌，形成了群眾運動，最後下令鎮壓。毛澤東說了，天安門事件是反革命[68]，宗福先的話劇《於無聲處》[69]就是寫這個事件，它的轟動

65　《天安門詩抄》，人民文學出版社，1978 年 12 月。

66　《天安門詩抄》，人民文學出版社，1978 年 12 月。

67　1976 年 4 月 7 日，姚文元組織人馬在《人民日報》以工農兵通訊員和《人民日報》記者身份發表《天安門廣場的反革命政治事件》一文，顛倒是非，歪曲人民群眾自發於 4 月 5 日在天安門的紀念活動為反革命事件。《揚眉劍出鞘》的作者被定為公安部「反革命 001 號案件」，並進行通緝抓捕「肇事者」，作家王立山於平反和撤銷通緝後才承認創作身份。

68　1976 年 4 月 4 日，華國鋒召集在京的中央政治局委員會議，錯誤地認為群眾的革命行動屬於反革命性質，作為毛澤東同中央政治局之間的「聯絡員」毛遠新把中央政治局委員會議會議情況向毛澤東作了書面報告，毛澤東圈閱批准了這個報告。4 月 6 日，中央政治局在京委員聽取北京市委的彙報，錯誤地肯定天安門事件是反革命暴亂，並要北京市委寫成材料通報全國。毛澤東又根據毛遠新的書面報告同意中央政治局的決定。4 月 7 日，毛澤東錯誤地同意發表原中共北京第一書記吳德的廣播講話和《人民日報》記者關於天安門事件的「現場報導」。就定了性。第二天就清場，工人武裝民兵鎮壓，把這些人全部驅散了，都定為反革命，毛澤東去世以後才得到平反。

69　1976 年 10 月，「四人幫」雖被粉碎了，但「天安門事件」卻未能平反，上海熱處理廠鹽浴車間的熱處理工、29 歲宗福先，作為業餘劇團的積極分子，開始醞釀一部關於「天安門事件」的話劇。1978 年 5 月，宗福先開始正式創作劇本《於

就在於天安門事件還沒平反，他先在舞臺上平反了。為什麼說是反革命，因為它影射了毛主席，的確影射了毛主席，也影射了中央文革。我講的是彈壓，潛流。所謂彈壓就是鎮壓，天安門事件就被鎮壓下去了。還有前面的黑書，潛流，或者批判或者清剿。手抄本小說就經常被清剿。

第四節　簡要的評价

這個評價，今天來看應是很清楚了。

文革文藝在我看來就是西方的中世紀在中國的一個現代翻版，在哲學上是神權主義、君權主義的反映。准宗教意義上的神以及它具體化為英雄，成為壓制人、掠奪人，使人成為非主體化的異化客體，最為空前乾淨地剔除了人的基本內涵和人類的世俗情欲。所以在這個意義上講，文革文藝等同中世紀藝術。另一方面，文革文藝極度政治化、是極權政治的文藝，這又是它超越了西方中世紀文藝的一點，它成為規範全中國人生活方式和道德情感的範本，也成為政治鬥爭的手段。所以是空前倒退的文藝。

但是，文革文藝在美學上有一個特點——具有很強的理想主義和英雄主義的情感。所以今天來看，特別是樣板戲的形式美、音樂美、舞美，都達到登峰造極的地步。江青是很懂藝術的，特別是通過唱腔設計和西洋樂隊的加入，把京劇表現得很美。打虎上山那一段圓號，就是法國號。她給每個人都設計了一套主旋律，如吳清華的主旋律，喜兒的主旋律……，吳清華的主旋律是一段小提琴獨奏，並且修改過一次。她把交響樂的方式調動起來[70]，一個是唱腔、音樂，有創新、

無聲處》，約三周就完成了準備有一年多的劇作。《於無聲處》曾獲文化部、全國總工會特別嘉獎。

[70] 汪曾祺在《「樣板戲」談往》中說，樣板戲的經驗一個是重視質量，江青總結了五十年代演出失敗的教訓，以為是質量不夠，不能跟老戲抗衡，這是對的。她提出「十年磨一戲」，戲總是要磨的，「蘿蔔快了不洗泥」，搞不出好戲，公平的說，「磨戲」思想有其正確的一面。從劇本來說，江青的「指示」，有些是有道理的，比如在今天耳熟能詳、不少人都能哼幾句的《沙家浜》「智鬥」一

有突破，當年試唱以後，要立即將錄音送交江青，由她來逐段審定。江青對現代京劇音樂的貢獻在於，過去京劇就只有三大件：月琴、京胡、京二胡，江青把西方的弦樂、管樂帶入京劇：小提琴、大提琴、中提琴、管樂，還有比如剛才我講的法國號，單簧管，雙簧管，打擊樂……包括豎琴等，全部得到了運用。這就豐富了京劇音樂的表現力與感染力。這一點，傳統戲迷不是很同意，但多數還是認同的。另外，就文學劇本而言，樣板戲當時集中了全國的藝術家，汪曾祺就參與創作了《沙家浜》。不過卻只有他一個人敢承認，其他人就不敢。

　　相對五四文藝，文革文藝實際上是一次大倒退。五四文藝第一次確立現代人的地位，但文革文藝恰恰是一個倒退，甚至我以為是對明清浪漫思潮，宋元山水意境，唐宋風骨，魏晉人文，建安風骨，春秋百家的倒退，一直退到春秋以前。春秋還是百家爭鳴，而它是集君權政權禮教於一體的最黑暗的文藝時代。這是非常奇特的現象。這只有在中國才辦得到，還有必須是毛澤東才能辦到，必須要有這種威望才能辦到，現在沒有人能辦到了。

場，原來只有阿慶嫂和刁德一兩個人的戲，胡傳奎一邊呆著去了，江青提出要把胡傳奎拉到矛盾裡來，展開三個人的心理活動。實踐證明這樣的改動很成功。

第三章　人本主義

——大寫的人（1976－1985）

　　文藝回到本身，大寫的人的時代，這就是 1976－1985 年。新時期，真正的人的回歸是一個發展的過程。實際上 1976 年還沒有真正開始，為了與政治時代諧一，把它定在 1976 年。

　　1976 年 10 月，是現代中國社會最偉大的轉折。毛澤東去世，一個時代結束，四人幫倒臺。所以 1977 年的中共十一大，華國峰代表中共中央作的政治報告中宣佈：「第一次無產階級文化大革命的勝利結束，使我國社會主義革命和社會主義建設進入新的發展時期。」[1]這就是我們講的「新時期」原典最早的出處，就是十一大政治報告。

　　「新時期」這個概念，2006 年中國當代文學年會上我大會發言[2]就講，起碼有八種能指：第一種，1976 年天安門四五運動開始，這是想用天安門詩歌運動為界。第二種，1976 年 10 月開始，這是第二種，也是原典。第三種，1978 年中共十一屆三中全會為始，這是一般人用得比較多的。但是這並不準確。官方媒體最早都是在華國鋒十一大政治報告使用時才始用新時期這個概念的，這樣劃時代的概念，按照中國政治話語准入模式，也只有中國共產黨全國代表大會的才有權利提出。但是隨著時代的久遠，特別是隨著文學發展變異的情況，有的人就忘掉了，年輕的學者也不去追溯，同時也不想去追溯。現在我這裡追溯一下這個過程。第四種是 1985 年截止，這種說法是因為 1985 年的「85 新潮」，讓文學進入了自覺的時代，以此為界標。第五種，到 1989 年 6 月截止，堅持這種說法的不多。第六種講從 1992 年截止，把鄧小平南方講話作為界標，第七種說法是把 1992 年以後叫做後新時期。第八種講法是 20 世紀末截

---

[1]　《人民日報》，北京：人民日報社，1977 年 8 月 23 日。

[2]　我這篇文章原文最先發表在《文藝報》2007 年 1 月 13 號，《「新時期文學」的邏輯起點》，人大複印資料《中國現代當代文學研究》2007 年第 4 期全文轉載。

止，21 世紀後就是 21 世紀文學。等等。實際上，新時期就是毛澤東以後的時期，本來的含義就是這樣，因為以前是毛澤東時代。音樂舞蹈史詩《東方紅》，第一句話就是，「在毛澤東時代，祖國的人民，多麼幸福；祖國的江山，多麼壯麗」。華國鋒是毛澤東欽點的，毛澤東之後就是華國鋒時代，以前的皇帝即位要改國號，社會主義不存在改國號的問題，所以稱「新時期」，就是這個意思。但現在文學界由於價值觀不同，理解不同，大家說的新時期不同，界定就有交叉，實際上主要是價值觀的交叉。比如從 1976 年 10 月以後，講毛澤東以後，講文化革命結束的政治意義，1978 年以後講另一種政治意義，就是講改革開放開始。從 1985 年開始，講文學多樣化。1992 年以後中國是市場經濟，意思是說 1992 年以後發生了另外一種變化，就是市場化，有人又把 1992 年至今的文學稱為新世紀文學，實際上就是後現代文化觀下的新的價值觀。

　　這裡想說明一下，1976 年以後，文學發生了一個巨大的變化。實際上中國當代文藝思潮從 1976 年以後，漸漸發生變化，這個變化是漸進的。這個變化的根本特徵就是由神本主義轉向人本主義，在文藝上最根本的變化就是這個東西。文藝又回到五四的主題，就是人道主義。但是他又跟五四不同。在我看來，中國當代文藝思潮在後來的發展是這樣一個過程：1976 年到 1985 年，是逐漸的變化的人道主義，文學表現大寫的人；1985 年到 1992 年，是由人道主義逐漸變化為存在主義，文學表現小寫的人。1992 年以後，逐步由存在主義演化為後現代主義和消費主義的合謀，這就成為物化的人，或者叫醜化的人，一直延伸到今天。這就完成了我的這個描述。也就是說從 1949 年開始到 1966 年，我把它叫做政治本位主義，就是以意識形態為本位。1966 年到 1976 年，我把它叫做神本主義，個人崇拜發展到極端。1976 年開始到 1985 年，逐漸就回到人本主義。1985 年以後，又變為存在主義。92 年以後，是消費主義，後現代主義，這個變化是非常大的。

第一節　以人為本：文學創作的主潮

　　這一節我們主要從創作角度來描述人道主義的湧現及其表現。還沒有從理論角度來描述。

　　新時期文藝的基本主題或者主要的價值是對人的本位的思考。由於人的本位的思考是背離政治本位、神本位的一個深刻的革命，所以它的變化是漸進的。它不同於五四時期的狂潮。它受制於新時期，1976年以後中國政治鬆動，政治正常演變，而逐步發展。它是越來越深入到人本位。

　　「人本位」在今天的中國已經不是問題了，胡錦濤、溫家寶經常講「以人為本」，但 70 年代談是要被批判的。所以是隨著政治鬆動、政治內涵變動而逐漸變化和確立的。

　　這一時期的文學，包括以人為本的文學思潮，經歷了如下三個階段：第一個階段叫政治反思，第二個階段叫社會反思，第三個階段叫倫理反思。到倫理反思的時候，在我看來，才真正完全確立了人本位。同時這幾個階段，政治反思，社會反思，倫理反思有時候是交叉進行的。新時期文學當時在這個方面最有影響的是小說，所以我主要以小說來觀照。

一、政治反思

　　新時期文學對文革文學的解構，或者說發難，最早是從政治角度開始的，就是用新的政治否定文革政治。

　　什麼是新的政治，這個內涵是變動的。可以這樣講，就是用新時期的政治去否定文革政治。

　　新時期的政治經過了這幾個階段。第一階段是華國鋒時期，這就是十一大開始，毛澤東去世後他當了主席，馬上召開了十一大，然後一中全會、二中全會，三中全會，但是他政治基本上是維護毛澤東，維護毛澤東的文化革命定論。所以天安門事件也不能平反，經濟也不能搞，繼續搞政治鬥爭、階級鬥爭。

　　十一屆三中全會以後，鄧小平提出了實事求是，解放思想的口號，然後接下來搞了改革開放。其實改革開放最早提出是在西單牆的大字報上。當然寫在西單牆上沒什麼用，因為你沒有權威，政治家講就有用。用新時期的政治去否定文革政治，這個過程在文藝上體現為「傷痕文藝」與「反思文藝」，實際上「傷痕文藝」和「反思文藝」

也是政治文藝。它是在政治反思中來體現人的反思，以政治批判的形式反思神權政治、政治本位，從而思考人的本位，並確立人的本位。

反思是對思考的再思考，或者是對思想的再思想，也就是對以前的思想結論的再思考。因此這個政治反思就是對以前的政治思潮的否定過程。

（一）傷痕文藝對文革政治的批判

1977 年 11 月，劉心武的短篇小說《班主任》在《人民文學》上發表，1978 年 8 月，盧新華的短篇小說《傷痕》在《文匯報》上發表。以及這個時期，北島等詩人的詩歌創作，北京的星星畫展等等，共同地思考了文革政治對中國社會和人民心靈造成的創傷。所以文藝界把這一段時期人們對文革政治對人的傷害的批判叫做「傷痕文學」。這個主題一直延續到 1980 年。我每一次招研究生，復試的時候，總有同學抽到「傷痕文學」和「反思文學」比較這一問題，幾乎都不能回答，都不知道什麼是「傷痕文學」和「反思文學」的區別，這說明這個文學概念在今天有了失語的現象。

《班主任》的發表具有里程碑意義。在我們新時期文學裡，這個短篇小說第一次正面批判了文革政治。它從兩個方面批判了文革的封建蒙昧主義。一個是神道，一個是獸道。謝惠敏是作為神道的面貌出現的，她是傳統清教徒政治的代表，是告密政治，小報告政治，專制政治的體現。她有個反文化的政治結論：《牛虻》是黃色小說。宋寶琦，專門打架，是個小流氓，作為獸道面貌出現，文化革命武鬥、「打砸搶抄抓」成風，不讀書，無文化，造成了新一代的文化缺位，培養獸道精神。你不要看文化革命很理性，其實它也有非理性的一面，培養獸道精神。「打砸搶燒抓」是從 1966 年 8 月北京的「紅衛兵」開始的。「紅衛兵」是「文化大革命」期間被林彪、江青反革命集團利用的全國性的以大、中青年學生為主的群眾性組織，於 1966 年 5 月下旬最早在北京出現，並首先在首都的青少年中發起了紅衛兵運動。開始時，他們可以跑到任何人家裡去搶東西，燒東西，並美其名曰「破四舊」，口號當時很響亮。當時有報紙報導小將的行動——勒令外國修女滾出去，果然那些修女就滾出去了。1966 年 8 月 24 日，首都紅

衛兵高舉反帝反修的旗幟，組織了幾十萬人的大會，將蘇聯大使館前的「揚威路」正式命名為反修路，同一時期，紅衛兵小將沖進教堂，在中央文革和公安機關的支持下，驅逐了八名披著宗教外衣從事間諜活動的羅馬修女，大滅了帝修反的威風，大長了革命人民的志氣。[3]毫無法紀地亂整，但毛澤東支持。實際上毛澤東的目的就是打倒劉少奇，但是他當時沒有講，這個政治鬥爭是很厲害的。毛澤東點了火以後，就跑到「黃鶴白雲的地方」去了。毛澤東 1966 年 7 月 8 號給江青的信：「自從六月十五日，離開武林以後，在西方的一個山洞裡住了十幾天，消息不太靈通。二十八日來到白雲黃鶴的地方已有十天了。天下大亂，達到天下大治……」，他在武漢橫渡長江，紅衛兵就在北京亂整。劉少奇沒辦法，不知道怎麼辦，只有組織派工作組到各高校把運動引向秩序，講究內外有別，等等。毛澤東回來後，說這個是「鎮壓學生運動」，「50 多天裡」，「執行資產階級反動路線」。「資產階級反動路線」的最初提法是「資產階級反對革命路線」。「批判資產階級反動路線」，是 1966 年在 10 月 1 日《紅旗》雜誌第 13 期社論和林彪當天在天安門城樓的講話中公開提出的。林彪講話中提的是「資產階級反對革命路線」。他說：「在無產階級文化大革命中，以毛主席為代表的無產階級革命路線，同資產階級反對革命路線的鬥爭還在繼續。那些堅持錯誤路線的人，只是一小撮人，他們脫離人民，反對人民，反對毛澤東思想，這就決定了他們一定要失敗。」這個「打砸搶燒抓」就是從「紅衛兵」時候開始的。西安紅衛兵搞了一個「紅色恐怖隊」，大字報上寫著「全面實行紅色恐怖」，到處抄家。北京紅衛兵有一個「西糾」[4]，還有就是「首都紅衛兵聯合行動委員會」即「聯

3　《天翻地覆慨而慷──無產階級文化大革命大事記（1963.9-1967.10）》）。

4　1966 年 8 月 25 日，北京市四中、六中、八中、師大女附中等西城區 31 所中學的紅衛兵組織在師大女附中集會，決定成立首都紅衛兵糾察隊西城分隊（簡稱「西糾」）。其後又有西城區 19 個學校的紅衛兵組織加入了「西糾」。「西糾」成立後，陸續發出了 13 個通令，對保衛中央黨政機關，保護老幹部，保衛國家機密，維護首都社會秩序，反對批鬥、抄家中的武鬥、體罰等方面作了具體詳盡的規定。這些通令流傳全國，產生了一定的積極作用。這個組織成員基本是老幹部子弟，搞的准軍事化。

動」[5]然後就是全國搞武鬥，毛澤東說你們這個算什麼武鬥，重慶才是武鬥。[6]除了飛機什麼都打，重慶專門有個紅衛兵墳墓，死了很多人，因為那個地方是兵工廠，望江兵工廠。有個口號叫「世界革命看中國，中國革命看西南，西南革命看重慶，重慶革命看望江，望江看金猴，金猴看鄧長春」，後來周恩來就把鄧長春抓了。這就是文革，獸道。但是有個問題卻很奇怪，雖然亂砸亂打，但是所有的銀行都很安全，所有的公家財物都是好的。他們的行動是政治理念化的，把反對派打倒，但財物都不拿給自己。要是現在就不得了。小說結尾提出口號，「救救被四人幫毒害的孩子」[7]，在當時引起了很大反響。一個是謝惠敏，一個是宋寶琦，神道與獸道，這有點模仿魯迅的《狂人日記》，「救救孩子」，劉心武是師專畢業，在北京郊區教中學。他提出這個口號，涉及到對人本身的思考，但僅僅只是涉及到，並沒有深入地思考，主要還是政治批判。而魯迅想得更多，「我未必無意之中，不吃了我妹子的幾片肉，現在也輪到我自己，……」[8]

5　聯動是文化大革命時期「首都紅衛兵聯合行動委員會」的簡稱。1966 年 12 月 5日成立。以西城區糾察隊、東城區糾察隊、海澱區糾察隊為骨幹，總部設在北大附中。「聯動」的組織者是北大附中、清華附中、石油學院附中、八一學校、101中學等海澱區十幾所中學紅衛兵的負責人，總部設在北大附中。這是一批十六、七歲的青年人，多為烈士子女和高幹、軍幹子弟，曾受到毛澤東肯定的最早的老紅衛兵。他們發現自己燒起來的「天下大亂」之火，燒著了自己的父輩，連自己也成了黑幫、走資派的「狗崽子」，他們只能組織起來自救。其政治綱領，是反對中央文革和「反對亂揪革命老前輩」。由於聯動的活動干擾了毛澤東打倒走資派的戰略部署，1967 年 1 月 17 日公安部長謝富治說：「『聯動』是反動組織，頭頭是反革命。」《紅旗》雜誌同年 3 期社論《論無產階級的奪權鬥爭》也斷定聯動是「反革命組織」。5 月 29 日以聯動為核心，在天安門廣場召開了「紅衛兵萬歲」的紅衛兵一周年紀念會。作為組織的聯動從此結束了活動。而個別成員的活動則維持到1968 年春夏間。後來被定位為「反動組織」，很多老幹部的子女都是「聯動」的成員，「聯動」就是反對中央文革，反對江青等人，保護老幹部，這就是政治鬥爭。

6　武鬥是文革中不同造反派組織之間相對文鬥的武裝衝突。從最開始的棍棒，到自製步槍，手榴彈甚至土炮裝甲車等。最早在上海開始，後擴大到全國。武鬥者多為年輕人，死傷慘重。重慶市沙坪壩區沙坪公園內現保有全國唯一的武鬥公墓。

7　這句話出自劉心武短篇小說《班主任》，這篇小說最初發表在 1977 年 11 月號《人民文學》頭條位置。

8　引自魯迅白話短篇小說《狂人日記》，本篇最初發表於一九一八年五月《新青年》第四卷第五號，作者首次採用了「魯迅」這一筆名。它是我國現代文學史

　　《傷痕》要深入一些。盧新華寫了王曉華母女的悲劇，一段情感糾葛。母親出生不好，她要跟母親劃清界限，你不劃清界線就沒有出路啊，很多家庭父子母女反目。你必須這樣做給人家看，人家才相信你。劉少奇的女兒揭發過他，寫大字報，到處張貼，聲討劉少奇。王光美出獄時也有過噴言[9]。但人道地來看，年輕人也要生存啊，他不跟你劃清界線，他如何生存發展？當然，劃清界線，最後證明也是沒有意義的。文化革命政治就是這樣殘酷，每個人必須站出來表態，劃清界線。黨組織團組織都要來檢查，你不敢說不，所以《傷痕》寫得比較好，深入到極左政治下自然親情的毀滅，深刻解剖了文革給每個家庭帶來的傷害。這個創傷是不可逾越的。實際上當時的人是工具，是屈從於政治的，沒有理念，越虔誠悲劇就越慘烈。誰沒批判過胡風，每一個人都批判過胡風，巴金也批過胡風。每個人都要表態，全部拉下水。文革政治是非常殘酷的。馮驥才的中篇小說《啊！》，寫知識份子慘遭迫害後的精神創傷的空前慘烈態。徐遲的《歌德巴赫猜想》、劉賓雁的《人妖之間》都是報告文學，都是政治文學批判，批判文革政治對每個人造成的創傷。從文革走過來的人，每個人都應該說「我未必沒有吃過我妹子的幾片肉」。就是這樣，每個人都這樣。這就是「傷痕文學」。為什麼叫「傷痕」？這是一種自戕的精神創傷。

　　從《班主任》到《傷痕》，你會發現有一個深入，什麼深入呢？就是由整體的政治批判開始深入到人倫親情，深入到人，開始接觸到人在政治鬥爭中、政治批判中所受的傷害，就涉及到人道主義這個命題本身，人道主義在新時期是慢慢昇華的。馮驥才的中篇小說《啊！》寫的是文革時期知識份子所遭受的政治迫害，以及在政治迫害中心靈上的恐懼感和精神上的悲劇，他展示的也是人的精神問題。

<hr>

上第一篇猛烈抨擊「吃人」的封建禮教的小說。此小說收錄在《吶喊》，見《魯迅全集》（第一卷），北京：人民文學出版社，1982 年版。
[9]　歷經家破人亡的人間慘劇，飽嘗 12 年漫長的冤屈，王光美如果怨恨甚至追究曾經迫害他們的某個人，誰都可以理解。然而，晚年的她選擇了寬容。她的繼女劉濤在「文革」中被江青一夥利用，曾經寫過「揭發」劉少奇的大字報，「文革」後，劉濤向母親懺悔，王光美原諒並重新接納了她。當年，一個在中南海工作的人曾教王光美的女兒小小當著她的面唱打倒劉少奇的兒歌。有人問王光美這個人是誰，她說：「我不想去追究了。」——如果有，那可能也是句氣話，找不到相關記載。

　　「今天詩派」是一個比較複雜的詩歌流派,《今天》這個雜誌最先是以郭路生(即食指)為首的從北京到白洋澱插隊的知青,在對文革政治覺醒後所聚集起來的詩人群所創辦的刊物,最先是個手抄本。我所說的複雜指什麼呢?凡是反對現成的一切,他們都認為是詩歌應表達的;凡是與官方對立的,無論從思想上還是從意識上,裡面有政治批判也有愛情詩。今天詩派的政治詩也是傷痕文學的一個組成部分。如北島的《回答》,就是個政治批判,「告訴你吧,世界,我——不——相——信!」[10]當然也有一些表達個人情感的詩,還有一些朦朧詩,即意象很朦朧,很灰暗的詩,所體現的是文革中受傷青年的反思。

　　戲劇方面。傷痕文學中最有影響的是《於無聲處》,作者叫宗福先,是上海的一個工人。文革時期宗福先喜歡寫文革文學、文革作品,但他很快覺醒,傷痕文學一開始,他就寫了《於無聲處》。這個戲劇直接描寫了天安門事件和一號案件的破案過程,他很巧妙地將《雷雨》的情節貫穿進來,24 小時內展示出整個悲劇過程,「於無聲處聽驚雷」源於魯迅的詩句「萬家墨面沒蒿萊,敢有歌吟動地哀。心事浩芒連廣宇,於無聲處聽驚雷。」[11]這個劇本是最典型的政治批判,因為當時天安門事件還沒有平反。曹禺當時也寫過一篇文章發表在《人民日報》上,說的是宗福先昨天來看我,我要稱他為老師,因為他說出了大家想說的話[12]。

　　還有一個話劇叫《報春花》,寫工廠題材,批出身論,一個紗廠很漂亮的年輕女工,積極上進,但是她出身不好,因此遭到迫害。來

---

[10] 北島:《回答》,最初發表在《今天》的第一期(1978 年 12 月)上,1979 年被《詩刊》轉載。很多人認為這首詩歌寫於 1976 年 4 月的「天安門事件」,是對這一事件的反應。但齊簡在回憶文章裡(《詩的往事》收入《持燈的使者》一書,香港:牛津大學出版社)提出,《回答》的初稿寫在 1973 年 3 月 15 日,最初的名字是《告訴你吧,世界》,後來多次修改才成我們看到的版本。

[11] 魯迅:《魯迅日記》一九三四年五月三十日:「午後為新居格君書一幅雲:『萬家墨面沒蒿萊,……』後這首詩歌以《無題》收錄在《集外集拾遺》,見《魯迅全集》(第七卷),北京:人民文學出版社,第 448 頁。

[12] 1978 年 11 月 16 日,《人民日報》、《光明日報》在頭版刊發新華社文章:《中共北京市委宣佈天安門事件完全是革命行動》。同一天,《於無聲處》在北京首演。當天的《光明日報》上,曹禺先生撰文說,編劇宗福先「說出了全國人民憋了許久的心裡話,說出了真話」,「『禁區』的門被他打開了」。

到新時期成了工業戰線上的報春花。這也是批判性的,批的是「血統論」。什麼是「血統論」呢?即文革時期唯家庭出身的理論,叫做「龍生龍,鳳生鳳,老鼠生兒會打洞」。黑五類的子弟,沒有紅五類好,黑五類的子弟沒有出路,什麼事都不能做。當時有一個人叫遇羅克,是遇羅錦的哥哥,遇羅錦寫過兩個中篇,《春天裡的童話》、《冬天裡的童話》[13]。遇羅克他們有點像殘雪兄妹倆,但不同的是,殘雪他們在湖南,沒有在政治話語中心,也沒有參加革命,只是自身體驗過,殘雪小說表達的是關於文革的一些想像,體驗,用一些惡毒的意象來表達她的個人體驗。遇羅克這個人很有政治抱負,可是一下子就完蛋了,因為他寫了一篇很有名的論文《出身論》[14],批判血統論,遇羅克跟北島他們是朋友,遇羅克後來是被槍斃的,因為寫這個《出身論》以現行反革命的罪名被槍斃,遇羅錦後來寫了一些自傳性的文章來追述這一點。《報春花》之所以轟動,因為她批判的是血統論,因為當時遇羅克作為政治批判並未平反,特別是所謂出身不好的人,所謂出身不好,是指父親曾是地主啊,資本家啊,還有國民黨的軍政官員啊等等。但這部分人都很有才華,所以被壓抑。傷痕文學裡的話劇,當時很轟動的有這一部。

　　還有一個是星星畫展[15]。「為什麼叫星星?」畫展的發起人和命名者黃銳解釋說:「『文化革命』的時候,你可以說星星,可是你不能用

---

[13] 遇羅錦,《冬天的童話》,人民文學出版社,1985 年。1981 年 2 月,在遇羅錦與蔡鍾培離婚案件重新審理過程中,遇羅錦又寫出《春天的童話》,想用文字來回答輿論的譴責。她還認為新華社內參中很多是「無中生有」、「任意誇大」,尤其是「她對一個老幹部的追求」。

[14] 1966 年 7 月至 9 月,正當「老子英雄兒好漢,老子反動兒混蛋」的對聯風行之際,25 歲的北京徒工遇羅克,為了向社會公開其獨立思考和向血統論發起挑戰,伏案寫下了著名的《出身論》等文章。《出身論》對反人權的血統論進行了無比猛烈的批判。文章一問世,就贏得千百萬人的強烈支持,但也冒犯了文革當局。遇羅克 1968 年初被捕入獄,1970 年 3 月 5 日慘遭處決,結束了寶貴的生命。

[15] 1979 年 9 月 26 日,黃銳、馬德升、王克平、曲磊磊、阿城、李爽、嚴力等人舉行畫展,他們的畫是改革開放之後最早受到西方技法和思想影響的作品,吸引了很多市民。兩天後畫展被有關部門取消,經過一番抗議和交涉,12 月份,第一次星星畫展得以在北海畫舫齋繼續。1980 年,在當時全國美協主席江豐的

在公共場合上。因為只有一個唯一的發光體是太陽，太陽就是毛主席。那時候我們想得非常自然，每一個星星都是獨立發光的，它能自己存在，為了自己存在。」當時是一個地下畫展，很多很有才華的青年通過畫來表達心中的政治想法，很多人通過畫面色彩來表達對政治的不滿。比如說畫的太陽是殘缺不全的，是黑的，他們將心中的憤恨通過畫面表達出來，有的雖然很隱諱但能看得出來，這種形式當時很流行。在北京，星星畫展是伴隨著西單牆[16]大字報的主題的。一個是批判毛澤東，當然也批判四人幫。一個是鼓吹改革開放，當時講改革開放可是反革命，因為當時正是「兩個凡是」論時期，但後來借鑒了。這就像今天的「以人為本」一樣，正面化了，可在當時卻是了不得的事。毛澤東的政策怎麼可以修改呢？怎麼可以說改革呢？外國都是帝、修、反。怎麼可以對外開放呢？後來越寫越火爆，後來涉及到政治批判，複雜化了，西單牆也就給封掉了。

　　十一屆三中全會以後，就轉向了正面的改革開放。鄧小平同時提出改革開放必須堅持四項基本原則，鄧小平的政策是比較穩妥的，既避免了政治的動盪，同時也進行了經濟建設。改革開放主要是指經濟方面的改革。

　　總的來講，傷痕文學的反思，我把它叫做一種政治反思。所謂政治反思，就是說用一種新的政治理念來批判文革政治。批判文革中的「以階級鬥爭為綱」，「以路線鬥爭為綱」的那種政治鬥爭，以及那種政治模式，和那種意識形態模式；重新張揚一種開放的，一種以經濟建設為中心的政治。

　　這個政治批判它著重探討文革對民族的靈魂，對共產黨和群眾之間的相互關係，以及共產黨幹部與幹部間的互相傷害，他們互相殘殺，包括幹部與幹部，群眾與群眾。有一些作品涉及到人本問題，但

支持下，第二屆星星畫展在中國美術館展出。星星畫展創造了紀錄，原本展覽三個星期，後來又延長了兩個星期。人數是 16 萬，每天都有七八千人來參觀，最多的一天有上萬人排隊。1981 年以後星星畫展被停辦，其人員也大多出國。

16　指在「文化大革命」期間，當時北京西單街頭人們貼大字報的地方。1979 年
　　12 月 6 日，北京革命委員會發出通知，宣佈禁止在「西單牆」張貼大字報。的
　　大字報流傳的，西單牆就是在西單牆壁上貼大字報。

它們是不自覺的，這種涉及是對非人的獸道進行人道主義的批判，但他們提到的新的理想也還是一種政治文學，而不是人本主義，還是一種政治批判，這是傷痕文學的一個問題，即歸根到底它是政治文學。它是由新的政治文學向人本位文學過渡的一個階段，這也清楚地說明，歷史是漸進式發展的。

（二）反思文學對 50 年代以來極左政治的批判

　　反思文藝為什麼叫反思文藝？傷痕文學以後，作家很快把批判的矛頭向上追溯，一直到 50 年代，特別是 1957 年以來的極左政治。當時的背景即是中共中央對 1957 年反右鬥爭的平反，胡耀邦時任中共中央組織部長，把共產黨 1957 年以來的運動凡是涉及幹部的，都給平反，他把以前的結論推翻，基本上每個人都平反。[17]我記得當時非常嚴重的一個問題是關於陸定一的平反、「六十一個叛徒集團」的平反、胡風案的平反。以及地、富、反、壞、右的摘帽，地、富、反、壞、右叫五類分子，地是地主，富是富農，反是反革命，壞是壞分子，右是右派分子，在當時幾乎全部摘帽。[18]作家的筆觸也涉及到這個問題，開始批判 50 年代的極左政治，評論家把這部分作品叫反思文學。但是在我看來，反思文學仍然是一種政治文學。反思文學更廣泛地涉及到人在殘酷政治鬥爭中的狀態，觸及到人本位的問題。

[17] 1978 年 12 月 29 日，中共中央批轉中共最高人民法院黨組《關於抓緊復查糾正冤假錯案認真落實黨的政策的請示報告》。此後，平反冤假錯案的工作全面展開。1981 年 6 月，中共十一屆六中全會通過的《關於建國以來黨的若干歷史問題的決議》對「文化大革命」及其以前的「左」傾錯誤，作了徹底否定的結論。這使一切冤假錯案的平反有了可靠的依據。到 1985 年，全國規模的平反冤假錯案的工作基本結束。據不完全統計，經中共中央批准平反的影響較大的冤假錯案有 30 件，全國共平反糾正了約 300 多萬名幹部的冤假錯案，47 萬多名共產黨員恢復了黨籍，數以千萬計的無故受株連的幹部和群眾得到了解脫。

[18] 1957 年的黨發動了整風運動並決定開展反右派鬥爭，沒有正確認清當時的情況，而擴大化了，由此很多人都成為右派分子，給戴上了右派帽子，這是人為的戴帽。當時被錯劃右派的人多達 55 萬人，他們大多數為國家各個行業的骨幹人才，尤其是教育科研部門的知識份子居多，使他們長期受到不公平的待遇。後來在文革期間，更是人為的戴帽，許多人被打成了「走資派」、「修正主義分子」、「叛徒」等。十一屆三中全會後黨的路線和政策的調整，開始給無辜受牽連和錯劃的人平反，被稱之為「摘帽」，這又是人為的摘帽子。

反思文學是以 1979 年 3 月張弦的短篇小說《記憶》的發表為開端，以 1979 年 9 月高曉聲發表的短篇小說《李順大造屋》[19] 為成熟的標誌，從此被評論界所認定，然後出現了這個概念。

反思文學相繼出現了茹志娟的《剪輯錯了的故事》、張一弓的《犯人李銅鍾的故事》、周克芹的《許茂和他的女兒們》、魯彥周的《天雲山傳奇》、張賢亮的《靈與肉》、《綠化樹》、《男人的一半是女人》、《河的子孫》等一系列中長篇小說，還有從維熙的《大牆下的紅玉蘭》，王蒙的中篇小說《布禮》，李國文的《月食》。詩歌林希的《無名河》等等。

茹志娟的《剪輯錯了的故事》寫農村合作化，寫大躍進，寫鄉村的災民，寫饑荒。《李順大造屋》寫的是 50 年代一個叫李順大的農民造了一輩子的屋，也沒有造成。《犯人李銅鍾的故事》寫一個生產隊長叫李銅鍾，為了農民能吃飽飯最後自己卻被抓了。《許茂和他的女兒們》是四川作家周克芹寫的，簡陽人，這個小說寫他七個女兒在文革中苦難的遭遇。張賢亮的這批小說主要是寫右派分子，一個叫章永璘的右派分子，張賢亮的小說又叫大牆文學，寫章永璘在監獄裡讀《資本論》，我印象很深的是寫饑餓感寫得很好。還有叢維熙的《大牆下的紅玉蘭》，大牆即監獄，也是寫那個時期的文學。這是當時很火爆的一批作品，現在恐怕只有當代還會講一點。

反思文藝在主題上有兩個分支，一個是 1957 年及其以前知識份子包括從胡風以來，主要寫知識份子題材的小說；再一個是 1958 年大躍進開始以來的農村題材。這還是五四以來兩個形象的延伸，農民和知識份子。總的來講，反思文學也是從政治學的角度，用新時期政治來批判 50 年代的體制，企圖重新給過去的歷史作一個總結。所以，反思就是對結論的再思考，對思考的再思考。

反思文學比傷痕文學更深廣一點的是，從整體的面上，提出了農民的命運問題，50 年代極左政治下農民的命運問題。農民沒有飯可吃，生存都成問題，要拯救農民的命運。

---

[19] 高曉聲：《李順大造屋》，最初發表在 1979 年 7 月的《雨花》雜誌。故事講述了 20 世紀 50 年代到 80 年代，農民李順大想造一個屬於自己的房子，歷經三十年的風雨，終於建造起屬於自己的三間土坯房。

但這些作者在我看來在價值觀上有一個問題，他們不過是用一種忠誠和道德來美化主人公，沒有人的人本自覺，沒有人本自覺，意思是說，特別是知識份子的題材的小說，都是一個主題，即：我們是屈原，我們本來就很忠實於你們，我們本來就很忠實我們的黨，比你們更愛黨，更愛祖國，我們只是被你們冤屈了，基本上都是這個立場。這些作家都戰戰兢兢地反思，沒有人本的角度。有時，比極左政治還極左，在我看來，張賢亮的很多小說都是這個問題，你說我是右派，我哪裡是右派，你看我的主人公在監獄裡，把馬克思的《資本論》天天抱著讀。讀馬克思沒有錯，但這樣寫的意思和傾向就是一個屈原情結。這是當時反思文學作家價值觀上的問題，實質上他們的整個價值觀還是 50 年代的政治本位主義的價值觀，《天雲山傳奇》《靈與肉》，改編成電影也一樣，都是從監獄出來後，比誰對革命還革命，親戚從國外回來，請他出去繼承遺產，他死不動搖，死都要死在這裡，被稱為愛國主義。

張賢亮的創作當時遭到一些評論家的批評。高爾泰在《讀書》雜誌上發表了《願將憂國淚，來演麗人行——讀〈綠化樹〉》，他和張賢亮是一個省的右派，在一個地方當右派。他批判主要是說作品太不真誠，虛偽，張賢亮也沒有回應。但他後來的創作形象發生了很大的變化，體現在章永璘的變化上。他有一個人物叫許靈均，屈原，字靈均，我們就是屈原。《靈與肉》的主人公叫許靈均也許就有這個寓意而故意為之。

相反在反思文學中，寫得好的是農民題材的小說，作家表現了一種真誠。

最典型的《李順大造屋》和韓少功的《西望茅草地》較為有代表性。李順大三十年造屋而不得的悲劇，除了農村的貧困以外主要是他自己有一個根深蒂固的奴性存在，在農村殘酷的政治鬥爭中的一種恐懼感，一種怕富感，特別是每次運動來了之後，凡是造好屋的都拆了，他很慶倖自己沒有造好，還幸災樂禍，大家很難理解為什麼農民造了屋子要拆了。政治很殘酷的，那個期間「一打三反」割資本主義的尾巴，把農民的豬拉走，搶走，把你的牛給搶走，很殘酷的，我親眼見過，但我沒有去做。在農村，那個時候，木匠啊，鐵匠啊，該交多少

錢給生產隊，一算幾十年，算下來，他哪裡有什麼錢交給生產隊？村裡富裕的人都很恐懼運動，窮人呢，他們已經很習慣搞運動，越窮越好，很多的運動不斷的搞，這是很不正常的現象，幾十年就這麼搞過來了，就像古華寫米豆腐西施的那部長篇小說《芙蓉鎮》，裡面有個瘋子，一旦喊「運動了，運動了！」大家就要遭殃了，這都是很真實的，但當時很難想像，沒有人想這是不好的，要富就一起富，窮人最革命。

　　作家最真誠的是農民的小說。

　　《西望茅草地》這個小說呢，我以為，有一種人文深度，韓少功的作品。他寫的是農場，場長叫張種田，革命老幹部，農民出身，但是由於他不懂科學，主要搞政治運動，生產搞的一團糟，心是好的，但農民老是挨餓，經常教育青年，要這樣那樣，結果青年都非常痛苦，傷害青年的心靈，自己過的是清教徒式的禁欲，生活，干涉養女的愛情。他自己沒有孩子的，只有一個養女，養女要談戀愛，他批判，最後養女抑鬱而死。這個小說我以為寫得比較深入，從對極左政治的批判，最後涉及到人本反思、文化反思，開始思考人本身。張種田這個人政治堅定、道德高尚，但他基本上沒有人道主義的觀念。他以為他在愛護他的養女，讓她不要犯錯誤，結果殺了她。50 年代的社會就是這樣的，小說批判了沒有人本主義的極左政治的殘酷。

（三）反思文學價值觀推動下的真善美思考

　　首先，寫真實成為主潮。

　　1976 年開端，1977 年湧起的文學解放大潮，首先湧起的是寫真實的潮頭。這是因為，在一個善、偽善推到極端的「瞞和騙」的時代，真實才第一次顯示出其珍貴的價值。一時之間，寫真實成為時代的主張。

　　《傷痕》的發表引起巨大的爭論，一種意見認為：寫出了生活歷史的真實；另一種意見認為，傷痕體現的不是時代的本質，不是生活的真實。顯然，第二種意見仍然以先驗現實主義為根據，似乎文藝必須從所謂社會主義本質出發，反映這個「本質」才是真實的。多麼需要對這種偽善的理論提出挑戰呵！蘇中在《漫話文藝的真實性》[20]中

---

[20]　《文藝報》1978 年 6 期。

首先提出：「真實性，是馬克思美學思想的基礎。藝術的真善美，是以真為基礎的」「『四人幫』理論最關鍵的一條，就是反對文學的真實性，反對現實主義的這個基本原則」。王西彥在《生活真實和藝術生命》[21]中說：「巴金不久前指出：『當前，在質量問題上面臨著兩大公案：一個公式化概念化，另一個是虛假。』這是『四人幫』反現實主義的『理論』所造成的禍害。他認為，『我們的當務之急，就是怎樣恢復現實主義的好傳統。』」潔泯在《文學是真實的領域》[22]中以純理論的形態論證了現實主義文學是真實的領域的論題，為「寫真實論」探路。

周揚在《關於社會主義新時期的文學藝術問題》[23]中號召寫真實，主張要堅持反對一切說假話、說空話的虛偽的文學。上述這些論點論述，集中地體現出這樣一種思維邏輯：文革文藝無真實；新時期文藝恢復現實主義傳統；首先要恢復的是寫真實，寫真實是現實主義最基本的要求；反對任何一種意義上的偽真實。在這次討論中，呂正操在《人民日報》上的長篇論文強調的也是生活真實高於藝術真實的命題，他們似乎是在重複車爾尼雪夫斯基的老調，但事實上是時代精神的體現。

其次，文壇興起「傷痕熱」。

1978 年的文學創作，以思想的日益解放，反映生活的真實性和社會主義精神為主要特徵，那股文學解放的潮頭來勢之猛，令人振奮。短篇小說《傷痕》（盧新華，《文匯報》1978 年 8 月 11 日）、《神聖的使命》（王亞平《人民文學》1978 年 9 月）、《最寶貴的》（王蒙，《作品》1978 年 7 月）、《獻身》（陸文夫，《人民文學》1978 年 4 月）、《我們的軍長》（鄧友梅《上海文藝》1997 年 7 月）、話劇《於無深處》（宗福先）、《曙光》（白樺）、《陳毅出山》（丁一山）、報告文學《歌德巴赫猜想》（徐遲）……，都以其對文革現實的真實的、赤裸裸的反映而獲得巨大的美感，以真為美成為時代的審美時尚。

以上講的是第一個大問題，政治反思。

21　《文藝報》1978 年 6 期。

22　《文學評論》1979 年 1 期。

23　《人民日報》1979 年 2 月 24 日。

二、社會反思

　　第二個大問題，我們講一講社會反思，就是人的尊嚴和人的地位問題的提出。

　　社會反思文藝，這個概念是我提出的概念。以前文學史上講的反思文學，只指反思 50 年代以來極左政治題材的小說，就是我上面講的政治反思。

　　在我看來，政治反思以後就是社會反思。社會反思文藝包括四個方面的思考。一個是《詩刊》1980 年「青春詩會」對以人為本、人的尊嚴的社會反思；二是以諶容的《人到中年》代表的普通人地位尊嚴的社會反思；第三個以女性作家創作對女性獨立與愛情關係的社會反思；第四個是以高曉聲的《陳奐生進城》、何士光的《鄉場上》為代表的農民題材的社會反思。這是文學逐漸從政治文學中走出來以後向人的轉化與思考的階段。

（一）以人為本、人的尊嚴的社會反思

　　1980 年開始的這部分作品，其鮮明的特點是，擺脫了政治反思中的狹隘的政治批判，不再把文藝看作狹隘的政治批判，而是在社會這個廣闊的背景中，在當代文學中，我以為是在當代文學歷史中第一次把人突出出來，在人與社會的對稱中強調人的地位，人和社會對稱中，來強調人的地位，正面提出人的地位和人的尊嚴的問題。

　　總的來講，正面提出人的尊嚴地位，我以為是《詩刊》1980 年 9 月《青春詩會》[24]，那次青春詩會請的都是剛剛出名的朦朧詩人，又恰

---

[24] 由《詩刊》社自 1980 年開始主辦，之後每年舉辦一屆。（1981、1989、1990、1996、1998 年沒有舉辦），第一屆「青春詩會」在北京和北戴河兩地舉行。歷屆青春詩會推出了眾多的優秀青年詩人，其中很多成為後來中國詩壇的代表人物。青春詩會曾有過兩個輝煌的黃金期，第一個黃金期是首屆青春詩會，參加的詩人包括朦朧詩的主將顧城、舒婷、江河等，這次詩會的成果在《詩刊》1980 年 10 月號以「青春詩會專號」發表，轟動詩壇，為八十年代的中國詩壇揭開了青春篇章。第二個黃金期是第 6 屆和第 7 屆，湧現出於堅、翟永明、韓東、西川、歐陽江河等重要詩人。開始。《詩刊》已經主辦了二十幾次了。

恰發生了「渤二事件」[25]，油輪沉了，死了很多工人，詩人以其背景寫了很多詩。這些詩正面提出了這個問題：「人不是上馬鐙／不是螺絲釘。」當時媒體主要就這個事件批評官僚主義，但詩人們深入關切的是卻是人和政治的關係，人和政治的關係的目的指向是人是第一，這是中國當代文藝思潮一個非常深刻的變化。

在這之前，我們的政治文化都認為人是革命機器中的一個螺絲釘，雷鋒的日記中提到「我願永遠做一顆螺絲釘」[26]。這些詩人從哲學本體上批判政治本位或物本位一系列本位，提出人的本位的問題，這是一個標誌。

我們的事業是為了什麼呢？是為了人；革命是為了什麼呢？是為了人，而不再說人是為了革命，人是出發點，人也是目的。強調人的本位，強調了人的尊嚴和價值，在我看到的作品裡，正面提出的就是《青春詩會》[27]。

---

[25] 中國建國後損失最為慘重的海難事故。1979 年 11 月 25 日凌晨 3 時 30 分左右，石油部海洋石油勘探局的渤海二號鑽井船，在渤海灣邊往新井位的拖航中翻沉。當時船上 74 人，72 人死亡，直接經濟損失 3700 萬元。海難發生後，有關部門領導對這一重大事故搶先定了調子：「突遇大風，不可抗拒。」「領導指揮無誤，大家英勇搶救。」在這個既定的論調下，有關部門圍繞這次「搶救」，搞了「大總結、大評比、大宣傳、大表彰」憂當喜報。很多職工對這一結果表示不滿。《工人日報》於 7 月 22 日，發表了以「渤海二號鑽井翻沉事故說明了什麼？」為題目的報導，《人民日報》在同日的第一版刊登了相對比較客觀的記者報導，根據天津市調查組的調查報告，報導了整個事故的經過。隨後也進行了跟蹤報導。1980 年 8 月，國務院做出嚴肅處理「渤二」翻船事故的決定。新聞媒體的報導推動了「渤二事件」瞞報實情及事實真相的最後揭曉，同時也對作為政府部門的國務院對此事的處理決定起了一定作用，所以「渤二事件」在新中國媒體報導歷史上具有里程碑意義的。

[26] 摘自《雷鋒日記》（1962 年 4 月 17 日的日記）作者雷鋒，解放軍文藝出版社，第 77 頁。1963 年 4 月第 1 版。原文：「一個人的作用，對於革命事業來說，就如一架機器上的一顆螺絲釘。機器由於有許許多多的螺絲釘的連接和固定，才成了一個堅實的整體，才能夠運轉自如，發揮它巨大的工作能。螺絲釘雖小，其作用是不可估計的。我願永遠做一顆螺絲釘。螺絲釘要經常保養和清洗，才不會生銹。人的思想也是這樣，要經常檢查，才不會出毛病。我要不斷地加強學習提高自己的思想覺悟，堅決聽黨和毛主席的話，經常開展批評與自我批評，隨時清除思想上的毛病，在偉大的革命事業中做一顆永不生銹的螺絲釘。」

[27] 青春詩會，由《詩刊》社自 1980 年開始主辦，之後每年舉辦一屆。（1981、1989、1990、1996、1998 年沒有舉辦），歷屆青春詩會推出了眾多的優秀青年詩人，

　　第一篇我記得就是梁曉斌的《中國，我的鑰匙掉了》，還有江河的《紀念碑》，當然還有很多，1980 年，我為這期青春詩會專門寫過一篇論文《社會主義人道主義的探索──青春詩會側談》[28]，因為政治風向的變動，兩次定發兩次撤稿，後來收入《中國新文學論文集》，專門談人道主義，這是社會反思的第一點。

（二）對普通人、普通人命運的社會反思

　　一個是他們與革命事業之間關係的思索。在 80 年代以前這個概念是很火的：人是為了革命事業而活的，革命事業就是一切。80 年代初開始，作家開始反思這個問題，到底對不對？

　　代表作就是諶容的《人到中年》。小說寫了一個非常普通的中年女醫生陸文婷的遭遇。陸文婷是一個非常忠於職守的以事業為生命的好醫生，一個眼科大夫。小說描寫她在平常工作中崇高敬業的精神，但這麼好的一個知識份子，結果在「馬列主義老太太」眼裡卻是一個政治上不可靠、不斷地遭受質疑的人物，越是把主人公寫的崇高樸實，就越顯得「馬列主義老太太」荒謬。小說在對立中，質疑這個馬列主義老太太的合法性。她的先生是一位老革命，要動眼科手術，然後按照當時的規定，需要由黨組織對醫生進行政治審查，看可不可靠。馬列主義老太太時常以革命代言人的身份來質疑陸文婷的手術動作，是不是對革命負責？陸文婷在不斷質疑中做好她的每個手術動作。小說還寫到幾個情節：孩子要去學校參加運動會，但白球鞋已經

　　其中很多成為後來中國詩壇的代表人物。青春詩會曾有過兩個輝煌的黃金期，第一個黃金期是首屆青春詩會，參加的詩人包括朦朧詩的主將顧城、舒婷、江河等，這次詩會的成果在《詩刊》1980 年 10 月號以「青春詩會專號」發表，轟動詩壇，為八十年代的中國詩壇揭開了青春篇章；第二個黃金期是第 6 屆和第 7 屆，湧現出於堅、翟永明、韓東、西川、歐陽江河等重要詩人。青春詩會1980 年第一屆與會青年詩人名單：梁小斌／張學夢／葉延濱／舒婷／才樹蓮／江河／楊牧／徐曉鶴／梅紹靜高伐林／徐敬亞／陳所巨／顧城／徐國靜／王小妮／孫武軍／常榮。開始，當然《青春詩會》裡有很多詩。

[28] 曹萬生：《社會主義人道主義的探索──青春詩會側談》，寫於 1980 年 10 月 2日-24 日，原定於發表於《詩探索》1981 年 2 期，臨發被撤，曾定發於《當代文藝思潮》1982 年 6 期，主動撤稿。收於《中國新文學論集》，電子科技大學出版社，1993 年版。

破了，買不起新的，陸文婷用白粉筆給塗成白色。她沒有時間去打理孩子，全心全意撲在工作上。因為她的技術非常好，手術非常多，每天沒有時間。馬列主義老太太的質疑，實質上是對她的不信任，不尊重。她默默做好她的手術，最後手術做完了，人也倒了。

小說無聲地提出一個問題：知識份子在長期的思想改造中，以及在全心全意對社會的服務中，應不應該有個體的尊嚴、生命的自由、休息的自由？她的身體、她的生活、她的尊嚴應不應該得到起碼的尊重？小說寫出來後影響很大，巴金很感動，認為寫的非常好，當時他寫了一篇雜文叫《人到中年》，文章中說：「我為什麼寫不出《人到中年》？」[29]《人到中年》寫了普通知識份子的地位、尊嚴和他所從事的事業之間的關係。

（三）女性獨立及在婚姻戀愛中平等地位的社會反思

強調在婚姻戀愛中女性應當有獨立的地位和尊嚴的問題，這是當時社會反思中提出的問題：女性應當有獨立的尊嚴。這就是張辛欣的《在同一地平線上》和張抗抗的《北極光》這些中篇小說，還有舒婷的詩歌《致橡樹》體現出的社會思潮。

張辛欣的《在同一地平線上》是以自我經驗為題材的小說，寫的是 79 級的本科生。文革後，由於十二年沒有招生，77 級、78 級入學時是可以結婚的，但張辛欣是 79 級的，考的是中央戲劇學院編劇系，為了能讀上大學，她離了婚，純粹是為了讀大學，離婚後考上了。小說寫的是考上了之後與先生的情感糾葛。小說的男主人公叫孟加拉虎，週末都去賽車，是條漢子的形象。她在大學裡很痛苦，特別是晚上，太難熬了，很思念她以前的先生。但孟加拉虎對她始終有一種大男人主義，但她卻要獨立，考大學就是獨立的結果，但是她又很愛他，所以叫《在同一地平線上》，表達的是兩個人在同一地平線上相愛而又互相獨立，互相競爭的思想。小說裡，孟加拉虎很愛賽車，飆車是具有象徵意義的，而女人呢，關注的是情感。這是小說的兩個極端畫

---

[29] 《人到中年》巴金《探索集・人到中年》，《隨想錄》第二集，人民文學出版社，第 90-92 頁，1981 年 7 月第 1 版。

面。她的小說都在展示女人的命運與追求，寫當代社會中女人的生存能力，寫女人很需要參與社會競爭，但也需要完整的愛。女人需要獨立個體的地位。個性非常強，後來還寫了《瘋狂的君子蘭》很火爆，再後來寫《在路上》就江郎才盡了。她比鐵凝出道早，當時她是最有才華的女作家之一。

張抗抗的《北極光》，寫的是一批年輕人，特別是女青年，在價值轉型社會裡的浪漫情懷與理想主義。主人公的理想象徵，就是難得看見的北極光，當時的女生很喜歡的理想主義追求，追求人格的獨立。

《致橡樹》大家很熟悉了，實質上舒婷《致橡樹》裡的觀點，在徐志摩的愛情詩裡早已有了。徐志摩的《樹》等，體現了徐志摩希望戀愛與人格獨立並行的思想。但舒婷在新時期初期用詩的方式說出來，具有強烈的現實意義，「我要作為樹的形象和你站在一起」，就是在同一地平線上，體現女性獨立的價值追求，所以影響很大。

與 18 世紀浪漫主義文學相比較，已經告別了愛情至上主義，純情主義，儘管愛得很真誠、很痛苦，但強調的是男人忽略掉的那麼一點點女人獨立地位的合法性，這是這批作家孜孜不倦追求的。

張辛欣從《在同一地平線上》一直寫到《最後的停泊地》，寫的一直是這個主題，一直寫男女愛情中女人的地位，但最終沒有找到平衡點，兩全的答案，她沒有找到，在獨立中就沒有愛，在愛中就沒有獨立，張辛欣的意義在於撕碎了男性文化所安排女性的有限主體性，她雖然推翻不了，但她可以撕碎了給人看。她注重寫細節，寫故事，不像舒婷的詩，一句話表達一個意志，她寫得很痛苦，但她表達了撕碎了男性文化傳統所安排女性的有限性主題。

舒婷的《致橡樹》到現在為止還是女性追求的一個象徵，我在很多地方都能聽到，「我如果愛你／絕不學攀援的凌霄花，／借你的高枝炫耀自己；／我如果愛你——／絕不學癡情的鳥兒，／為綠蔭重複單調的歌曲；／也不止像泉源／常年送來清涼的慰藉；／也不止像險峰，／增加你的高度，／襯托你的威儀。／甚至日光／甚至春雨／不，這些都還不夠／我必須是你近旁的一株木棉，／作為樹的形象和你站在一起。／你有你的銅枝鐵幹，／像刀像劍也像戟；／我有我紅碩的花朵，／像沉重的歎息，／又像英勇的火炬／我們分擔寒潮風雷霹

靂；／我們共用霧靄、流嵐、虹霓；／彷彿永遠分離，卻又終身相依。」舒婷的《致橡樹》，這是一首愛情詩，寫於 1979 年 3 月，載於 1979 年第 4 期的《詩刊》。後收入舒婷的詩集《雙桅船》，它是作者的成名作之一，以嶄新的愛情觀和深藏著寓意的藝術形象及深刻的主題，在當代愛情詩中獨樹一幟，發表後曾為讀者廣泛傳誦。她還有一首詩，《雙桅船》也寫這個主題，但更動態了，寫的是在同一維度相逢但又馬上分別，在人生中不斷分開又不斷相聚的主題，當然，這個象徵意味就很強，內涵就很多，不僅限於愛情。

（四）對農民地位和尊嚴的社會反思

有一批作家開始正面描述 70 年代 80 年代農民的利益，闡釋農民的地位。最典型的是貴州作家何士光的《鄉場上》。

《鄉場上》寫一個叫馮么爸的形象。在中國基層政權、農村現實中，敢於挺直自己的脊樑的形象，第一次敢公開地說不，再不是以前的閏土、也不再是李順大。馮么爸分田到戶了，養了豬，有豬肉了，所以對供銷社根本就不理會了，在鄉場上大搖大擺了，就好像是農民站起來了。馮么爸這個形象，跟柳青以來所塑造的形象有很大不同，不同的是獨立的個體，他顯示的是農民在新時期家庭責任承包制以後有了獨立的地位和尊嚴，有了物質財富，再也沒有人身束縛。

另外一個是高曉聲的《陳奐生進城》。這篇小說也是寫農民，但寫得深刻，寫出了農民身上根深蒂固的國民劣根性，這是對魯迅農民小說的精神繼承，當然，高曉聲也發展了。高曉聲「陳奐生系列」對農民身上根深蒂固的奴性的剖析，有另外一種思考，想展示一種新的農民精神風貌，那種人性很卑劣的東西在高曉聲的筆下有，但同時也在改變。到縣城去賣油繩，碰到縣委書記，把他安排到縣委招待所，臨走時，陳用腳把被子弄髒，享受完了要破壞，這就是農民的劣根性。但他也很可愛，對縣委書記也很親切，不怕官了。農民怎樣才能文明呢？高曉聲寫這個形象也展示了他的憂慮，這個農民怎樣才會文明？才會把自己當成一個覺悟的人呢？當然這個東西很難，大概需要幾代人的努力。富裕是第一步，倉廩實而知禮儀，貴族需要三代，慢慢文明吧。

　　與此同時還有一批文學，這就是改革文學，什麼是改革文學？十一屆三中全會過後，中共中央提出要把工作的重心轉移到經濟建設上來，以後不搞運動了，再也不搞運動了，當時有幾個不搞，鄧小平宣佈的，取消四大。[30]這是改革開放以來中國社會的主流，因此，有一批作家專門寫經濟建設的小說，現在看來，作家對經濟改革理解得太膚淺。

　　這些小說的問題在於，把改革理解為或寫清官或是寫強人，就寫這兩種傾向，比如《喬廠長上任記》寫喬廠長，寫的是強人、獨斷、武斷、有魄力，他可以把一個工廠搞起來；或是寫清官，如柯雲路的《新星》寫的縣委書記就是個清官，這些都沒有觸及到經濟建設根本問題，如農村所有制問題、工廠分配製問題、股份制問題，都沒有涉及到，所以這些小說當時轟轟烈烈，現在就沒人提及了。

---

[30] 鄧小平：《目前的形勢和任務》（一九八〇年一月十六日）《鄧小平文選》第二卷，人民文學出版社，第 256 頁-257 頁，1994 年 10 月版。原文：「我們堅持發展民主和法制，這是我們黨的堅定不移的方針。但是實現民主和法制，同實現四個現代化一樣，不能用大躍進的做法，不能用『大鳴大放』的做法。就是說，一定要有步驟，有領導。否則，只能助長動亂，只能妨礙四個現代化也只能妨礙民主和法制，『四大』，即大鳴，大放，大字報，大辯論」；第二個是不搞政治運動了，即使再搞也不叫運動，叫鬥爭，比如精神污清理，批資產階級自由化思潮。鄧小平，《有領導有秩序地進行社會主義建設》《鄧小平文選》第三卷，人民文學出版社，第 211 頁，1993 年 10 月版。原文：「1980 年 12 月，鄧小平在中共中央工作會議上明確提出反對資產階級自由化的問題。以後又反復強調這一問題，指出資產階級自由化的核心就是反對共產黨的領導，而沒有中國共產黨的領導也就不會有社會主義制度。四項基本原則是立國之本。堅持四項基本原則，反對資產階級自由化的鬥爭，關係到黨和國家的前途和命運。」在《旗幟鮮明地反對資產階級自由化》（一九八六年十二月三十日）中專門談了這一問題，《鄧小平文選》第 3 卷第 194－197 頁。鄧小平還指出：「在實現四個現代化的整個過程中，至少在本世紀剩下的十幾年，再加上下個世紀的頭五十年，都存在反對資產階級自由化的問題。」「既然這是個長期的任務，我們就不能搞運動，方法以教育、引導為主。」還有一個宣佈就是「把經濟重心放到經濟建設上來」鄧小平，《一心一意搞建設》，出自《鄧小平文選》第三卷，人民文學出版社，第 11 頁，1993 年 10 月版。原話：「……因此，我強調提出，要迅速地堅決地把工作重點轉移到經濟建設上來。十一屆三中全會解決了這個問題，這是一個重要的轉折。從以後的實踐看，這條路線是對的，全國面貌大不相同了……。」

　　我當時寫了一篇文章批判這種指向，《新時期文學的封建意識——對三部爆炸性小說的剖析》，發在《文學自由談》，寫於 1986 年 5－6 月[31]，大意是講，這些小說，一個是清官意識，一個是無欲意識，就是沒有欲望，這兩者從價值形態上講都是封建意識，不過是用封建意識來反對當時的懶散、欲望，與真正的改革背道而馳。

　　改革文學裡觸及到人本位問題的是張潔的《沉重的翅膀》。好在哪裡？它展示了改革中的倫理的變化、心理的變化、價值觀念的變化，以及展示了在改革過程中的文化改革的艱難，改革中的價值觀念的變化，新舊交錯，有時候感覺是新的，實質上不是，思想觀念非常舊。張潔的作品不得了，很能敏銳地感覺到你這個東西是新的還是舊的，新與舊的價值，《沉重的翅膀》寫得好，獲得了茅盾文學獎，但是這個小說恰恰回避了工農業的生產，具體的經濟上的問題，寫了人，這在改革文學中算是好的了，它觸及到了人本位問題。

　　社會反思文藝相對於政治文藝是一個進步。進步就進步在，1949 年以來，它在中國文學中首次正面提出人的本位、尊嚴、價值、情感的命題。這個命題的提出與什麼相對稱？與社會相對稱、與政治相對稱、與事業相對稱。這樣，當代文藝價值觀就爭到了一個以人為本位，而不是以政治為本位的價值觀，這是它的功勞。但社會反思有一個問題，它還沒有觸及到對人的更深一步的思考，即是對人的倫理、行為方式、道德標準的思考，比如，什麼是道德的？什麼是不道德的？當時還未思考，還有一個無形的阻撓人的全面發展的價值觀，只是籠統地提出了人，比如女人和男人不一樣，人不是螺絲釘，但人本身應是怎樣的，並未觸及。我們下一個問題談到倫理的反思時就要觸及到這個問題。

三、倫理反思

　　倫理反思體現的是主體感性欲求與客體理性規範的衝突。

---

[31] 原載《文學自由談》1988 年 4，收錄在曹萬生《中國新文學論集》，電子科技大學出版社，第 208 頁-217 頁，1993 年。

　　新時期文學越來越深入，最後深入到人自身生存的很多問題。人的生存有一個是人自身永遠解決不了的問題，人的欲望問題，與他人的關係，與社會的關係。直到今天，作為本體來講，人的欲望是無窮無盡的，但是當你的欲望去傷害到其他人時，那麼大家要訂個協議，整個社會要訂個協議，就是要有個規範，來規範欲望。強制規範是法律，輿論規範是道德，無論是法律還是道德對你的欲望都會制約，對你的欲望的制約程度，是社會進步的程度的體現。事實上，壓制到人一點欲望都沒有的時候，就是社會最落後的時候，最先進的時候是什麼欲望都可以實現的時候。怎麼樣才能達到那種為所欲為的社會呢？這是所有思想家理論家經常思考的問題。

　　《1844 年經濟學－哲學手稿》[32]有過深刻的論述：「共產主義是私有財產即人的自我異化的積極的揚棄，因而是通過人並且為了人而對人的本質的真正佔有；因此，它是人向自身、向社會的即合乎人性的人的複歸，這種複歸是完全的，自覺的和在以往發展的全部財富的範圍內生成的。這種共產主義，作為完成了的自然主義等於人道主義，而作為完成了的人道主義等於自然主義，它是人和自然界之間、人和人之間的矛盾的真正解決，是存在和本質、對象化和自我確證、自由和必然、個體和類之間的鬥爭的真正解決。」[33]那麼什麼叫做自然主義呢？它指的是人對自然的完全利用，讓自然為我所用；什麼叫人道主義呢？指的是人得到最大限度的解放，包括你的欲望，人能把自然

---

[32] 是馬克思於 1844 年初步探索政治經濟學時寫下的一部手稿。19 世紀 40 年代，當時馬克思流亡巴黎，寫下這批手稿，所以又稱「巴黎手稿」，馬克思之所以寫作《手稿》，是因為黑格爾哲學不能滿足現實鬥爭的需要，也是為了尋求「歷史之迷」的解答。在《手稿》中，馬克思重點批判了資本主義社會的異化生存，力圖為實現人的社會性生存即進入共產主義提供理論基礎。因此，《手稿》中包含了豐富的人學思想。1927 年，馬克思逝世 44 年後，由原蘇聯馬列主義研究院梁贊諾夫院長主持將其中的部分譯文以《〈神聖家族〉的預備著作》為題發表於《馬克思恩格斯文庫》第三卷，當時沒有引起廣泛注意。1929 年 2 月，在巴黎出版的《馬克思主義評論》雜誌第一期上，編者以《關於共產主義和私有制的箚記》、《關於需要、生產和分配的箚記》為題發表了另一些片斷。手稿全文首次公開發表是在 1932 年。手稿的發表，引起了西方人研究馬克思主義轉向，不斷從政治學和經濟學轉向哲學，促使了所謂西方馬克思主義的誕生。
[33] 馬克思，《1844 年經濟學哲學手稿》，人民出版社，第 81 頁，2000 年。

最大利用的時候同時人自身達到最大的解放，合起來當然是共通的，所謂按需分配。所以人的解放是自然和人的統一，是生產力高度發展的結果。就這個意義來講，共產主義就是人類欲望達到最大滿足程度的社會了。

馬克思主義認為共產主義以前，由於生產力不發達，人不能徹底完全地掌握自然，所以不能完全掌握自己。馬克思有一個概念，就是把社會分為前史社會和正史社會[34]，什麼是前史？共產主義社會以前。什麼是正史社會？共產主義是正史社會。共產主義以前的前史社會很荒謬，比如像現在，有的人很富有，有的人很貧窮，有的人可以花天酒地，有的人辛勤勞動也掙不到什麼錢。所以要依靠法律倫理來約束協調這個社會，倫理道德成為約束每個人的尺度或叫規範。規範得最厲害的是奴隸社會，奴隸社會規範到奴隸沒有人身自由，這是分化為階段社會來，人的欲望最被約束的時代。封建社會，由於生產力的發展，規範好一點，就是在家裡是自由的，管不了了，但奴隸社會沒有家啊。所以魯迅先生講「無須擔心的，有比他更卑的妻，更弱的子在。」[35]資本主義社會或商業社會問題就大了，就是欲望，如果沒有倫理和法律那社會就要混亂。

中世紀中國男人制定了很多規矩來約束女人，特別是宋儒做了很多工作，所謂「存天理滅人欲」。新時期文學走到 80 年代之前基本上處於蒙昧狀態，基本上意識不到欲望的合理性、正當性、合法性。隨

---

[34] 社會分為前史社會和正史社會是馬克思《摩爾根〈古代社會〉一書摘要》中提到的。而上述話是劉少奇 1959 年 11 月在《政治經濟學教科書》學習討論會上的發言（11 月 19 日）。原話：「共產主義有多久？長得很。馬克思曾說過，共產主義以前的歷史是不自覺的，真正的人類歷史還未開幕，正戲是從共產主義開始演的。以前的歷史是社會前史，現在才是正史。社會主義，即共產主義的低級階段，比起長期的共產主義社會是短暫的。」

[35] 魯迅：《墳‧燈下漫筆》、《魯迅全集》第一卷第 215-216 頁，人民文學出版社，1981 年版。本篇最初分兩次發表於 1925 年 5 月 1 日、22 日《莽原》週刊第二期和第五期。原文：「但是「台」沒有臣，不是太苦了麼？無須擔心的，有比他更卑的妻，更弱的子在。而且其子也很有希望，他日長大，升而為「台」，便又有更卑更弱的妻子，供他驅使了。如此連環，各得其所，有敢非議者，其罪名曰不安分！」

著經濟的發展，很多人感到不斷生長的欲望受到約束，所以這個思考，最先體現到倫理反思上。

倫理反思與政治反思文學、社會反思文學是不同的。比如在傷痕文學、反思文學裡，我們常常看到一個有趣的現象，作家常常用傳統的倫理規範作為武器來批判「四人幫」及其代表人物，就說他們欲望很多，相反寫正面人物，就寫他清心寡欲，把倫理同政治等同起來，把禁欲與政治等同起來，這是傷痕文學和反思文學都堅持的一個價值觀，這也是傷痕和反思文學在人本位文學上的落後。

比如，從維熙的《第十個彈孔》通過揭露那些為了政治的利害離異原有婚姻關係的人，來表達強烈的政治義憤。李國文的《月食》則以歌頌在政治壓力下堅持原有婚姻關係的人，來寄託道德化的影響。但是，把忠貞不二的傳統倫理規範和堅定不移的政治正義感統一為道德化的政治哲學，這就是過去的「好女不侍二夫」、「好男不侍二君」。這是中國傳統文化的價值尺度，這個在新時期三年時才受到挑戰。實質上這種趨勢延續到新時期開始以後，觸及到人的生存內涵。我以為到這個時候，所謂的人道主義大寫的人才真正開始。從倫理反思的文藝主題才開始。

（一）情重於理：對荒謬婚姻和倫理的挑戰

對傳統婚姻倫理的挑戰，即愛情大於婚姻的追求，這是當時的一個傾向，張潔 1979 年底發表的短篇小說《愛是不能忘記的》是這個追求的標誌。

這個短篇小說體現了一種對婚外戀詩樣的美化與同情。這個傾向引起了當代文壇，乃至當代中國的軒然大波。小說體現了這麼一種傾向：政治正義感和婚姻倫理產生的分裂，這種分裂引起了批評家的不滿。小說寫了一個離婚的女作家叫鍾雨，同一個具有強大精神魅力的老幹部刻骨銘心的愛。老幹部有一個雖無愛情但生活很正常的家庭。鍾雨每天在路上等，想看一看他的白髮，想看一看他的車，只要車從她身邊走過，她就很滿足了。很多有名的批評家寫了很多批評文章：這老幹部怎麼可能這樣呢？說張潔以己之心度人之腹。張潔本是個單身作家。後來記者到處找張潔，請她談。結果張潔說，恩格斯說過一

句話「沒有愛情的婚姻是不道德的婚姻。」[36]一經報導，全國譁然。評論家們紛紛奔相走告：恩格斯會這樣說嗎？是的，這樣說了。的確這樣說了。大家一下解脫了。究其實說，也符合他們的想法，結果一下得到了普遍認可。

就倫理反思的角度上說，張潔的小說很有里程碑意義，她把人的正常欲望合法化了。她的價值就在於此——以前都是非法化的。這個老幹部的家庭儘管婚姻是受法律保護的，但沒有愛，所以這個對當時的婚姻法衝擊很大，當時的《婚姻法》就修訂了，就根據恩格斯的這句話，把「感情是否破裂」作為判決是否離婚唯一的依據。這個婚姻法在現在看來是很前衛的，所以這導致了第三次離婚高潮。第一次是建國時，一大批老幹部進城再娶。第二次是反右時，一大批右派太太跟先生離婚。張潔的這個短篇小說觸及到了人的情感解放問題，當然這個情感不傷害其他人，這個是人道主義的一次深化，由於這個小說的闖關成功，對很多人都是一種解脫，這實質上最接近人的解放，讓愛的人在一起，讓不愛的人分開。佛教就有「愛別離」、「怨憎會」苦。從這個意義上說，張潔的這個短篇小說，改變了新時期人民的生活，提高了人民婚姻愛情生活的質量。

由於這個小說的爭論及成功，帶動出現了一系列小說如《波動》、《未亡人》、《杜鵑啼血》、《當我二十二歲的時候》、《我們正年輕》、《風波》、《別了》等等，這些小說講的都是婚姻與愛情之間的衝擊。涉及到哪些領域呢？涉及到離異、寡婦改嫁，私生子也涉及到了。這些小說都有一個共同的傾向，什麼傾向呢？就是重感性輕理性，重主體輕客體，都積極肯定了人的情感、人的精神、人的追求在倫理道德裡的合法性和正義性；都批評了傳統倫理的重理性輕感性，壓抑人、異化人、戕制人的問題。新時期，李澤厚有一本書是《批判哲學的批判》，談的是康德哲學的問題，他最先提出了主體性問題，然後是劉再複提出的「文學的主體性問題」[37]所謂「主體性」的強調就是對人和人性的強調，這也正是表現存在的人的前提。所謂主體意識的實現就是自

---

[36] 馬克思、恩格斯，《馬克思恩格斯全集》第一卷，人民出版社，1972 年，254 頁。
[37] 劉再複，《論文學的主體性》，《文學評論》，1985 年第 6 期、1986 年第 1 期。

我的實現，就是表現自我──自我是人，是存在的人，所以表現自我也就是表現人，充分肯定了存在的人，也即馬克思所說的「對象性」。它實質上是社會思潮的主體性，體現了 1949 年到 1978 年幾十年間人的生存，人都喪失了人之為人的東西，就是人的主體性這麼一個問題。其實康德早就講過人的主體性，康德在《純粹理性批判》、《實踐理性批判》和《判斷力批判》中，全面而系統的論述了人的主體性理論。在《純粹理性批判》中，人成為認識的主體；在《實踐理性批判》中，人成為道德主體；在《判斷力批判》中，人成為審美的主體。康德通過這三大批判，試圖全面而真正地實現人的獨立和自由。康德關於人的主體性的合理因素，後來成為黑格爾主體學說和馬克思主義主體學說的來源。但黑格爾講客體性，長期以來我們講的是黑格爾的客體性，講絕對理念，講否定之否定，結果沒有人講康德，於是李澤厚把康德拿出來澆胸中的塊壘，當然他也說出了時代的精神，所以這個主體性成為 80 年代的關鍵詞。當代思潮裡關於倫理的解釋，也就是一個側面。

　　同時，這批作品還有一個傾向，是什麼呢？就是理想主義，當然主體性也是具有理想主義色彩的主體性，就是說他們把愛情純化了、理想化了，甚至貴族化了，所以他們把愛的悲劇寫成一種絕對的趨勢。愛情很多都是悲劇，能產生一種絕對美感。

　　張潔的很多創作都是這樣的，在她看來，世界上沒有她追求的愛情。她的《方舟》寫三個單身的女人合住了一套房子，《七巧板》和《祖母綠》這些小說寫的都是女人對愛的理想：男人都應該是全心全意愛她的，這個愛還應該是充滿了熱情，還應該始終是懂得她的，包括懂她的一顰一笑，而且這個愛必須一點物質欲望都沒有，必須一點身體欲望都沒有，要是哪一天不是這樣了，女人就會覺得不滿意，就開始離開他，然後就到處尋找心中理想的愛，結果沒找著，然後幾個女人就開始在一起反復討論，這樣就不是愛情了。生活的很多問題都是尋找和追求，看完整個小說也就是在講這個追求，一個充滿理想的不折不撓的靈魂的追求歷程。當然她的小說也寫到當代女性種種生活的艱難，比如說《方舟》寫了三個女性在她們離異後遭到的各種輿論偏見，寫她們心理的種種壓抑，寫她們在社會上舉步為艱的窘態。《七

巧板》就是一首悲劇的牧歌，寫了兩個知識份子的家庭悲劇，通過這個小說，讀者會感受到在現有的家庭結構裡，無論是嫁非所愛的不幸婚姻家庭的知識份子，還是被公認的有很幸福的家庭的知識份子，它們都有不同程度的痛苦，都有精神的束縛。張潔這個作家對悲劇太敏感了，就是說對她理想的愛情太敏感了，看到的總是生活的不如意。《祖母綠》這個小說表達了明知不可為而為之但九死而不悔的執著，前面都探討了種種的不美好，包括不幸福的家庭，也看到了種種的虛假，然後把婦女情感追求的理想和這種追求的悲劇尖銳對比，體現出一種「不為瓦全」，不一定是「寧為玉碎」，反正是「不為瓦全」的理想悲劇。這三部小說最先是抗爭，然後是沉思，最後是執著，呈現出一種宿命的悲劇感，給人一種悲劇感的理想主義，讀完以後你就會覺得張潔是在不斷的追求，但總也追求不到。

茹志娟的《暖色的血地》、《亂雲在她頭上穿行》，陸星兒的《美的結構》，汪浙成、溫小鈺的《春夜，凝視的眼睛》，都是這種理想主義的愛情追求，這是第一層，也是這種追求中最突出的。

（二）愛的正義

愛是正義的，這是對鄉村蔑視愛情的陋俗的一個剖析，也是對現存社會蔑視愛情的陋俗的一個剖析。如果說，在上一個層面，對倫理道德的反思還帶有若干超前的前衛色彩的話，那麼，在這一個層面，文藝家們努力的不過是繼承和呼喚回到「五四」反封建的主題，主張人在婚姻戀愛中的個性解放、戀愛自由的現實主義主題，想說明愛情是合法的。

最有代表性的是張弦的短篇小說《被愛情遺忘的角落》，這個短篇還改編成了電影。這個小說寫的是鄉村青年男女愛情的悲劇。寫了兩個人物，一個叫小豹子，一個叫存妮，小豹子一身肌肉疙瘩，勤勞健康，兩個人在勞動中相愛，鄉村裡有很多沒有人的空地，他們兩人就喜歡在一起談心，村人開始說閒話。電影把這段愛情物質化肉體化實體化了，最後遭到存妮母親銀花的扼殺。銀花在土地革命的時候還追求個性解放、追求愛情，最後是母親扼殺了戀愛，並且當著全村人的面，全村人都來看熱鬧，小豹子身上也脫光了。國人皆曰可殺，說

他們兩個人敗壞村風。她母親大義滅親。寫這麼一個悲劇，人家很正常的戀愛遭到扼殺。這個新時期小說《被愛情遺忘的角落》，雖然寫的是鄉村，實質上有普遍性。

還有戴厚英的小說《鎖鏈，是柔軟的》，主人公叫瑞霞，在丈夫冤屈死後，艱難地拖著一對兒女熬到了平反昭雪之日。平反昭雪可是個關鍵詞，後來她成了功臣，她這個功臣是用她的貞節換來的。小說寫了她用這個標準去干涉兒子的戀情，阻止女兒的戀愛。這個小說主要寫到倫理對情感的壓制，在這篇小說裡，這個鎖鏈好像比法律更重要，社會包括生存的環境都在這個鎖鏈的維持下，她寫了當代中國人生活的困難痛苦，家庭都這樣充滿了痛苦。

祝心儀的《母親》，還有問彬的短篇小說《心祭》，探討的是寡婦改嫁的問題。一些自認為思想解放有文化的子女，始終認為寡婦改嫁是非分之想，他們就沒有把母親當人看，只是當母親，但母親也是人嘛，涉及到不光過去的舊道德，還有現在的新道德，每個人的倫理反思都涉及到了。

80 年代初期的倫理反思小說是個比較複雜的文化現象，隨著當代中國的發展，意識形態的寬鬆，給了沒有放到桌面上討論的人生的問題一個發表的機會。實質上，這些問題從來都存在，你說那個時候沒有愛情嗎？沒有偷情嗎？絕對不可能，只是文學把它合法化了，可以公開討論它合不合法的問題，這個思潮在我看來延續到 1983 年，實質上後來還有，但是後來的發生了一些變異，放在存在主義思潮裡去講。只是我們這裡講的是人道主義的命題，就是關於愛的正義、道德的衝突、婚姻的衝突，談的是純粹的個體，這就是關於 1985 年以前的人道主義倫理反思。

四、文化反思

講第四個問題：文化反思——民族心理的現代定義。

這個問題是這樣產生的：舊的政治本位被新的政治本位取代；新的倫理思考又取代了新的政治本位；當代文學價值一下無法定位的選擇。我們前面講到傷痕文學、反思文學這些政治文學逐漸解體，然後

文學開始轉向，轉向倫理的思考，所謂倫理的思考就是開始思考人本身的生存方式、生活方式。這個思索下去以後，我講到了各種各樣的欲望描寫。欲望描寫出現以後，這個時候文學界開始出現新的思考，什麼樣的思考？就是政治文學解體以後，那麼文學以什麼為基點？這個生存理據在哪裡？價值的依據在哪裡？價值無法定位。以前談論到這些，大家都很熱烈地談反思、政治批判、文藝思潮，正是這些一下子過去以後，就談欲望，欲望談完了就很淺薄了。我們前面講到了張辛欣，寫到《最後的停泊地》，張潔寫到《方舟》，很困惑。文學價值基點在哪裡？有沒有基點？作家開始思考了，因此形成了文化反思的熱潮。

所謂文化反思，就是這些文學藝術家開始在傳統文化或者西方文化或者現代生存中來尋找、思考文化定位。從政治拓展開去，形成了1985 年的文化熱。文化熱就是不談政治，只談文化。這種文化熱非常快，彷彿一個晚上就在全國氾濫開來，好像你不談文化你就不時髦。當時很有氣勢的就是喧囂一時的尋根文學，向傳統去追求、尋找價值體系，或者向西方尋找基點，這就是張承志等人的創作。當然他們向西方尋求的是 18 世紀以來的人道主義文學。還有一部分作家開始思考漢民族在現代生活中的問題，這就是繼承了魯迅。大概就是這三方面的內容構成了文化反思。

這一直延續到什麼時候呢？一直延續到現代派文學產生。當然，現代派文學產生時還是有尋根文學和西哲文學的，但是成了欲望。他們搞了一個新的東西，這就是我們下一章要研究的存在主義文學。這是下一講的，現在講的是這一段，文化反思。

實際上，當代文學發展到這時候，突然發覺文學的價值在退後，以前多數人認為價值決定了主旋律，到了這個時候沒有了。甚至作家以講政治為恥。這說明什麼呢？說明當代文學在政治文學崩潰後，它沒有一個價值定位。在價值缺失的時候，最初的表現就是文化反思。這就是我剛才講它的背景。學當代文學的都知道這個背景，這就是在倫理反思以後。

（一）莊儒境界：逃脫物役天人合一的人生追求

現在講第一個問題，也就是當代文學史上講的「尋根文學」。我把它叫做「莊儒境界」，「莊」和「儒」的境界，逃脫物役，天人合一的人生境界。

人生要自由。怎麼樣才自由？就是不為物役。當然我把政治界定為外在於人的主體的客觀物。政治文學就是為物所役。中國傳統文化中，為什麼世人總是保持心靈平衡，所以把文明延續很久，它就有一個張弛達窮之說。「達則兼濟天下」「窮則獨善其身」。「窮」到最後，不光是獨善自身，還要思索人與自然。所以你看山林文學寄情山水。過去講文學有兩種，廊廟文學、山林文學，魯迅在講到魏晉時比較了廊廟文學、山林文學。在朝做廊廟文學，在野做山林文學。

我這裡就是說這些作家開始探討這樣一種境界，就是不為外役，自由的人生。這個思潮產生得很快。一批以前專門從事政治文學的作家，比如說山西作家鄭義，寫了一個短篇小說叫做《老井》，張藝謀把它改編成了電影，自導自演孫旺泉這個男主人公。就是這個電影。這個電影現實性很強，談打井，很寫實的。但作家很快跳出來，他說「我們現在只讀莊子，老子」。

與此一起的，還有阿城、賈平凹一批人。還有寫《爸爸爸》的韓少功。韓少功發表了一系列關於「根」的議論。漢民族的根在哪裡？傳統文化的根在哪裡？他們甚至提出這樣一個觀點，「五四」把中國文化的根斷裂了。孔、莊、老子的傳統沒有了。他們為之尋根。尋什麼根？就是尋傳統文化，就是儒學、道學的根。這個儒學是入世時講的，道學是出世時講的，中國文化的兩個側面，這是作家自發地提出理論，自發地進行創作而形成的一個文學流派。不是說批評家後來給它歸納的，是一個自覺的文學思潮。傷痕文學是批評家後來給它歸納的，反思文學是批評家後來給它歸納的。這個討論是作家自覺地提出的一個理論。

這些作家都在講傳統文化嗎？有幾個是，阿城是，汪曾祺是，其他幾個就不是。比如說鄭義，我以為他就不是。所以這裡面比較複雜，並不是參加在裡面的人都在講傳統文化，這裡面摻雜了一些政治問

題，說穿了就是對以前的極左政治不滿，在這地方找依託、支撐，這是他們理論上的追求。通過傳統文化的追求，求得什麼呢？求得對現實政治的逃避，我以為是一個重要傾向。

再一個強調人和自然的和諧。還有一個什麼呢？強調民本。這就是孟子的思想，「民為貴，君為輕，社稷次之」的民本思想，我以為是這樣，三個理論基點。

他們在創作中引發了這樣一個潮流。

從作品看，阿城是這個潮流的代表。阿城的作品是代表。他寫的《孩子王》、《樹王》、《棋王》「三王」，塑造了一個王一生形象。從作家來看，汪曾祺是代表，他是整體上的代表。汪曾祺是西南聯大的學生，讀書期間受到沈從文影響。當時汪曾祺受沈從文影響，價值觀有了潛移默化的影響，產生了後來的審美趣味轉化。所以汪曾祺的寫法暗合了尋根文學，比如說《受戒》等。除了他們兩位以外，還有韓少功，他創作《爸爸爸》以後，進入了尋根文學。他以前是很功利的作家，比如《西望茅草地》。還有賈平凹的一些作品，還有何立偉、李杭育等。

這些作家，他們筆下的人物有共同的人生哲學：儒道精神和諧統一。兩種哲學在他們筆下統一起來。汲取儒家的東西並非儒家入世的東西，而是儒家關於人格理想的部分。儒家講人格理想，孔子講過，孟子講得多。剛才舉了孟子的民本思想，還有孟子的浩然人格影響：「吾養浩然之氣」。另一方面吸取了道家的齊生死，等萬物，物我雙泯，求得心靈的寧靜這樣一種人生追求，以求心靈的平靜，甚至延伸到禪宗，包括禪宗的偈子，像「菩提本無樹，明鏡亦非台，本來無一物，何處染塵埃。」[38]這首詩是一種出世的態度，主要意思是，世上本來就是空的，看世間萬物無不是一個空字，心本來就是空的話，就無所謂抗拒外面的誘惑，任何事物從心而過，不留痕跡。等等這些人生志趣，來緩解現世撕心裂肺的痛苦，這是一個統一。

還有一個統一，就是說他們一方面從儒家的「富貴不能淫，威武不能屈，貧賤不能移」這個人格理想中吸取儒家的人格理想。他筆下的人物，特別是王一生是這個類型。另一方面，又從莊子「以物異其

---

[38] 六祖惠能，《六祖壇經》，北京：大眾文藝出版社，2004。

性」批判中獲得對功名利祿的徹底超脫。所以在這批作家筆下，體現的是充實的內心。這種人格理想和那種非功利的相對人生態度結合得很好，體現「澹泊中顯高潔，柔弱中見剛強」的系列性格。這種性格在當代文學中沒有見過，在現代文學中也沒有，甚至在沈從文筆下也沒有。

同時這批人對人世充滿昂然的志趣，這涉及到中國的哲學和西方的哲學。中國哲學中沒有原罪概念，也沒有宗教熱忱，比如西方的為宗教獻身的虔誠。像孔子所講，「不語鬼力亂神」[39]，這句話是指孔子不說（關於）怪異、勇力、悖亂、鬼神（這些邪門歪道和不能說明白）的事。不談世界本原、鬼神，這造成中國哲學的問題，就是缺乏對彼岸的思辯。他就沒有這個興趣，他只關注此岸，現時社會與人生。儒道通用。因此在自然與人同一的問題上，儒道沒有對立，儒道不對立。所以我們講中國哲學，天人合一是個重要命題。還有在否定彼岸這一點上也是統一。當然不包括後來傳進來的佛教理論。

我這裡講儒道，釋裡面講禪宗，講了一部分。正因為這儒和道很關注現時人生，所以造成了一個問題，在現時人生的關注裡面涉及到人格精神，涉及到等級，這與西方不同，西方在人與鬼之間對立，人和人在神面前同等、平等。所以西方的人，人人平等。中國人與人相鬥。毛澤東講「八億人民，不鬥行嗎？」他講人與人之間的鬥爭，通過鬥爭來平衡、協調。這是中國文化裡面特有的。當然人與人鬥，這是誰講的，這是儒家講的。孔子就講。甚至還有一種悲劇精神：「知其不可而為之」。這個人生追求很突出的。恰恰是道家緩解了這種哲學。孔子也講人的理想。《論語》許多章節講人生理想。

再來看這批作家，可以看到作家關注的要點。把儒家的缺點拋棄以後，看到的是人和自然的和諧，人自己的尊嚴。尋根文學的成功，在於比較有藝術準備的作家加入。阿城的父親叫鍾惦棐[40]，寫過《電

---

[39] 孔子，《論語・述而》，上海：上海古籍出版社，2007。
[40] 鍾惦棐曾擔任中宣部文藝處處長，1956 年 12 月 15 日在《文藝報》發表《電影的鑼鼓》，尖銳提出新中國電影發展的問題：電影和觀眾關係的問題；電影事業領導問題；重視中國電影傳統問題等。此文被指責為反黨的信號，當時被批成右派。

影的鑼鼓》，五十年代最著名的電影評論家，非常經典的評論家。他因為《電影的鑼鼓》這篇論文被打成右派。後來複出以後，他的官位很高，全國管電影的官員，同時很權威、公正。他說哪部電影好，哪部電影不好；哪個演員好，哪個演員不好。他們都很尊重。阿成跟他父親不同，他什麼都不管，只管心靈平靜。他兒子就是這種人生態度，他是有人生追求的作家。從現時意義來講，這是不可能的。阿城不以這個東西為樂趣。這是這批作家。

在汪曾祺《受戒》、《大淖記事》這些小說裡，我們可以感覺到神佛的世界，他寫的和尚，充滿人世的、凡夫俗子的情趣。作家以簡淡蕭疏的筆墨描繪了世俗化的和尚的生活。這些和尚既沒有宗教的理想，也沒有宗教的熱情。履行宗教的儀式性表演，或者娛人或者自娛。也沒有因果報應，也沒有西方樂土。小和尚在寧靜澹泊的精神世界裡而有韻味悠長的幸福感，來源於世俗生活的回憶，來源於他的初戀。這就把宗教全部解構了。在解構中看到了不同於和尚與凡人的生活境界，在作家眼裡是最美的境界。

阿城、賈平凹、何立偉這些作家筆下塑造的主人公大多有這樣一種傾向：迷戀自我，遁入內心，達到精神與心靈的平衡，忍辱負重，隨遇而安，來表現堅韌的稟賦，甚至柔弱的人生。

這個反思，引起了極大的爭論。這種爭論有政治文學觀批評家的批評，是說你們這些作家成了學衡派，或者成了甲寅派，成了復古派，這完全無法對話。有些人以政治史學觀來講，但作家是站在人生哲學層面來講，這是在文化哲學層面講，這沒法對話。所以這個爭論、批評無疾而終，甚至包括尋根文學本身也無疾而終。

這很奇怪。這個轟轟烈烈的行動一下就沒有了，後面的行動也掀不起風浪。實際上作家找不到價值基點體現，對傳統毫無所知。比如剛才講到的鄭義就是這種。他講除了老子、莊子，他什麼都不管。他哪裡什麼都不管，他是反感這種政治，就逃避。實際上很快就進入了另一種激烈的政治。所以這個文學潮流，這個尋根文學的潮流，很快就夭折了。為什麼呢？因為後來有了新的價值觀，這些作家做鳥獸散。韓少功就搞《馬橋詞典》，不再堅守莊禪境界，不再堅守《爸爸爸》那個丙崽世界了。這是第一個傾向，莊禪境界。

（二）古典西哲，實現自我張揚，強者個性的追求

　　第二個潮流叫做「古典西哲，實現自我張揚，強者個性的追求」，或者就叫做「自我張揚，強者個性」。在尋找文化價值時，作家把目光放在了西方。放在西方哪裡呢？放在 16 世紀文藝復興以來人道主義這個潮流那裡去找合理的理據。這個理據就是說這個文化環境。西方就是中世紀後的文藝復興，我們這裡也有，同前面講的莊禪境界、文化追求形成鮮明對立的另一極。追求人的自我意識的覺醒，追求個人價值和生命意義的探索與實踐，還有強烈入世的精神。不斷地追求，不斷地追求，不斷地追求，一直到滿足才會掉下來，是這一潮流作家的基本特徵。

　　這批作家契合了新時期以來的時代情緒。什麼時代情緒？真理標準的討論，人生意義的討論，這是當時主要的兩個討論，帶有鮮明的理想色彩、浪漫的色彩，新時期崛起的人文主義特色。彷彿從黑暗隧道穿過之後，對光明的強烈追求。所以季紅真當時寫了一篇《文明與愚昧的衝突》[41]。在《文明與愚昧的衝突——論新時期小說的基本主題》中，她認為在新時期小說的諸多分散的主題中存在著一種內在聯繫，即作品以不同的標準在對各種文化思想的擇取中面臨的一個基本矛盾：文明與愚昧的衝突。通過對新時期小說基本主題演變的動態考察，從事物發展的整體勢態中，預見了一種未來趨勢。所謂文明與愚昧的衝突，就是說，她把新時期以後的文學都叫做文明的追求。在這個追求裡面，戴厚英的長篇小說《人啊，人！》是較早出現的作品。《人啊，人！》基本上是借文革背景，是對車爾尼雪夫斯基《怎麼辦？》的藝術模式一個模仿。車爾尼雪夫斯基《怎麼辦？》強調合理的個人主義，寫愛情轉移的合理，寫三個人愛情的互相轉移，最後發現愛是錯位後，出走，重新組合，又和諧地生活，很幸福。這是車爾尼雪夫斯基的一

---

[41] 季紅真：《文明與愚昧的衝突》、《文明與愚昧的衝動——論新時期小說的基本主題》浙江文藝出版社 1986 年 80 年代中期季紅真提出「文明與愚昧」的框架，以一系列二元對立來認識現實與世界，這些對立包括：傳統與現代、中國與西方、鄉村與城市、社會主義與資本主義等等。《文明與愚昧的衝突》這部評論集中，季紅真以「文化－心理」範疇拓寬了批評的思維領域，體現著季紅真把握對象的整體意識。

個理念，當時俄國知識份子考察人性過程中的理想。車爾尼雪夫斯基寫的是一部哲理小說。也是這個時期，或者叫做民粹主義時期。它是考察人的生存，他的理想追求。戴厚英這裡寫的是政治的忠奸與愛情的轉移。

《人啊，人！》後面出現了知青小說，體現了知青這種失落感，那種怨恨的情緒。在「本次列車」到達終點以後，很快就被回城的煩惱和鬱悶所代替。個人位置一旦換化為城市大雜院的一間非常小的偏房，陳信和易傑（《南方的舉》）們發現：他們就開始懷念，開始懷念什麼呢？開始懷念他們為之付出青春的橡膠林、北大荒、大草原。橡膠林、北大荒、大草原在這些小說裡的意象實際上是一種人本主義，一種強者的哲學。像《北極光》裡的岑岑，比北極光的力更強，看到理想的光，看到了一種衝擊。《在同一地平線上》、《北方的河》，這種理想有了發展，有了行動的發展。《在同一地平線上》，男女主人公意志如鐵，堅定地站在廣袤的寬闊的地平線上。在小說中我們可以看到映襯在暗藍色天幕下的兩個孤獨身影。這兩個孤獨身影是對抗社會的大寫的人的象徵。這個象徵是時代思潮的體現。他們已沒有困惑感、惶惑感，有的是強烈的當代感，冷酷的執著和堅定的信念。對這些作品，有些批評家說這是「社會達爾文主義」，當時批評家批評這種「自我生存」可以把友誼、愛情置於不顧，有點像拉斯蒂涅、于連。《高老頭》裡面的拉斯蒂涅想往上爬，他從鄉村來以後，發現一個人吃人的社會。怎麼辦？他要征服人生。于連，司湯達《紅與黑》中的主人公，個人奮鬥者。這是一個社會轉型期，這是中世紀向世俗社會的轉型，一個資本主義社會奮鬥的典型。當然這典型是個人主義者。在 80 年代情緒裡，強者有所為的情緒。

張承志系列小說中那個孤傲、神色嚴峻的「他」，也同《在同一地平線上》的男女主人公一樣，「他」不明確，但他有極大的概括性和象徵性。不甘寂寞，卓爾不群，不屈不撓，強者意志，和追求自我的執著，執著於往昔單純美麗的夢，還顯得有些迷惘和惆悵。憑弔失去的青春。只有在激烈對峙中，他才顯示出一種忍受巨大身心痛苦而又頑強實現自我目標精神。在他們身上，你可以感覺到 80 年代的氣息，什麼樣的氣息？就是不強調人際關係以及倫理的和諧、諧調。是

那種獨立承擔全部的苦難，以及與社會對抗的桀驁的個性。它有兩個側面，一個側面就是海明威那種硬漢的氣概，還有一個就是西方的探究個性。

通過前面敘述來看，在梁曉聲《今夜有暴風雪》、張承志、鄧剛他們筆下，都有對信仰的執著、對理想的熱情，和為之拋頭顱、灑熱血的氣概。這是這些作家筆下鮮明的特點。也是滾燙熱烈的、犀利的神聖崇高感覺。這些作家力圖在粗獷、猙獰的社會自然中、人的衝突中寫男子氣魄和所向披靡的英雄氣概。努力讓全部自我擴張，不斷進取，努力完成個體建構，自我建構。跟前面講的「莊儒境界」完全不同的人生追求。這種追求就是所謂的「古典西哲」的追求。

那麼跟前面的「莊儒境界」比較一下，張承志這批作家，阿城這批作家他們的不同。張承志這批作家自我張揚，與物抗衡；阿城這批作家泯滅自我、消融個性、與物同一。前者是由於擴展自我意識而躁動、進取；後者是內斂、平和；前者是剛強，具有英雄主義氣概；後者柔弱、忍讓，帶有溫和主義色彩，但又非常堅韌。這種東西文化在 80年代形成兩極作家追求，構成 80 年代文學非常壯觀的景象。就是在失掉政治依託以後，我們文學的價值在哪裡？作家做出了兩方面的選擇。

（三）國民性解剖，以求人性的完美。

民族現存文化心理，主要是講現實生活中的文化批判。這個批判，承接了梁啟超的新民說、魯迅的國民性命題。很大一批作家發表了城市市民小說，解剖由於文革對文化的荼毒而形成的文化和人格的缺陷，通過批判來表達一種理想。這個主題，是魯迅追求理想人性主題的當代延伸。

首先，是對狹隘、虛榮、嫉妒、平均、怯懦、自私等心理的解剖。1980 年葉之蓁發表的《我們建國巷》，標誌著這一主題的成熟。建國巷積澱著從石達開「均貧富」以來的民粹主義觀念，它以強大的精神的無形力量制約著小巷的生活。技術員用革新獎買來的一台電視機打破了古文明的平靜，引起一系列不愉快的人際矛盾，首先是他的小孩失去了享受胡伯泡菜的權利，並得到一個「進口餅乾」的稱號，王大福召集的街道會議要挪到技術員家開。理由是「錢莫讓一個人抱光

了，留點大家都賺一點」。鄰里關係極度緊張，直到技術員夫婦在無端的騷擾下磨掉了最後一點耐心，砸壞了電視機，舊日的歡樂才和胡伯的泡菜一樣回到他們的生活中。

同時，高曉聲的《大好人江坤大》、《老友相會》解剖了農民經濟翻身以後心理的怯懦卑屈，《魚釣》揭示了農民的目光短淺、貪圖小利，《飛磨》和《錢包》揭示農民的奴性和皇權至上的心理等。在這一系列作品中，呻吟著魯迅當年在東京與許壽裳探討「理想的人性」的問題的痛苦。

其次，揭示極左政治統治下民族心理的殘酷和落後。馮驥才的《高女人和她的矮丈夫》，以惡的形態，揭示了小市民的庸俗鄙陋，以及作為極左政治社會心理的巨大破壞力。陳建功的《轆轤把胡同九號》，尖刻地刻畫和嘲笑了被極左政治裹挾下擠上政治舞臺的工宣隊員，時刻欲以階級鬥爭吃人，最後在時代的變動下茫然失措的尷尬處境。在他們那裡，民族心理中殘酷食人，人相食的獸性得到了最徹底的討伐和批制，體現了作家對理想人性追求的熱情和痛苦。它如李佗的《七奶奶》、劉心武的《黑牆》、吳若增的《翡翠煙嘴》、《臉皮招領啟事》，都解剖了小市民落後鄙俗的心態。

再次，對知識份子苟安、惶惑心態的揭示。王安憶的《大哉趙子謙》是一篇有代表性的作品，老教員趙子謙品德修養極好，力奉克己忍讓，但不僅沒有能力改善子女的命運，自己也一事無成，作品否定了這種好人：認為它已成為偷安苟且的心理屏障。張潔的《未了錄》概括了一位埋首故紙的善良老人的矛盾萎縮心態。王蒙的《惶惑》、《夜的眼》、《最後的「陶」》、《海的夢》、《春之聲》一系列作品都解剖了動搖於五十年代與八十年代之間的知識份子的惶惑心態，揭示了他們精神狀態的無所適從的典型失落感，在一個給你自由思想的時代，你卻失去了這種功能，理智上嚮往，情感卻安於五十年代的馴服工具論（奴性）。顯然，上述刻畫都體現了藝術家們對予人性的思考和探索。

第二節　新時期人道主義理論及其論爭

這是一個理論問題。人道主義在今天已不是問題，但在新時期剛開始時，人道主義的宣傳或理論都屬於政治問題，這是由於當時文革「神道主義」、「獸道主義」盛行的原因。

一、前導——反對「工具論」為文藝「正名」

1979 年 4 月，《上海文藝》發表了評論員文章《為文藝正名——駁文藝是階級鬥爭工具說》[42]，這是新時期人道主義理論思考的先聲。這篇文章今天看來寫得很膚淺，羞羞答答，它只是從文藝理論，文藝與政治關係的角度，論述了文藝是真善美的統一，駁斥了文藝是階級鬥爭工具說的狹隘。既然文藝是真又是善又是美，那種工具只是善的一部分，這就還承認文藝是階級鬥爭的工具說，但文藝不完全是階級鬥爭的工具，它還可以審美，還可以認識。還沒有推翻，因為講話說，「文藝是團結人民、教育人民、打擊敵人、消滅敵人的有利武器」[43]他只是把文藝拓展開來。就是這樣一篇文章，遭到了一系列批評。[44]所以當時理論進步很困難。對傳統理論加以褻瀆，是艱難曲折的。

---

[42] 《為文藝正名——駁「文藝是階級鬥爭的工具」說》《上海文學》1979 年第 4 期在這篇評論員文章裡，批評了那種「僅僅根據『階級鬥爭』的需要對創作的題材與文藝的樣式做出不適當的限制和規定」的「取消文藝的文藝觀」，儘管文章直接針對的是「工具說」，但是這也引發了人們對「文藝為政治服務」的質疑。由此也拉開了文藝界解放思想、撥亂反正的序幕。從理論上駁斥了建國以來「文藝是階級鬥爭工具」占統治地位的說法，實際上是駁斥 1942 年以來文藝就是階級鬥爭工具占統治地位的說法。

[43] 毛澤東：《毛澤東選集》第三卷《在延安文藝座談會上的講話》（一九四二年五月）人民出版社第 848 頁 1991 年 6 月第 2 版書中原文：我們今天開會，就是要使文藝很好地成為整個革命機器的一個組成部分，作為團結人民、教育人民、打擊敵人、消滅敵人的有力的武器，幫助人民同心同德地和敵人作鬥爭。

[44] 如吳世常《「文藝是階級鬥爭的工具」是個科學的口號》發表在《上海文學》1979 年 6 期，王德後的《給上海文學評論員的一封信》，發表在《上海文學》

二、人道主義理論的提出與波折

第二個大問題，人道主義理論的提出與波折。

1980 年，王若水在《人民日報》發表了長篇論文《人是馬克思主義的出發點》[45]。這篇文章從哲學角度重新提出人道主義問題。所謂哲學角度，也就是價值觀念，關鍵是角度問題。王若水時任《人民日報》副總編。他文章的主要觀點，就是馬克思《1844 年經濟學─哲學手稿》[46]。這篇文章是從馬克思主義出發的，馬克思寫的文章不是馬克思主義嗎？他就是要論證這是馬克思主義的，因為當時的人講這不是馬克思主義的，是青年馬克思的論文，是馬克思不成熟時寫的。第二個論點是，人是馬克思主義的出發點。第三個論點是反對異化。這都是馬克思經濟學─哲學手稿裡談到的。第三個論點是「共產主義，作為完成了的自然主義，等於人道主義，而作為完成了的人道主義等於自然主義。」[47]都是經濟學─哲學手稿中談到的。馬克思寫得很好。這是哲學上最先提出的「人道主義」。

在文藝領域最先提出的是俞建章，他在 1981 年 1 月《文學評論》上發表了一篇《論當代文學創作中的人道主義潮流──對三年來文學創作的回顧與思考》[48]。哪三年？就是 1978 年到 1981 年。文章的主

1979 年 6 期，曾繁仁的《應該完整地準確地立嫁接文藝是階級鬥爭工具「的理論──兼與〈上海文學〉評論員商榷」，發表在《上海文學》1979 年 8 期。

[45] 王若水：《人是馬克思主義的出發點》《人民日報》1980 年 8 月。

[46] 馬克思：《1844 年經濟學哲學手稿》人民出版社 1985 年版《1844 年經濟學哲學手稿》是馬克思於 1844 年初步探索政治經濟學時寫下的一部手稿，有三個筆記本組成，它也是馬克思第一次試圖對資本主義經濟制度和資產階級政治經濟學進行批判性考察，並初步闡述自己的新的經濟學、哲學觀點和共產主義思想的一部早期文稿。其中提出的「人道主義」命題。

[47] 馬克思：《1844 年經濟學哲學手稿》人民出版社，1985 年版第 77 頁馬克思在其中說：「共產主義，作為完成了的自然主義，等於人道主義，而作為完成了的人道主義等於自然主義。」

[48] 俞建章：《論當代文學創作中的人到主義潮流──對三年來文學創作的回顧和思考》《文學評論》1981 年第 1 期。

要觀點暴露和鞭撻了文革反人道的社會現實，作家注意到人的異化，對現實的思考，並且提出了人的價值問題。

在此前後，還有王淑明的《人性、文學及其它》[49]。

1983 年 3 月，周揚長篇論文《關於馬克思主義的幾個問題的探討》，發表在《人民日報》[50]。周揚在文中說：「在文化大革命前的十七年，我們對人道主義與人性問題的研究，以及對有關文藝作品的評價，曾經走過一些彎路。這和當時的國際形勢的變化有關。那個時候，人性、人道主義，往往作為批判的對象，而不能作為研究和討論的對象。在一個很長的時間內，我們一直把人道主義一概當做修正主義批判，認為人道主義與馬克思主義絕對不相容。這種判斷有很大片面性，有些甚至是錯誤的。我過去發表的有關這方面的文章和講話，有些觀點是不正確的。『文化大革命』中，林彪、『四人幫』一夥把人性論、人道主義的批判，發展到了登峰造極的地步，為他們推行滅絕人性、慘無人道的封建法西斯主義製造輿論根據。」對馬克思的異化概念做了延伸。在這篇長篇論文裡，重新提出了王若水提出的人道主義，人是馬克思主義的出發點，並且把異化延伸到當代中國文學中，認為有異化問題，因為是周揚，又是在《人民日報》上，所以一時影響很大。周揚，文革前是中共中央宣傳部的常務副部長，部長是陸定一，延安時期思想改造中，他主管意識形態，文革被打倒，這次複出，寫了這篇文章後，被作為「精神污染」而遭到清理，從此鬱鬱寡歡，住院五年，一直到死。

1983 年春夏秋之際，思想理論界展開清理「精神污染」的鬥爭，批評重點就是「社會主義異化論」、「人道主義」理論。這個批判有兩個論點。第一個論點是人道主義與馬克思主義是根本對立的，第二個論點是社會主義存在異化和人道主義理論就是精神污染。當時很多人圍剿周揚、王若水。

---

[49]　《文學評論》1980 年 5 期。艾夜的《什麼是「馬克思的人道主義」──評〈人啊，人！〉》《文匯報》1981 年 11 月 3 日。胡余《略談人性描寫中的幾個問題》《文藝報》1982 年 2 期。劉錫誠的《論新時期的人道主義》劉錫誠：《談新時期文學中的人道主義問題》《文學評論》1982 年第 4 期。

[50]　周揚：《關於馬克思主義的幾個問題的探討》，《人民日報》1983 年 3 月 16 日。

　　1984 年 1 月，胡喬木出版了小冊子《關於人道主義和異化問題》。胡喬木是當時主管意識形態的政治局委員。這篇文章談了四個問題。第一個問題，究竟什麼是社會進步的動力？第二個問題，依靠什麼思想來指導我們社會主義社會繼續前進？第三個問題，為什麼要宣傳和實行社會主義人道主義？第四個問題，能否用「異化」論觀點來解釋社會主義社會中的消極現象？根本觀點，人道主義不能作為歷史觀和世界觀，而是倫理規範和道德原則。人道主義是什麼呢？說穿了，人道主義就是救死扶傷，不欺負弱者，這就是倫理觀和道德原則。不能以人道主義來解釋歷史觀和世紀觀，當然，更不能「以人為本」了。這就是胡喬木文章的觀點。胡喬木因為權利與地位的原因，所以討論告一段落。

　　此後，理論界逐漸又開始反對胡喬木，又開始談人道主義。清理「精神污染」批判基本失敗。胡喬木說社會主義社會前進的動力就是階級鬥爭，就是毛澤東的階級鬥爭的理論。鄧小平已經否定了這個理論。現在中共中央宣佈「以人為本」，這就是價值觀嘛。馬克思最早討論人的全面解放，胡喬木說不對。為什麼不對？胡喬木的理論是，實際上沒有抽象的人，只有無產階級的人、資產階級的人、地主階級的人。地主階級的人就不會同情資產階級的人，資產階級的人就不會同情無產階級的人。人只有階級關係，沒有人道主義。這是他們的鬥爭哲學。毛澤東說「八億人民不鬥行嗎？」[51]1975 年歲末最後一天，12 月 31 日，毛澤東會見美國前總統尼克森的女兒朱莉和女婿大衛‧艾森豪。談到中國的變化時，毛澤東說：我們這裡有階級鬥爭，在人民內部也有鬥爭，共產黨內部也有鬥爭。不鬥爭就不能進步，就不能和平。八億人民，不鬥行嗎？這是毛澤東晚年把階級鬥爭擴大化、絕對化的一次有代表性的談話。雖然，把階級鬥爭當作社會進步的動力，這一認識在毛澤東的思想上存在已久，但在經歷了 1975 年的整頓後，發展得似乎更加極端。後來，胡喬木的理論久久不再提了，精神污染的清理也不再提了。

---

[51]　毛澤東：《毛主席語錄》，《人民日報》，1976 年 5 月 17 日。

1986 年 8 月，高爾泰發表了《人道主義——當代論爭備忘錄》，發表在《四川師範大學學報》[52]。這是《四川師範大學學報》發表的最有影響力的一篇文章。這篇文章反駁了胡喬木，系統批判了胡喬木。高爾泰的文章分為四個部分。第一部分，這場論爭的意義；第二部分，這場論爭中出現的問題；第三部分，論爭中提出的問題；第四部分，這場論爭的背景和前景。前景就是預見，就是今天。高爾泰文章的第一個觀點，人道主義不僅是倫理觀，也是歷史觀，也是世界觀。第二個觀點人是手段、目的的統一。他主要引用了馬克思主義的觀點。馬克思主義的觀點就是「每個人的自由發展是一切人自由發展的前提。」[53]高爾泰從選集上《共產黨宣言》引用了這個觀點。當時做理論很困難，必須引經然後為我所用。前面講的張潔就是找到了恩格斯關於「沒有愛情的婚姻是不道德的婚姻」的話，否則人家還要給她潑髒水。當時就時興引經典作為論據駁倒對方。這是關於爭論的情況。

沒有理論爭論，就沒有作家的覺醒，也就沒有 80 年代這麼燦爛的文學群星的出現。這批作家很幸運，他們看到了這些理論家。這些理論在今天已經成為常識，成為當代中國的精神成果。雖然今天不再深刻，但對剛從文革中走出的人來講，卻很新鮮。

三、當代人道主義理論論爭的評價

分兩方面來談這個問題，一是從當時的歷史背景，一是從現在的社會現實。

第一方面，從當時論爭的歷史背景看。

當時人道主義理論論爭評價問題的焦點在於：人道主義僅僅是一種倫理觀，還是一種倫理觀、世界觀、歷史觀？在此，中國理論思想界陷入了這樣一個二律背反命題：人道主義在當代中國是一種歷史的

---

[52] 《四川師範大學學報》，1986 年，第 8 期。

[53] 馬克思、恩格斯：《馬克思恩格斯選集》第一卷《共產黨宣言》人民出版社第 273 頁 1972 年 5 月第 1 版書中原文：代替那存在著階級和階級對立的資產階級舊社會的，將是這樣一個聯合體。在那裡，每個人的自由發展是一切人的自由發展的條件。

必然,是一種歷史觀、世界觀;人道主義在當代中國不是一種歷史的必然,不是一種歷史觀、世界觀。前一個命題是歷史的推論,後一個命題是邏輯的推論,形成了歷史和邏輯的對立。

所謂歷史的推論,根據在於:中國的新民主主義革命以及社會主義革命儘管完成了反封建的政治革命的任務,但沒有完成反封建思想革命的任務,因而文革十年是封建專制的復辟,反封建的武器最鋒利的是人道主義,所以人道主義作為歷史觀和世界觀是必然,這是一種思想革命的補課,不能僅僅限於倫理範疇。

所謂邏輯的推論,根據在於:人道主義是資產階級的唯心史觀,不是馬列主義的,當代中國是馬列主義指導的社會主義,只能用歷史唯物主義作為世界觀和歷史觀,所以人道主義不是一種歷史觀和世界觀,只能作為一種倫理觀(學雷鋒、救死扶傷⋯⋯)。顯然,這是一個混亂的雜纏。因為人道主義並不僅是資產階級的唯心史觀。另外,經濟基礎我們退後,意識形態可否修正?再另外,作為歷史運動的具體實在是,人道主義成為了當代中國文藝的主潮,作為實在你沒能否認。作為理論你加以指責的根據在於一個形而上的規定,而這個規定本身與馬克思的原意有悖。

從邏輯角度說,強調馬克思主義具有人道主義性質是不錯的,但把馬克思主義解說為人道主義,或以人道主義來解釋馬克思主義,卻並不符合馬克思當年的願意。因為馬克思主義是一種歷史觀,即唯物史觀。它既具有科學的意義,也同時具有意識形態的意義。馬克思主義的世界觀也就是這種歷史觀。

歷史的發展並不是人道的,正如黑格爾所看到的,惡是歷史發展的根據。從歷史的角度說,意識形態並不等於科學,也並沒有所謂完全正確的理論,何況正如恩格斯所說,在理論上並不正確(不科學)的東西在歷史上卻可以起重要的進步作用。

粉碎「四人幫」,中國進入「甦醒的八十年代」的時候,多麼必然也多麼需要這種恢復人性尊嚴、重提人的價值和哲學啊!「自由」、「平等」、「博愛」、「人權」、「民主」⋯⋯這些口號、觀念充滿著多麼強烈的正義情感而符合人們的願望、欲求和意志啊!它們在揭露林彪四人幫的封建主義、「集體主義」的罪惡,表達對多種壓迫、迫害的

抗議上，多麼針貶時弊啊！儘管它在理論上相當抽象、書卷、軟弱，不能有力對付權力，但是，它表達了人們壓抑了很久的思考、情感、欲念、意識，喚起了人們努力爭取久被否定和埋葬了的個人的人格、個性、生活權利和要求欲求，王若水的「一個怪影在中國知識界徘徊——人道主義的怪影」[54]有真實的現實根據。這就說明，為什麼人道主義的理論、觀點、思潮，儘管被大規模地批判，卻自然受到廣大知識份子以至社會的熱烈歡迎，並且它能與經濟改革同步，配合和支持著改革，把社會推向前進。因為它們是在繼續清算文化大革命，是在繼續與封建主義作鬥爭。實際情況很清楚，為什麼批判者們儘管引經據典、大造聲勢、力加駁斥，說明馬克思主義不是人道主義，卻始終應者寥寥。這些批判文章強調集體主義，反對個人主義，提倡倫理價值，呼喚獻身革命的熱情，等等。一切似乎都很正確，但卻並不符合當代現實的實在，加之它是文革老調重彈，所以人們相當反感，於是對這種批判掉頭不顧、置之不理、毫無興趣，這也是正常的。

　　從理論的角度看，這些批判的根本弱點，正在於它沒有能考慮到中國改革開放的具體社會現實，而一種邏輯推演的經院哲學，它沒有能夠具體科學地考察中國這股人道主義思潮的深厚的現實根基、歷史根源和理論意義，換言之，沒有注意到這股人道主義思潮有其歷史的正義性和現實的合理性。批判離開了這個活生生中國改革開放的現實，仍然是就理論談理論，從而這批判也就抽象、空泛、貧弱，離開了正在前進的中國社會改革開放的實踐，它當然不可能取勝。

　　第二方面，從現實層面的中國當代社會來看。

　　與此同時，這場論爭的焦點就是剛才談到的，人道主義不僅是一種倫理觀，還是一種世界觀、歷史觀。之所以出現這個論爭，在於當時對馬克思主義理解的狹隘，對馬克思主義的研究很狹隘、形而上學。還有一個原因在於毛澤東文化革命理論、階級鬥爭學說的影響。

　　這場論爭不僅是學術問題，也成了政治問題。它關係到如何看待人民，如何進行改革，如何找到出發點，如何與時俱進地解決中國當代

---

[54]　《為人道主義辯護》P217。

的經濟改革、政治文明建設的問題。隨著政治的進步，這個問題已不成為問題。中共中央已經宣佈「以人為本」，這就是歷史觀、世界觀。

以人為本。以前以革命、政治為本，以階級為本。現在叫以人為本，這表明社會在進步、發展。人道主義是倫理觀，也是歷史觀、世界觀。胡喬木只強調倫理觀，否認歷史觀和世界觀，就在於他不承認人道主義在歷史中的推動作用，也不承認人道主義的價值觀意義，這個道理很簡單。實際上在馬克思主義那裡是把人道主義作為了歷史觀，也是價值觀，既是手段又是目的，這並不僅僅是早期馬克思、青年馬克思談的，成熟馬克思也談「每個人的自由發展是全體人自由發展的前提。」[55]同時也談「在其現實性上，人是社會關係的總和」[56]馬克思在《關於費爾巴哈》第六部分中說：費爾巴哈把宗教的本質歸結於人的本質。但是，人的本質並不是單個人所固有的抽象物，實際上，它是一切社會關係的總和。這種社會關係總和的理解，階級鬥爭也解釋得通，這就形成了理解的複雜性。這個複雜性的關鍵，是解釋者本身的目的。你強調什麼，就講什麼。你比如說鄧小平不強調講階級鬥爭，強調中心工作是經濟建設，所以就成了以人為本，這跟解釋者有關。它本身既是歷史觀、世界觀，也是倫理觀。階級鬥爭激烈的時候，你就只講倫理觀，那是政治。比如毛澤東講「救死扶傷，實行革命的人道主義」。就是這個意思。打仗的時候，你看見敵人受了傷，你還要把他救活，這就是人道主義的倫理觀解釋。當代中國社會發展的變化，所以它的解釋不同。我們現在理解的是什麼呢？我們理解的是新時期開始文學思潮人道主義的歷史觀、世界觀問題。胡喬木在這個問題上就很落後了，所以很快就被人們忘掉了。

---

[55] 馬克思、恩格斯：《馬克思恩格斯選集》第一卷《共產黨宣言》人民出版社第273 頁 1972 年 5 月第 1 版書中原文：代替那存在著階級和階級對立的資產階級舊社會的，將是這樣一個聯合體。在那裡，每個人的自由發展是一切人的自由發展的條件。

[56] 馬克思恩格斯：《馬克思恩格斯全集》第三卷馬克思：《關於費爾巴哈的提綱》人民出版社第 5 頁人民出版社 1960 年 12 月第 1 版。

第三節　人道主義文藝的內涵與評價

　　第一章講政治本位主義，第二章講神本主義，第三章講人本主義。也就是說，與前 27 年不同的是，整個新時期文藝就是圍繞人的重新發現為軸心來展開的。

　　從價值體系看，中共建政以來當代文藝思潮的基本衝突，就是人本主義與政治本位主義、神本主義的衝突。新時期文藝是以人本主義不斷取代政治本位主義、神本主義的過程。由此觀察，我們可以發現一條基本線索：整個新時期文藝都圍繞著人的重新發現的軸心而展開。新時期文藝價值體系的核心，就在於它以超越啟蒙時代和文藝復興時代的空前熱情，呼喚和校正了人性、人的尊嚴、人的價值，一句話，人道主義。大體說來，新時期文藝的人道主義有如下內涵：

　　第一，重新確立了人的本位，人的地位、人的尊嚴、人的價值。

　　1949 年以來，中國思想文化界第一次正面討論或者確立的不是理論形態的東西，而是什麼呢？而是藝術形態的東西。換句話講，是文學藝術第一次提出了人道主義。這本是哲學界的問題，但它不是由哲學界首先提出的，而是文學界首先提出的。在於什麼呢？在於哲學界總是落後於藝術，文藝總是現實生活的情感直接體現。在當時的中國，還在於藝術本身的多義性、表現的隱蔽性而形成的突破的容易性。

　　劉心武的《班主任》，第一次全面地聲討了文革十年的罪惡。同魯迅《狂人日記》「救救孩子」的吶喊相呼應，喊出了「救救被四人幫毒害的孩子」的時代強音，以藝術形式批判了「以階級鬥爭為綱」的錯誤命題，完成了反封建時代啟蒙的歷史重任，其功高比天，不可磨滅。它既是對五四的繼承，更是對五四的超越，從中國當代改革的角度，幾步並做一步，完成了國民的啟蒙工作，並將繼續深化。小說雖寫得不好，但他功不可沒。當然緊接著是傷痕文學，更深入。

　　第二，視人為現實的活生生的實在，反對任何一種意義的完人和超人的哲學美學觀念。

　　這一觀念，承認任何人都只能是凡人，都是美醜、善惡、真假並在的充滿生氣的實體。承認人的矛盾性觀念，承認人的人生過程非同

質的觀念。這導致新時期文學藝術形象的若干轉化：由純化的單一的人轉向原生的多色的人；從英雄崇拜到普通人的謳歌；從工具型的人向主體性的人的轉化；由傳奇英雄到常態英雄的轉化。總之，是對政治本位主義、神本主義的舊的人的觀念的積極揚棄，是對人的形式邏輯的知性認識（非此即彼）到理性認識（亦此亦彼）的辯證邏輯的轉化。

這種意識導至了文學藝術家的四大自由：首先，文藝家銷毀了自己心中舊的觀念的阻礙。以人的王國代替了神的王國，從而不再屈服於心靈之外的壓力，特別是神的觀念所造成的壓力，從而提高了自己的人格水平和精神境界，更充分地調動出自己的主體力量。其次，文藝家的人道主義更為徹底，在把愛推向每一片綠葉時，也不忽略推向有缺陷的、有斑點的綠葉，認識到尊重每一個個體的地位。再次，導致文藝家獲得更深厚的創作氣魄，敢於真實地寫出人性深層的內在世界，敢於真實地寫出原來覺得難為情但又具有深刻哲理意義的人性醜惡面。最後，文藝家自覺意識到自己的凡人地位，能以凡人的心靈同凡人共命運、共追求。

第三，更加關心作為個體的人，尊重人的主體價值，不再把人僅僅理解為社會集體理性的人，完全被某種社會關係固定化、僵硬化、公式化的人，而是首先把人理解成為主體性、個性化的人。

關注個體的主體價值，就是承認每一個個體都是重要的。個體的主體價值具有不可替代的自我排他性和自尊性。不僅承認「社會不解放，我不能解放」，而且更重要的是，承認「我不解放，社會也不能真正解放」，即《共產黨宣言》所指出的，每個人的自由發展是一切人的自由發展的條件。如果組成社會的每一個個體，都失去了主體性，那麼這個社會也絕不可能有活力和生機。應當說，在戰爭時期，由於我們民族生活的重心是政治鬥爭，文藝從屬於政治以及階級鬥爭的工具等理論是歷史必然的；藝術家及其表現對象的集體化、社會化、理性化主體壓抑也是必要的，正常的。但是，中共建政以來，隨著階級鬥爭的結束，我們卻未能完成文藝觀念上的這種轉變：即由集體社會理性到個體主體感性的轉化；由對文藝的外部客體本位到文藝

的內部主體本位的轉化。文藝始終成為政治的圖解,新時期才完成這一轉化。

第四,新時期的人道主義文藝是歷史的具體的形態,並且,它本身也經歷了一個由政治反思、社會反思的政治性反思到倫理反思,文化反思的文化性反思,再到個體主體反思的三階級演進,經歷了由原人道主義到當代人道主義、存在主義演進的歷史。

任何歷史行動都是對前人的反動和褻瀆,隨著反封建思想革命的基本完成,新時期文藝的人道主義內涵將向新的型態發生轉變,隨著現代主義非理性哲學的勃興衰弱之後,一種嶄新的由中華民族融合中外文化符合當代要求的理性精神必將勃興。新時期文藝的前途是光明的。

它是一個過程,也是這個過程的產物。所以它是歷史的、具體的。同時它又是開放的概念。所謂開放的概念就是新時期文學的人道主義是新時期及其以後文學的基本價值觀。以後演化為各種各樣的人道主義。包括存在主義、後現代主義、消費主義等等,不同形態的人道主義。

第四章　存在主義

——小寫的人（1985－1989）

第一節　存在主義概說

我們先看存在主義的概念，這個概念的發展，或者叫概說。我們先看它的發展階段，在我看來大概有三個發展階段。

第一個階段，19世紀存在主義的先驅人物是丹麥神學家、哲學家基爾凱郭爾。

存在主義最先在拉丁文「在」，存在的「在」scin發展起來。基爾凱郭爾有一篇著作叫《憂鬱的概念》，他從宗教角度談到了它的思想體系，就是神學上的存在主義。他的基本觀點，魯迅在《文化偏至論》裡面談到了。魯迅把它理解為強者個人的觀念，先覺觀念，把它同尼采等同來談。「而契開迦爾則為真理準則，獨在主觀，惟主觀性，即為真理，至凡有道德行為，亦可弗問客觀結果若何，而一任主觀善惡為判斷焉。其說世出，和者日多，於是思潮之為更張。」「至丹麥哲人契開迦爾則憤發疾呼，謂發揮個性，為至高之道德，而顧瞻他事，胥無益焉……」[1]當時沒用存在主義概念，魯迅看重的是基爾凱郭爾的「發揮個性，為至高之道德，而顧瞻他事，胥無益焉」的絕對自由的精神，即自由選擇的存在主義精神。

第二個階段，是20世紀第一次世界大戰以後。第一次世界大戰以後有兩個哲學家發展了基爾凱郭爾，一個叫海德格爾，一個叫雅斯貝爾斯。這兩個哲學家著作、講學，讓存在主義在德國盛行，其中海德格爾的影響最大。

---

[1]　魯迅：《文化偏至論》，《魯迅全集》第1卷54頁，人民文學出版社1981年版。

　　海德格爾對本體論的真、善、美概念作了存在主義的現代解答。

　　首先，關於真。海德格爾認為真理在被遮蔽的「在」之中。在他看來，人類文明在對真理的追問與回答時，通常會忽略「物」之外的「無物」，這個「無」被「物」所蔽，只有超越在者，「無」才會顯示出來。它是在者處於隱蔽狀態的「在」。而「無」的意義只能通過「煩」、「畏」等此在的非理性主義遭際，才能加以啟示。可見一般人不可能認識到真。

　　其次，關於善。善是以人與物的關係作為考慮的出發點的。作為此在的人，在技術中是被異化的。「此在」的人與「在者」的物，都失去了在的真理，所以「無家可歸狀態變成了世界命運」。人性得以複歸的途徑就在於作為「在者」的「看護者」，人作為「在者」的一個去「思」著「在」，才能得到「本真的尊嚴」。

　　最後，關於美。他認為，藝術家在創造過程中召喚著天地神人，通過「去蔽」使得被遮蔽著的「在的真理」顯露出來，「語言是此在的家」，「在本質意義上，語言本身就是詩」、「詩意的棲居」，共同把詩-思-語言緊密聯繫在一起，賦予語言以超驗的根本性的地位。詩成為最高的真理顯現，這有一種積極的美學救世主義。

　　第三個階段，以薩特為代表的法國存在主義。

　　二戰後，存在主義中心轉移到法國。法國存在主義基本劃分為兩大派別：一是以西蒙娜・魏爾和加布裡埃爾・馬賽爾為代表的基督教存在主義；二是以讓・保羅・薩特、阿爾培・加繆、德・博瓦爾為代表的無神論的存在主義。薩特的存在主義影響最大。

　　薩特存在主義哲學具有以下觀點：前提是「存在先於本質」。薩特說，這是存在主義的「第一原則」。「存在」，是指個人的存在，個人主觀意識的存在；「本質」，則是指個人的共有特性。所謂「存在先於本質」，是認為個人存在先於對個人的理性判斷和結論。圍繞「存在先於本質」的前提，薩特存在主義有三個重要的觀點：第一，他的客體觀，認為世界荒謬，人生孤獨，即「他人是我的地獄」。第二，他的主體觀，主張自由選擇，不斷選擇，「存在即選擇」。第三，他的責任觀，即自由選擇必須承擔責任，自由和責任是聯繫在一起的。

　　薩特把存在主義從宗教裡面解放出來，把它世俗化、人性化、現實化，從而影響最大。薩特主要通過其系列小說產生影響。海德格爾的書很難看，但薩特的存在主義，通過小說，甚至通過他自己的生活，與波伏娃的生活來宣傳存在主義。這個是行為藝術。他自己的長篇小說影響了整個法國人，然後 80 年代影響了整個中國人，一直到今天，我以為。其實馬克思主義的影響還沒有存在主義這樣廣泛，因為馬克思主義畢竟只影響政治家，而存在主義影響到每個年輕人。中國的青年人他自己不知道叫存在主義，他自己不知道，但照存在主義生活。法國巴黎人很個性，很自由，對自由很崇尚。薩特去世的時候，萬人空巷，所有人站在街道上為他送葬，數萬人自發為薩特送葬[2]，從醫院到墓地運送薩特的靈車後面，跟隨著大約 5 萬人！這群人同守候在墓地的另一群人彙集到一起。許多人不得不站到了墓碑頂上。為了把棺材從靈車上卸下來，還不得不疏散群眾。沒有任何講話和儀式。波伏娃要了一把椅子，在尚未封土的墓穴前坐了大約 10 分鐘。幾天後，薩特的屍體被從墓穴裡移出來，送去火化了。這個在法國是空前的奇跡。因為大家都是存在主義者，聽從心靈的召喚。

　　加繆自己不承認他是存在主義者，他把後來他表達的東西概括為「荒誕」。他認為，荒誕本質上是一種分裂，即人和生活、社會的一種分離、一種格格不入的感覺。但是，這並非人本身的荒誕，也不是世界的荒誕，而是人和世界共存時產生的不協調感。加繆選擇的行動準則是挑戰和反抗，但是這種反抗是在承認局限和近乎絕望的前提下完成的。加繆選擇反抗荒誕的典型英雄是西西弗——希臘神話中的一位天神。由此看來，加繆不僅是一個存在主義者。而且是一個荒誕意義上的存在主義者。

　　存在主義文學主要代表人物為薩特，加繆，西蒙娜·德·波伏娃，雷蒙·蓋夫，梅洛·龐蒂等。主要代表作品為薩特的《噁心》、《蒼蠅》、《禁閉》，加繆的《局外人》、《鼠疫》。

2　〔美〕理查·坎伯《薩特》中華書局 2002 年 5 第一版。在該書第二章《生平和著作》末尾，作者對薩特去世時巴黎場面作了詳細記錄：1980 年 4 月 15 日，薩特在昏迷狀態中與世長辭。當時，他的脈搏已變得如此微弱，以至於因壞疽而感染了褥瘡。在失去知覺前的那一瞬間，他告訴波伏娃：「親愛的，我多麼愛你！」（波伏娃，1984，第 123 頁）」

存在主義文學幾個主張很典型。

一是主張哲理探索和文學創作一體，以表現存在主義思想為己任。這些作品都是重大的哲理、道德和政治題材，重思想，輕形式，強調邏輯思維和哲學思辨。

二是反對按照人物類型和性格去描寫人和人的命運。認為人並沒有先天的本質，只生活在具體的環境中，以個人的行為來造就自我，演繹自己的本質。小說家的任務是提供新鮮多樣的環境，讓人物去超越自己生存的環境，選擇做什麼樣的人。

三是提倡作者、人物和讀者的三位一體觀。認為作者的觀點不應該是先驗的，還必須通過讀者去檢驗，只有當小說展現在讀者面前時，在小說人物的活動過程中，作者和讀者才共同發現人物的真面貌。

存在主義儘管被劃歸為一個流派，而事實上也確實如此。然而，存在主義者們往往自己都不承認自己是存在主義者，而且他們之間的差異和分歧也是明顯的。但是，他們的思想都滲透進了不同時代、不同地域的人們的思想之中，具體到中國，具體到中國的 80 年代時期，具體到中國的某一個時期的某一個方面，亦是如此。

第二節　薩特存在主義理論對中國文學的輸入與影響

一、薩特存在主義在中國流行的幾個觀點

先結合中國現實作一個解釋。

第一個觀點，我以為是「存在先於本質」。「存在先於本質」出自《薩特哲學論文集》之《存在主義是一種人道主義》，在論文中，薩特說：「我們所說存在先於本質的意思指什麼呢？意思就是說首先有人，人碰上自己，在世界上湧現出來──然後才給自己下定義。」又說到「人性是沒有的，因為沒有上帝提供一個人的概念。人就是人。這不僅說他是自己認為的那樣。而且也是他願意成為的那樣──是他（從無到有）從不存在到存在之後願意成為的那樣。人除了自己認為

的那樣以外，什麼都不是。這就是存在主義的第一原則。」還說「人
首先是存在——人在談得上別的一切之前，首先是一個把自己推向未
來的東西，並且感覺到自己在這樣做。在把自己投向未來之前，什麼
都不存在；連理性的天堂裡也沒有他；人只是在企圖成為什麼時才取
得存在。」這個觀點，這影響了整個當代中國的學人價值觀、藝術思
維方法。「存在先於本質」，這是他的原話。所謂存在先於本質，這個
「存在」是什麼呢？是指個體的真實存在。本質是什麼呢？是若干人
的共同性的抽象，指的是共性。過去我們先講本質，認為現象由本質
決定，所以 50 年代以來的文學創作都在一種規定的先驗的本質下運
行，創作了大量的公式化、概念化的模式人物，這既不真實也不美好。
解決這個問題的辦法，在存在主義看來，就只能是重視個體的存在。這
對於當代文學的藝術思維是一個大革命，比 80 年代的形象思維討論重
要得多。這導致了馬原等先鋒敘事的產生，北島以後第三代詩的產生。

　　第二，影響重大的第二個觀點就是「選擇即存在」。在短篇小說
集《牆》中所收的五篇作品提出了存在主義的另一個基本命題：「人
是自由的，人的命運取決於自己的選擇。」即我們常說的「選擇即存
在。」你活在這裡，但你存在嗎？對人來講，只有你真實地遵循了你
內心的意願，就是自由選擇才能達到所謂的「選擇即存在」。你選擇
了今天我這樣生活，明天我那樣生活，你選擇了，你就去做，你沒去
做，你就不存在。除非你不想。你既然想了，為什麼不去做呢？這個
我不能做，那個我不能做，那你就不存在。你不去做，你就不存在。
你說想聽歌，去聽音樂會，那你就去，你就存在了，是這樣啊，這會
你就存在了，你就存在這會了。可以這樣理解。但存在主義也有障礙，
社會在規範你，他人在規範你，到處在規範你，所以生活不自由。按
存在主義生活是最詩意的，比海德格爾的那個「詩意的棲居」更有詩
意，想怎麼著就怎麼著。就是真實地遵循自身的意願，他是這個意思。
所以存在即選擇。你沒有選擇就不存在，可見存在是個深刻的哲學
概念。1985 年以後中國文學的自由主義精神，就直接源於薩特的「選
擇即存在」，例子太多，這裏就不列舉了。

　　第三個觀點，「他人即我的地獄」。他人即我的地獄。什麼叫他人
即我的地獄？他人不瞭解我，隔膜。他根本不懂得我。這個我經常講，

以前很早，1981 年我就講顧城那首《遠和近》詩有存在主義色彩，1981
年存在主義還沒普及，還很封閉。有些人看到，說怎麼可以這樣，簡
直無組織無集體主義。就像恩格斯講的愛情一樣，每個人都這樣去理
解的話，所以它不虛偽。殘雪、顧城、大量的現代漢詩，體現的就是
「他人是我的地獄」的主題。

　　第四個觀點，薩特的存在主義所以有合理性，在於它有責任感。
這個在中國幾乎不為人所知，這也說明中國現在的存在主義傳播是片
面的，是只知道自己的自由，沒有把自己的自由與他人的自由、社會
的自由統一起來，這裡要強調一下。

　　你選擇是你的自由，但你的選擇不能傷害他人，或者說要為世人
允許，或者說也要尊重他人有你一樣的自由。實際上存在主義發展到
最後的話，就是每個人尊重他人，每個人才會自由。關鍵是這樣，你
尊重他人，他人獲得了最大的自由，他人尊重你，你獲得了最大的自
由。最後就是互相和諧的。孔子講「隨心所欲不逾矩」[3]「隨心所欲，
不逾矩。」指孔子所達到的一種心境，遵從自己心靈的欲求，聽從自
己心靈的呼聲，服從自己天賦的心靈之中所發出的道德律令，不受束
縛。這個矩，並非規定的、規矩的矩，是人與人、社會與社會、人與
社會容忍的度，或者和諧。車爾尼雪夫斯基的《怎麼辦？》體現的也
是這個思想。《怎麼辦？》是俄國作家車爾尼雪夫斯基 34 歲時，被流
放到西伯利亞服苦役期間寫成的著名小說。小說是以羅普霍夫跳水假
死以把自己的妻子薇拉讓給好友吉爾沙諾夫的愛情故事為主線，而暗
線卻是回答怎麼對待「私有制」，作者勾畫了他心目中社會主義理想
社會，設計了一個「人控制資本，讓資本為勞動人民服務」的完美社
會。列寧稱這本書為「社會主義教科書」。什麼叫怎麼辦？就是不知
道怎麼辦。其實他也有存在主義的東西。他把它理想化了。你看他們
三個人互相理解，所以他們三個人都自由了。哪一天這個命題延伸，
他們又不舒服了，又要交換，你覺得道德還是不道德？實際上這個問
題涉及了人的生活方式的改變、革命。涉及到這個問題。和我們理解

---

[3]　《論語‧為政》第四章子曰：「吾十有五而志於學，三十而立，四十而不惑，
　　五十而知天命，六十而耳順，七十而從心所欲，不逾矩。」

的孔孟的人應該不一樣。人到了薩特這裡，就很自由。所以你看，巴黎人認為薩特不得了，這都是薩特啟蒙的結果。他伴侶波伏娃的《第二性》，論述了他們之間的存在主義生活。

上述用通俗的話表述了對薩特的存在主義的四個理解。這樣一種生活方式就是過去道德上批判的個人主義。過去認為，你應該把集體的利益放在前面。不是這個意思。存在主義是人的高度的自覺，是人性發展到一定程然後所有文明人互相理解，然後產生這種人生哲學。《被愛情遺忘的角落》這個短篇小說，後來拍成了電影，這種事情擺在城市無所謂，只要你不礙觀瞻，但是在那個地方是要殺頭的，她母親首先就去揭發了。所以我講人性發展程度、容忍程度及發展同經濟發展、社會發展、人自身的發展、文明發展有關係。到巴黎，極端個人主義反而是集體主義了，因為每個人都這樣了。這是文明高度發展的結果。

現在來看加繆，加繆不承認存在主義。加繆什麼觀點？加繆認為人生都是荒謬的。什麼荒謬？人和人分裂，人和社會分裂，個個分裂，毫無意思，所以更荒謬。他寫了《西西弗神話》，這是古希臘的神話。西西弗把石頭推上去，滾下來，又推上去，又滾下來。好像人類生活就是這樣，要上去了，又滾下來。這就是人類的輪回、劫難。當時加繆提出一個觀點，他說人生最重要的問題並非是世界是三維的還是四維的還是多維的，他認為哲學問題最重要的問題是自殺，自殺是哲學最根本的問題[4]。在該書的開篇就寫到「真正嚴肅的哲學問題只有一個：自殺」。接著繼續說到「判斷生活是否值得經歷，這本身就是在回答哲學問題的根本問題。其他問題——諸如世界有三個領域，精神有九種或十二種範疇——都是次要的，不過是些遊戲而已；首先應該做的就是回答問題。」可見加繆是把自殺放在其哲學命題的第一位的。什麼是自殺問題？就是人值不值得活，為什麼要活？加繆這個問題就把荒謬推向極端了。的確很荒謬，你想一想也是這樣的。什麼荒謬？就是人不斷追求理想，但是理想永遠不能完全實現，但是你還是要不斷地追求，它就像遙遠的地平線，看得見，走不到。赫魯曉夫講共產主義是什麼呢？赫魯曉夫是當時蘇共中央總書記。赫魯曉夫背叛

---

[4] 加繆：《西西弗的神話》杜小真譯，陝西師範大學出版社 2003 年 10 月第一版。

共產主義的言論，就是共產主義就像遙遠的地平線，看得見，走不到。因此他說共產主義就是土豆燒牛肉[5]，就是這個是最現實的。土豆燒牛肉，蘇聯人民最喜歡的土豆燒牛肉，當時他說這個話的時候我們還在喝大鍋清湯。這是加繆的存在主義。那麼他們的存在主義是通過一些作品表現出來的，比如說薩特的《噁心》、《蒼蠅》、加繆的《局外人》。

二、存在主義在中國的傳播

傳播的第一階段是 20 世紀初葉，在這一階段，就是魯迅在《文化偏至論》裡面介紹的基爾凱郭爾。魯迅介紹基爾凱郭爾，他說，基爾凱郭爾說「謂真理準則，獨在主觀」[6]，魯迅原話這樣說：「如尼采伊勃生諸人，皆據其所信，力抗時俗，示主觀傾向之極致；而契開迦爾則謂真理準則，獨在主張，惟主觀性，即為真理，至凡有道德行為，亦可弗問客觀之結果若何，而一任主觀之善惡為判斷焉。」。就是說你怎麼感覺的，你就怎麼做，就是這個意思。真理標準自在我心中。魯迅其實還沒有意識到，基爾凱郭爾同尼采，同他講的其他人不同。他主要是強調「個性張」的命題。專門講這個。「由是轉為人國」，如果人人都這樣自覺的話，中國就會轉為人國，「沙聚之邦由是轉為人國」[7]。他談啟蒙，談最終是社會改變。存在主義影響了魯迅一生。他

5　《「土豆燒牛肉」共產主義的由來》，《黨史縱橫》2006 年第四期。該文寫到：20 世紀 50 年代，當時蘇共總書記赫魯曉夫訪問匈牙利，在一次群眾集會上說，到了共產主義，匈牙利就可以經常吃「古拉希」了。「古拉希」是匈牙利飯菜中的一道頗具代表性的家常名菜，即把牛肉和土豆加上紅辣椒和其他調料用小陶罐燉爛了，澆在米飯上，非常好吃。除了用牛肉外，還可以用豬肉、雞肉、羊肉來做。匈牙利飯菜在歐洲很有名，歐洲人常用「古拉希」來稱讚匈牙利飯菜。新華社《參考消息》編輯部在翻譯赫魯曉夫這篇講話時，就把「古拉希」翻譯成「土豆燒牛肉」。

6　《魯迅全集》第一卷，《文化偏至論》，人民文學出版社，55 頁，2005 年 11 月版。

7　《魯迅全集》第一卷，《文化偏至論》，人民文學出版社，57 頁，2005 年 11 月版。文中所引「沙聚之邦由是轉為人國」，其出處原文是「此所為明哲之士，必洞達世界之大勢，權衡校量，去其偏頗，得其神明，施之國中，嚐合無間。外之既不後於世界之思潮，內之仍弗失固有之血脈，取今復古，別立新宗，人

早年的由實業到科學到醫學到思想到文學，他自己的個人生活，他與左聯的整個關係，他與所有朋友的所有的關係，今天來看，就這個意義上說，魯迅是中國唯一的存在主義者，也是唯一嚴格意義上的自由主義者。

存在主義傳播的第二個階段是 40 年代，存在主義的影響在一些作家的創作中體現。路翎、錢鍾書、張愛玲、穆旦、馮至。路翎的《財主底兒女們》，我覺得蔣純祖有很深的存在主義思想。他想超越個體，總是感到孤獨，總是亂講，到處亂跑，被認為是神經病。為什麼他是神經病？如果他不是神經病，中國就是神經病，中國不是神經病，他就是神經病。只有他被接納了，大家都不是神經病了。他那種深刻的「他人即我的地獄」的感覺，他那種極端個人主義的感覺，現代文學中還很難見到。你想 40 年代的中國很落後，怎麼可能會容忍存在主義？錢鍾書、張愛玲實際上也有存在主義色彩。但我以為，錢鍾書、張愛玲的存在主義是泛化的，所謂泛化，就是非自覺體驗。寫人生悖論，理想與失望、欲望、惡，寫他人即是地獄。錢鍾書選擇的就是悖論，張愛玲寫他人就是地獄。但是這些作家都有超越感。他主動把生活弄得那樣的。生活始終困難，大家很滿足，他主動把生活弄成那樣。大家不理解我，不尊重我呀，不尊重我的什麼呢？不尊重我的想怎麼著就怎麼著。穆旦的存在主義更為自覺，他的《詩八首》，對人生、愛情、生命的荒謬感很強烈。馮至的《十四行集》對人生、生命的體驗，也充滿了存在主義的孤獨感。

這些作家主要是通過作品形態來體驗人生荒謬。當然存在主義不完全就是荒謬，荒謬不一定就是存在主義，不一定。

存在主義傳播的第三個階段我以為是新時期。理論形態的介紹與評述，這個最早是中國社會科學院外國文學研究所的袁可嘉，他編了一套西方現代派文學作品選，在上海文藝出版社出版。更重要的是徐遲主編的華中師範大學的《外國文學研究》[8]。《外國文學研究》，當時

生意義，致之深邃，則國人之自覺至，個性張，沙聚之邦，由是轉為人國。人國既建，乃始雄厲無前。屹然獨見於天下，更何有於膚淺凡庸之事物哉？」。

[8] 《外國文學研究》雜誌，創刊於 1978 年，主辦單位是華中師範大學、華中師範大學文學院，雙月刊，雜誌編輯部處在湖北省武漢市。該刊是改革開放以來我國外國文學界最早創辦的學術性期刊，在國內具有廣泛的影響力，並具有較大的國際影響。著名作家徐遲為該刊的第一任主編。

是洛陽紙貴。就是徐遲掛帥搞的，他不掛名，他就要親自操作。他操作什麼呢？他提出了怪論：經濟要現代化，文學要現代派。因為當時鄧小平講現代化，徐遲就講要現代派。那個時候現代派在國人的心目中，是西方資產階級文學異端中的異端，是反動頹廢荒唐的概念。徐遲是個老現代派，20 世紀 30 年代與邵洵美一起介紹意象主義，涉及了各種各樣的現代主義的流派。到了 70 年代末，他最先向中國介紹了存在主義。他專門在《外國文學研究》上做薩特、加繆存在主義的介紹。提出了「中國要現代化文學要現代派」的口號[9]。在該文中，作者闡明了「中國要現代化就要現代派」這一觀點。這是個很響亮的口號。因為當時的作家們，不懂英文也不懂法文，看不懂原文，就看這些刊物。徐遲功不可沒。再一個就是袁可嘉，袁可嘉搞了一個《外國現代派作品選》[10]。這套書編選的主要是西方現代派的作品，拉丁美洲和東方的現代派作品也選了一些，但基本上是前者的迴響。這套書集中談了西方現代派的情況，對西方現代派文學的產生和發展，思想特徵和藝術特徵，形成的社會背景和思想根源都作了較為詳盡的說明。對我國新時期以來認識和學習西方現代派文學有重要的幫助及影響。系統介紹了存在主義，包括作品。

　　第三點就是後來學術界的引進、討論。比如余紅，就寫了一本《思與詩的對話──海德格爾詩學引論》[11]。該書是一部全面、系統、深入解說海德格爾詩學的專著，它揭示海德格爾關於詩化是本真生存的本質，詩是存在之歌吟的理論。在該書《導言·返回詩的存在之思》中，作者說「這條穿越黑森林的歸『家』之路，就是回返『存在』的路，就是回返『詩』的路，因為舍此，人啊，可有更好的居處？在人類『無家可歸』的時代，尋找人拋離的『家』，這便是海德格爾詩之思的腳跡。路途漫漫，不見天日，然而，你所尋者近了，並已前來歡迎你。」，系統介紹了海德格爾的存在主義思想，後來的學術界就風起雲湧了。大家都耳熟能詳了。

9　徐遲：《現代化與現代派》，《外國文學研究》1982 年 01 期。

10　《外國現代派作品選》（1－4），袁可嘉主編·上海文藝出版社 1980－1985。

11　余虹：《思與詩的對話──海德格爾詩學引論》中國社會科學出版社 1991 年 7
　　月第一版。

第三節　存在主義影響下的中國當代文學

存在主義廣泛影響了當代中國文學。從創作來看，大體可以這樣概括：由顧城，到第三代詩是一條線。小說，由劉索拉到馬原、洪峰、到余華是一條線，戲劇是高行健鼎立。

一、虛無主義的發現與體驗

存在主義在新時期的一個重要影響就是虛無主義的發現與體驗。

當文革的陰霾剛剛散去，當小說、戲劇、散文還在用理性的尺度戰戰兢兢地對文革的創傷迂迴影射之時，詩壇上已開始奏響虛無的旋律。北島作為新時期伊始最具才華的人，也迷惘於理性抗爭與非理性懷疑的痛苦之中。他一方面以其《回答》等詩宣告「告訴你吧，世界／我——不—— 相——信！」，「我不相信夢是假的；／我不相信死無報應；」但另一方面，又認為，「一切都是命運／一切都是煙雲……一切希望都帶著注釋／一切信仰都帶著呻吟」（《一切》）。顧城的《遠與近》直覺感悟了現代人與人之間的冷漠、距離和不可溝通性、迷惘、虛無和非理性色彩。這種矛盾和痛苦，正是價值顛倒反思中理性與非理性糾纏的結果，從根本意義上說，七十年代末期北島、顧城等人的痛苦，已經濫觴了當代文學現代主義的思潮。這種不純粹的非理性，體現出來就是虛無主義和理想主義的交叉。

詩人的感覺是相當誠實的。當北島、舒婷、顧城、江河、芒克們痛苦探索才剛剛為世人接受之際，詩壇又開始喧囂著「告別北島」的呼聲。他們告別選擇，恰恰是那種理想主義、古典人文主義的一面（當然，這是北島們主要的一面）。我以為，在這方面最具有劃界意義的，是後新詩潮詩人韓東寫於 1982 年的《有關大雁塔》：「有關大雁塔／我們又能知道些什麼／我們爬上去／看看四周的景色／然後再下來」。大雁塔成為一種象徵，詩人事實上是在固執：對於人、對於世界，我們又能知道些什麼？人不過是瑣屑、無能、不能認識自身，也不能主宰自身的生物，萬事萬物皆無意義：虛無。

絕不是偶然的。小說界不久也出現了徐星的《無主題變奏》，典型的虛無主義主題。人生的理想、責任、要義，包括內在和諧的愛情、家庭、外在和諧的求學、事業、甚至神聖的「辯證法」，統統成為「他媽的」。

美術界青年畫家的筆下出現了巨大背景與渺小、冷漠、呆滯的人物的巨大反差。如果徐星的虛無主義還帶有若干形而下的現實粘著性和嬉皮士的遊戲態度的話，那麼青年美術家的探索就更抽象、更深入到形而上的人性深層。

虛無一時成為當代文學的主題之一，有人立刻敏感到這一主題，並意識到這正是對理性的挑戰，從而要站出來「弘揚中華文化」，要站出來加以引導[12]。然而諸多論者又紛紛予以駁斥。

虛無並不等同於「否定」。對於文化革命，「傷痕文學」、「反思文學」體現為一種否定價值評判。這裡否定的，是以一種政治理想、道德規範對另一種政治理想、道德規範的揚棄和矯正。被否定者與否定者有一個根本的共同點：理性精神。虛無與否定不同。虛無並不肯定理性。虛無是以對理性的揚棄為出發點的。它在否定文革甚囂的政治理想、道德規範的同時，把注意力和根源極端凝聚於產生這一切荒謬的本體規定上。虛無認為這一切荒謬的產生是因為人自身的荒謬，是人作為「萬物的靈長」、「宇宙的精華」的荒謬。虛無由於純感性、純生命的衝動，更極端地把小孩同髒水一同倒掉。因此，從本質上看，虛無是對人的理性精神的否定，這種否定，與上文所說的否定具有否定對象的根本區別。顯然，虛無是一種非常偏激和武斷的否定，並且，虛無是對人的感性和生命衝動的一元崇拜。於此，虛無成為當代文學首先出現的子題。

對於一戰，無產階級革命理論認為，這是帝國主義時代壟斷資本主義政治、經濟危機的必然產物，這種判斷是一種理性的判斷，無產階級革命理論對一戰的否定，是理性的否定；尼采認為一戰是人類理性失敗的產物：「上帝死了」。尼采對一戰的否定，是對人類理性的否定，尼采的否定是虛無的，他因此高揚了生命哲學。文革後的虛無主

---

[12]　何新：《當代文學中的荒謬感與多餘人》。

題，與尼采哲學、西方現代主義文藝的產生有著極其相類的社會－心理背景。當作為類的部分智者不再相信理性（由於荒謬）之時，非理性的虛無感必然產生，生命哲學、感性崇拜必然產生。

遺憾的是，中國文革後與一戰後對作為類的社會－心理影響的比較研究，並沒有成為批評家關注的對象。沒有這個理性困惑乃至否定的相異的比較，就談不清中國當代文學中的現代主義傾向。這還因為，中國文革後與一戰後畢竟又有所不同，這個不同，很重要的是文化－心理背景的不同。根深蒂固的以實踐理性為中心的中國樂感文化，窒礙著文人的幻滅感、悲劇感、非理性生命的生產，批評界尤烈。這種窒礙，尤以「偽現代派」方式否定（這正是中國文化的妙處）。這種被名實、體用之辨搞得極為疲倦然而永遠樂此不疲的中國文化，仍將不斷演繹出若干相似的命題。

虛無作為歷史－邏輯參照系的最初出現，同文革十年的長期壓抑有關，也同生命本體感性心理的反射有關。當醜惡、荒謬堆積如山窒人呼吸以至千百萬人已慢性死亡靈魂蝕空之際，作為感性的人對醜惡和荒謬已失去了感覺的敏銳，荒謬的時代一旦結束，就必然也只能產生一種整體意義上的否定情緒：虛無——一種更深刻的否定。這種感性心理，很類似於魯迅首先站出來討伐中國傳統文化吃人的《狂人日記》（甚至《野草》）的創作心態。

隨著主體虛無感的發洩，更隨著當代社會理性的召魂，藝術家開始恢復了感覺，他們開始關注身邊的醜惡與荒誕。至此，中國當代文學的現代主義，進入到一種自覺的非理性（含准非理性）階段。

二、荒誕感的發現與體驗

存在主義在新時期的另一個重要影響就是荒誕感的發現與體驗。

醜惡與荒誕成為許多現代主義作品繼虛無以後的基本子題。這兩個子題往往互相糾纏，或是以醜惡顯荒誕，或是荒誕本身含醜惡。

較早體現文革荒誕的是宗璞的短篇《我是誰？》，投湖自殺的高級知識份子和路邊毒蟲的關係與卡夫卡的《變形記》的思索顯然有別，宗璞在此並沒有更深地進入人的形而上深層。高行健的劇本

《車站》與貝克特的《等待戈多》相比較也是如此。顯然，這些中年作家由於歷史的積澱和理性的尊崇，不可能具有徹底的形而上的荒誕感。

作為不純粹的但同時影響較大並眾說紛紜的荒誕，體現在劉索拉的中篇《你別無選擇》中。一方面，作品鋪天蓋地渲染了人生的荒誕感：你別無選擇。生與死的界線泯滅了，當馬力確死以後，小個子仍然煞有介事而又極為自然真實地為他鋪蓋疊被，很有點《第二十二條軍規》裡對死人的治療、輸液的意味。愛與憎的界線混沌了，孟野的地下妻子逼孟野放棄音樂，孟野懼於「準則」，不得不頭足倒置地和妻子散步，在他因此被迫退學之際，他與朋友們如此冷漠、淡然：世界充滿荒誕。另一方面，《你別無選擇》又以森森表現原始生命追求的作品獲獎一事皈依了理性的人性複歸。以致打算一輩子睡下去的李鳴也「從被窩裡鑽出來後，就再不打算鑽進去了」。就像一捧明釩澄清了河濁，劉索拉化荒誕為正常。

劉索拉的本色表演是有趣的。作品鋪天蓋地的荒誕和理性皈依的追求都是一種寫真。如果你只關注前者，會將荒誕提純；如果你只關注後者，會將正常典型。如果你沒有哲學只有感受，只能是准現代主義。《你別無選擇》一方面反證了中國當代現實荒誕感存在的基礎，另一方面又反證了部分作家自身的不足與缺陷。哲學貧血症與醜惡同時並存。

莫言的溢惡，馬原、洪峰筆下惡習的客觀化、非評價傾向風靡了小說界。只忠於感性的主體本無所謂善、惡的評價，因為他只忠於感性。在這些作家筆下理性早已退位，準非理性（更多地從感覺的角度）成為趨勢。

走得最遠的，是 1986 年以《蒼老的浮雲》為文壇矚目的殘雪。殘雪的出現，標誌著中國當代文學現代主義正宗即純非理性的鼎世。殘雪小說由於其譫語與神經質人格的疊合，解讀起來是困難的。評她的小說是一種真正的冒險。但是，從《蒼老的浮雲》、《阿梅在一個太陽天裡的愁思》，到《我在那個世界裡的事情》、《污水上的肥皂泡》，再到《種在走廊上的蘋果樹》等，我們可以窺探到到這位典型的現代主義小說家的大體追求。

　　殘雪小說既有卡夫卡變形的異化描寫，諸如人變老鼠、變貓頭鷹等，也有陀思妥耶夫斯基精神病理的描繪，這幾乎涉及她筆下所有人物，但她又絕不是摹仿和移植。殘雪小說從根本上異於中、西此前的現代主義的，是她對當代中國現實的荒誕變形感受。

　　家庭親人之間的冷酷、仇恨、猜忌、互虐，是殘雪小說的題材起點。在殘雪的藝術世界裡，人物都被剝奪了任何一種意義上的理性掩飾和正常心態，在非理性的本能領域，人物都呈現出類似野獸一樣的醜惡和冷毒。鄰居之間互相偷窺並幸災樂禍，婆婆肆無忌憚地擴張、干預，媳婦為防任何謀害、偷窺將房屋四周釘滿鐵條最後萎縮成一隻幹檸檬自行消失（《蒼老的浮雲》）；似是而非的性紊亂、同性戀撲溯迷離似有若無，妻、姜似是情敵又似乎妻已早亡；三妹似乎情欲旺盛又似乎性無能，醫生似乎是偵探又似乎是無人形的幽靈，一家人天天暗鬥互醫、家中似乎又本無一人（《種在走廊上的蘋果樹》）；父母家人成天偷窺我的隱私趁我不在就把我的抽屜亂翻一氣，抽屜裡幾隻蛾子、死蜻蜓是我心愛的東西，父親幾十年為找一把似乎是掉在井裡的剪刀不得而白了鬢髮，「母親一直在打算弄斷我的胳膊」，父親的眼睛是一隻狼的眼睛（《山上的小屋》）。

　　限定家庭為基本視野，並且以寫家人的吃喝、性交、生存為主，這種殘雪式的結構，含有淡化社會、淡化道德、淡化理性的非理性企圖。在把理性離心過濾之後，作家提純的只是非理性的生命本性。非理性的生命本身就是荒誕的和醜惡的，作家再用神經質的變態人格、語不搭界的譫語、謎語加以蛛織，這就更加強化、凸現了人性非理性層次的醜惡與荒誕。把人類的非理性本能、生命的無意識層次赤裸裸地加以凸畫，殘雪完成的是這樣一個命題。

　　並且，這種對醜惡和荒誕的詛咒與表現，絕不僅僅是病態反映的孤立存在的。從《蒼老的浮雲》裡雞血療法、養金魚、婆婆要求兒子背名人語錄等很有實證意味的細節中，可以明確感受到文化大革命的歷史陰影，更善無、虛汝華對被偷窺的受虐狂心理、婆婆驅邪、在語錄武裝下兒子覺得身心愈益強壯的感覺等，都可以有一種心靈迫害、靈魂虐殺的隱附意義。但是殘雪畢竟是殘雪，如王緋所引米蓋爾・杜夫海納所言，她並非像魯迅、卡夫卡那樣具有一種「『老謀深算的意

識』『迷狂狀態只是一種假戲真做』」[13]，她的確只用自身心靈對中國現實產生一種純然的本體感受，是純粹的非理性產物。並且，這種非理性超越了一切實在，成為一種純粹形而上的人性思辯。於此，殘雪的小說已經標誌了當代文學純粹現代主義的實在。

由此產生一個問題：怎樣理解中國當代文學現代主義的荒誕含醜惡主題；它是否如某些批評家所說只是一種摹仿和嬌情？是否是所謂「偽現代派」？它與中國當代社會、它與人的主體有無對應關係？

加繆的《西西弗的神話》深入探討過荒誕這個問題，認為它是理性消失後人的靈魂的流放。事實上，如果一種舊的價值觀念被毀滅，人就陷入相似的靈魂流放的狀態；荒誕成為人在失去價值以後無法定位、無法自我判斷的確證。文化大革命是一種意義上的價值變革，當代中國改革是另一種意義上的價值觀念的變革。回顧文革的「早請示」、「晚匯報」，現在你可以認為那是荒誕，但那時的你認為很正常；文革時有人想當舞文弄墨的文學家，你會認為很荒誕，現在你會認為他很正常。因此，荒誕感並非只有吃飽了沒事幹的發達國家有，凡是價值觀念變革劇烈的時代都可能產生，從這個意義上講，春秋時代莊子的胡言、五四時代魯迅的《狂人日記》都帶有這種類似的荒誕色彩。現代社會價值起落的頻繁本身就是荒誕產生的基礎。比如，一座大樓裡公文旅行數月，荒誕不荒誕？但從另一角度講，造原子彈的不如賣茶葉蛋的，你是否覺得荒誕？越是價值變革頻繁的年代，荒誕感越強，越是忠於感覺的藝術天才就越能敏銳地折射表現這種荒誕，這有如純潔兒童之於世事的感悟。並且，在殘雪那裡，這種感悟本身就是非理性的，感悟的對象不是能視的而是不能視的，即形而上的。但，最終說來，應該責怪藝術家呢還是應該責怪價值變革的本身（這個變革本身也是多元的、多側面的、真相與假相並存的），抑或什麼都不責怪？況且，你責怪時依據什麼樣的一種價值標準？它的取向是過去，是現在，抑或將來？它本身是單向還是多向、是單一還是多元？等等。這裡有許多派生的問題可以

---

[13] 王緋：《在夢的妊娠中痛苦痙攣》《文學評論》1987 年 05 期。

討論，討論這些問題有助於我們更全面科學地認識現代主義甚至現代藝術本身。

因此，就解讀的客觀意義上說，當代文學的現代主義，並非作家孤立的白日夢，因為它雖以個體的形式出現但卻具有類的品格。

三、藝術意義

這裡談一下現代主義文學的藝術意義的問題。殘雪們一個深刻的藝術意義，在於它們是一種真正意義的現代藝術，就像梵谷的畫、馬爾克斯的小說一樣純然的藝術；殘雪們是通過非理性的感性形式，表現了人類的非理性的感性的。從另一個角度看，強調與理性抗爭的感性動力，用感性尺度來否定理性的荒誕，這也是現代主義產生的主觀原因。這兩個問題只是一枚錦幣的兩面。

當藝術從古典哲學中解放出來的時候，人們發現，邏輯、實證、正義、道德、法律等理性規範，並不能完全解決人的問題，特別是人的信仰、欲念、意志這類主體價值的問題。法律可以制約人的行動，但制約不了人的意志。對於主體來說，自由意志永遠高於法律制約，藝術感覺永遠高於法律制約，感性欲求永遠大於理性規範，藝術感覺永遠超越文化積澱。世界需要自由意志，需要宗教信仰，需要直覺頓悟。病理學家可以解剖若干屍體，但他們發現不了靈魂。邏輯、實證、科學可以有限地描述世界，但解決不了人的心靈自由的問題，這個問題可以由哲學來解決，給以價值的判斷與取向；也可以由宗教來解決，給以熱情與信仰；也可以由藝術來解決，給以直覺與頓悟。這既是現代主義產生的主觀原因，也是現代主義在藝術上的特徵。殘雪們這樣做了，殘雪們不準備承擔政治學家、社會學家、歷史學家的份外工作，他們承擔的是純粹藝術家的工作，他們只直覺頓悟這個世界，只在科學不能解決的領域裡做白日夢。正如安泰永遠離不開大地一樣，任何夢都可能超現實，但不要一律規定為傳統藝術觀念的做法，比如社會學家的、歷史學家的、統計學家的，應該允許有一點純藝術的做法。殘雪們不過只是在純藝術的領域裡做了他們的白日夢。我覺得可以。

就這個意義上講，殘雪們是純藝術的。

四、自由主題

存在主義強調人的自由，認為自由是人存在的真正價值的集中體現。存在主義的自由選擇觀認為人是自由的，人生擁有自由選擇的權利，但同時人又要對自己的選擇負責，對自己的一切行為負責。這種自由選擇觀也在新時期文學創作中得以張揚。劉索拉的《你別無選擇》，通過對一群音樂學院學生的描寫，表達青年學生衝破傳統束縛，進行自我選擇的傾向。在《藍天綠海》中，兩個孩子也試圖以自己的眼光看社會，以自己的頭腦思索社會，按照自己的意志去選擇人生。他們的選擇不同，相同的是他們都相信自己超過相信任何人。即使最後的結果是「別無選擇」中的選擇，也仍然強調自我選擇並對自己的選擇負責。

嚴格地說，中國當代文學在展示自由選擇的主題上的貢獻是不大的，現在還找不到經典化的作品來進行論證，這說明中國的存在主義文學還僅僅是在破壞的過程中，建設還遠遠談不到，為什麼？就是因為作家自己還沒有自己的思想與體驗。

第五章　後現代主義與消費主義

——物化的人（1989－）

　　如果說人道主義是大寫的人，存在主義是小寫的人，那麼後現代主義與消費主義則是物化的人，或者是一個醜化的人。

　　嚴格說，這個時期的思潮應從 1992 年開始。為什麼是 1992 年之後呢？前面已經介紹過中國當代文藝思潮一個非常奇怪的現象，就是政治形勢的變化與社會思潮的變化的偶合，1989 年 6 月以後，存在主義思潮突然中斷，然後它中間有個空白，就是整個思潮完全停滯。直至 1992 年春天鄧小平南方講話，文藝思潮才發生巨變。

　　1992 年以後的改革進程不同於上次改革進程，這次改革進程有一個修正，就是關於市場經濟理論的提出。這個理論的提出導致了中國社會的深刻變化，這個變化與世界資本主義在生產方式、消費文化、整體文化上逐漸同構，這也就是我們現在講的全球化進程。

　　由於鄧小平 1992 年這個修正，也導致了中國很快進入了世界消費主義時代和後現代主義時代，這就導致了中國當代文化的轉型，這個轉型不是通過政治的變革實現的，而是通過經濟變革實現的。就是說它通過一個社會形態的轉變，不是政權的更替來實現，但這個變化我們越來越能體會到它的深刻性，就是說它改變了中國當代文化和當代中國價值觀念，所以也就導致了我們中國當代文藝思潮的相應變化。從這個意義上講，中國當代文藝思潮一下子就同世界的文藝思潮，包括文化思潮同步。那麼在中國，除政治、新聞諸上層建築、意識形態外，其他都大體同步了。

第一節　後現代主義與消費主義
在中國的傳播與影響

一、後現代主義

　　後現代主義這個概念是個哲學、也是個文化的概念，這是個外來語，後現代主義這個概念在 70 年代中國已零星地介紹，但是這個介紹是不系統的、不正式的。1985 年美國學者詹姆遜應北京大學比較文學研究所樂黛雲教授邀請到北京大學講學，詹姆遜作了共 5 章演講，這個演講的內容後來收入單行本《後現代主義與文化理論》[1]，當時不為人所知，也對學術界影響甚微。當時的中國文化思想界，整體上還繼承著「五四」以來的啟蒙主義，沉浸在現代性的仰望中。隨著 1992 年以後中國改革的加速，詹姆遜帶來的「後現代」諸種理論，突然將現代性及其諸位大師擠到思想史的邊緣，福柯、德里達、拉康等一大批後現代理論家佔據了前臺，成為顯學。詹姆遜由此成為把後現代文化理論引入中國大陸的「啟蒙」人物，備受推崇。詹姆遜《後現代主義與文化理論》，1997 年，改為北京大學出版社出版。該書作者主要論述了後現代主義三特點：大眾化與形象化，商品化與工業化，無深度感、歷史危機感和距離感的消失。90 年代上半期迅速風靡中國整個社會，風靡了中國思想文化界。

　　這本書有兩個部分，第一部分一、二、三、四章介紹的是西方 20 世紀的文學評論理論、文學研究理論，包括分析哲學、結構主義，此書很生動，舉了很多中國的例證來論證分析對西方哲學的影響。最重要是在第五章，系統介紹西方當時後現代主義文化，第五章裡面詹姆遜提出了很多命題，包括語言的突破、媒介的突破、畫像的突破，最後他總結西方的後現代主義文化的幾個特徵，就是現在大家經常談論

---

[1]　1985 年秋，詹姆遜到北京大學進行了為期四個月的講學，講學內容後來整理為《後現代主義與文化理論》一書，1987 年由陝西師範大學出版社出版。

的幾個特點：深度削平的問題，去中心的問題，用我們現在通行的話來講就是深度模式削平，這是非常重要的。然後是歷史與主體性的消失。由於詹姆遜的介紹，主要是聯繫作家、作品來介紹，所以同消費主義的聯繫還比較少。這是第一個問題，關於後現代主義的傳播。

　　後現代主義是個眾說紛紜的概念。涉及歷史學、文學、哲學、文化諸多學者的理解，今天來看，它實際上是對 20 世紀 40 年代以後的西方的文化變化的代稱，整體性的代稱。這個代稱在哲學上的主要代表就是德里達的「解構主義」的運用。德里達的「解構主義」以文字學為基礎，顛覆了西方根深蒂固的思想文化傳統，即邏各斯中心主義。邏各斯這個概念是古希臘哲學概念，沒有明確界定，這個概念在我看來大概有這樣一些意思：萬事萬物的形成有一定的依據，萬事萬物的形成都有一個中心、一個本原，然後有一定的邏輯發展，這個邏輯發展同時是歷史發展，然後構建該事物的理論體系。這是我的看法。這是西方文化的基本傳統及思維的思考，這個文化伴隨西方現代化進程，推廣到各民族文化，包括現代中國文化，其實中國現代文化也是這種邏各斯中心主義，包括理性、科學、民主等等，包括我們中國現在所有的社會科學的理論框架和構建。以前我們沒有現代漢語，我們以前也沒有古代漢語、中國美學史、中國哲學史等，那麼這些東西是誰構建的？是中國現代文化構建的，它都是依據西方的標準來構建。但是這個構建到了 20 世紀中葉以後，特別是到了德里達，當然這是現象學與存在主義哲學深入發展的結果，發現概念遮蔽了真實，導致極端，這是德里達，他的解構主義解構了整體性、中心性，消解中心，消解思維的邏輯層面。

　　我講過，20 世紀西方有三個重要概念。第一個概念：尼采的「上帝死了」。第二個概念：福柯的「作者死了」。第三個概念：德里達的「作品死了」。作品死了，就是從文字學的方式把作品解構了，這是對整個人類文化的顛覆、摧毀，這種顛覆與摧毀在我看來，晚期德里達是非常焦慮，他的顛覆是為了更真實地認識世界，然而後來才發現不能，德里達現在已經去世了，但是這正代表了 20 世紀中葉以後西方的整個文化走向，這個走向的趨勢又與 20 世紀中葉以後特別是資

訊革命，就是工業革命以後的資訊革命所產生的消費文化合流，所以導致了大規模流行。

二、消費主義在中國的興起和發展

後現代主義對中國的影響，是伴隨中國的變化而進行的。如上述，詹姆遜在中國宣傳那麼久，但是沒有人理他。1985 年宣傳了，1987 年、1989 年都沒有人理，1993 年以後才開始重視。為什麼？因為 1992 年經濟政策的變化。鄧小平南方講話的突破意義非常大，並不是鄧小平想去突破，不是的。實際上是中國 30 年代的資本主義形態受到了一個偶然的阻擋，這個阻擋在經濟學上叫計劃經濟的阻擋，1949 年以後計劃經濟取代了自由經濟的道路。鄧小平只不過是維護了經濟的本來規律，適應了歷史的發展，但是這個提出是需要勇氣的。因為有人故意說他是修正，所以他當時提出了幾個「不」。「不爭霸」，是個政治策略，是對外；「不當頭」，就是蘇聯解體後不當頭；「不爭論」，不爭論就是我們不要討論是社會主義還是資本主義，意識形態的爭論要終結，但是「發展是硬道理」，要去搞。這在中國當代具有很強的操作性，順潮流而行。社會不能動盪，但是經濟要搞上去。所以中國很快地在全球崛起，全球都在學漢語，學什麼漢語，學現代漢語，為什麼要學現代漢語，因為要到中國來做生意，為什麼要到中國來做生意，因為中國是最大的市場。所以導致消費主義與後現代主義的合謀。

消費主義在中國的崛起與後現代文化的合拍大概有三個特點。

第一，資本本位或叫金錢本位，這是根本的變化。《日出》中的陳白露，方達生勸她回去時，她只問一句話：你有錢嗎？你養得活我嗎？你知道我每天花多少錢嗎？顧八奶奶很老了，她有錢所以有胡四每天跟著她，但對顧八奶奶來講，她需要胡四對她的忠誠，她認為金錢可以買到，但是她也感覺到胡四對她不是真心。所以她羨慕陳白露：白露你是那樣的美，那樣的香豔，簡直是一個傑作。愛情，那些男人都不懂的偉大的愛情。但是這裡所說的愛情是什麼呢，是金錢。就是說在中國現當代文學史上，這種金錢觀是成立的。所以現在的青年學者重新提倡「革命文學」，對 30 年代的革命文學、左翼文學有巨

大的研究熱情，然後鼓吹要打倒資本家。藝術總是表現對社會的批判，對不公正社會現象的批判。我剛才講的是歷史的過程。中國需要前進，但它卻不公正，不道德，所以作家站出來批判。金錢本位成了衡量、判斷人判斷政治家的標準。

第二，崇尚消費，這是派生物，金錢本位必然導致的產物，金錢本位、品牌文化、廣告文化、商品文化的興起，這是外在於人的東西，反過來壓倒人。現在的女人出去有壓力，男人也有壓力，就是怕別人問你穿的是什麼牌子。我什麼牌子也不是，所以我處在流行線以外。但是很多人很在乎這一點，現在的品牌文化給人一種創傷，如果沒有品牌可能暗示沒有信譽，沒有自主能力，沒有支付能力，現代企業的經營建立在信譽的基礎上。沒有品牌也暗示了沒有信譽。普通人也在追趕這種品牌文化消費。這是資本主義的方式。

第三，當下性、一次性。因為資本左右人，成為人的主宰以後，消費主宰人以後，理性的意義、本原的意義、形而上的意義變成了形而下的思考，因此導致了一次性。也就同當代中國文學、文化合拍。合拍的表徵是什麼呢？就是媒介文化的侵略，媒介文化與資本文化的合謀，對真理的侵略，所有的行為都是維護資本，這就是真理。以這種「軟暴力」來左右大眾，大眾以為媒介代表真理，實際上媒介都是與資本合謀的。布爾迪厄專門研究這個問題，比如說人們認同電視上的人說的，並認為是真理，而實際上不是真理。有些名人，或者是你崇拜的對象，或是明星，他們也都不是真理，這些都是資本創造的東西。這與以前的深度模式不同，深度模式是說我在思考，現在它沒有價值，通過媒介的方式左右大眾，但是以公正的態度來迷惑大眾，這就導致了老百姓，特別是本科生的價值觀念的變化。這是媒介效應，與媒介合謀，並不以哲學價值為標準。這就導致了當代文化的後現代狀態。我們把 50 年代的媒介與現在的媒介相比較，你就會非常清晰。50 年代有非常嚴肅的理論板塊，探討嚴肅的問題，但是現在沒有，就算現在有文學評論也是資本或權利人的陰謀，沒有嚴肅的批評，這也導致中國當代文學的後現代，就是複製性、平面性。作家也沉迷於這裡，適應市場、權利的需求，來創作。

　　這樣一來就形成歷史與道德的極大衝擊。從歷史上看它是完全對的，就是巴爾扎克的困惑。比如說城市的概念發生了很大的變化。過去我們看到的城市是什麼東西？就是學校、醫院、政府組成的，這是城市最基本的結構。最基本的場鎮上首先有個學校，然後有個郵局、有醫院等等。而現在的城市不同了，首先給人的感覺不是一個政府，這個政府已經遷到 5 環以外的地方，政府並不重要，城市中間是商場，然後是 café 廳、歌舞廳等，城市變成了一個享樂的場所，集體享樂、感官狂歡的場所。在滿足人們的日益增長的感官需求，適應這種感官需求的過程中，可以見到各種文化開始相應的變化。包括一本書，從策劃到出版，兩天就可以，這可以看出當下的一次性消費。

三、90 年代以後文學在這兩種文化下的困惑與斷裂

　　1992 年以後的文學有兩個分支的發展，第一消費主義文學思潮，第二精英文學。總體上來講，精英文學、純文學逐漸邊緣化，史鐵生、張承志、張煒等逐漸被市場邊緣化。另一方面，鋪天蓋地的流行文化與純文學的泛化。這是第一個方面。

　　第二個方面就是當代文學出現斷裂，首先表現在價值觀的斷裂，就是 80 年代作家與 90 年代作家價值觀的斷裂，新起來的人完全不認識以前的人。80 年代的文學，最極端的如殘雪、劉索拉，也都保持很嚴肅的態度。存在主義、現代主義的時候她們還有終極追求，就是以醜惡表現世界的時候還有個終極追求。但是在後現代主義則完全不同了，沒有了，如 90 年代的一些作家，他把人的瑣屑、無聊、古怪表現很生動，但是表現得無意義。

　　其次是形式上的斷裂，就是無技巧、無結構、只講快感、不講美感。在這個主流之外，還有一條線，就是精英文學。這裡不討論精英文學，反復思考深層的意蘊。但是現在這些都沒有意義了？市場已經沒有能力去消費了。作家為什麼寫作呢？按照魯迅的說法，就是性欲沒有得到滿足，所以要昇華。而作家往往因為對現實的失意，你看康德，就思考得非常深。還有史鐵生。體現了這個時代也需要有個精英的時代。

第二節　文學的解構與多元

後現代主義與消費主義是全球性的概念，在不同的時代、不同的國家都有不同的體現。結合中國文學，90 年代前後，我以為有個深刻的體現，就是「解構」，德里達的「解構」是最關鍵的問題，所以我用解構這個關鍵詞來梳理後現代主義與消費主義傾向，它有後現代主義傾向，也有消費主義傾向，這裡不具體分析。

90 年代文學最根本的，是對以前文學特別是敘事層面的解構，從敘事的解構來解釋 90 年代文學。為了技術上的方便，所以從這個角度來講，講的角度可以不同。解構主義實際上是在消費主義時代以前就已經開始，從敘事上解構文學，它最先是從「先鋒小說」開始，先鋒小說的解構實際上是對西方敘事學的借鑒的結果，結果就成了解構文學的先聲。

一、先鋒小說的解構

這裡的先鋒小說不同於一般文學史上講的現代派小說，我把它嚴格區分開來。這個先鋒小說的「先鋒」主要是在敘事上借鑒了西方敘事學的成果，著重在暴露文學的虛構性，從這個地方開始解構：文學本來是虛構的。但是文學家又要說文學的虛構像真的一樣，先鋒敘事的目的就是將西方的像真實一樣的神話戳穿，讓你覺得全都是假的。這是暴露敘事的虛構性，是以馬原、洪峰、格非、余華、莫言所興起的小說敘事潮流。這個潮流先是從借鑒技巧，然後深入到語言，然後深入到人的生存。到了余華完全是個生存的特點。

這個潮流的小說將小說過去的藝術真實這個概念摧毀了。藝術真實的意義在於，毛澤東講話說的很清楚，就是 5 個「更」，「更高、更美、更真、更集中、更典型」[2]藝術的真實被完全摧毀了，就是這種生

---

[2]　毛澤東原話是：「人類的社會生活雖是文學藝術的唯一源泉，雖是較之後者有不可比擬的生動豐富的內容，但是人民還是不滿足於前者而要求後者。這是為什麼呢？因為雖然兩者都是美，但是文藝作品中反映出來的生活卻可以而且應

存模式完全被摧毀了，它導致人們對人的生存真實性的理解。是現象
真實不是本質的真實，這是後現代主義文學、文化在中國當代小說中
的突破，是邏輯地、歷史地發展。

（一）馬原

　　馬原的出現是一個借鑒。這個借鑒主要在於他的敘事圈套，具體
來看他的小說《岡底斯的誘惑》。讀起來很舒服，讀完後雲裡霧裡，
說不清是什麼故事。過去的小說是讀完後馬上能知道講的是什麼故
事，但是讀起來沒有馬原這樣的舒服。這是兩種閱讀感受，但是也並
不能說《岡底斯的誘惑》不能分析，它是完全可以分析的。分析一下
就可以知道《岡底斯的誘惑》由 3 個故事構成。一個是窮布，就是那
個藏族的老獵人，追殺一頭熊，但是這是一場夢，它纏繞在《岡底斯
的誘惑》中。第二個就是年輕的兵對姑娘的單相思。第三個是幾個軍
人開車去看天葬。實際上最後來看就是這三個故事，但看起來各不相
關。但是它們是怎樣構成一個故事的呢？是由敘事者用一種很神秘的
方式穿插起來的。什麼叫神秘，就是讓你覺得他自己也不清楚，也是
糊裡糊塗將三個故事交叉起來。敘事者反復講他是不清醒的，所以讓
你進入一個迷障，好像你預設這些東西不可阻擋，預設人與人之間、
人與故事之間有很複雜的關係。當你仔細思索人與人之間的關係時你
怎麼也得不到答案，為什麼得不到呢，就是這些故事有頭無尾，時斷
時續。很多時候剛剛敘述到這裡，一個馬原，一個叫馬原的人他就開
始了，另外一個片段就開始了。每個片段開始時都給人以閱讀的快
感，但是這些情節之間互不相關。那麼你有什麼樣的快感？就是在一
次次交叉和分離中受到印象的組合，在印象的組合中去想像人物之間
的關係。很難厘清，為什麼呢？因為出現了姚亮、我、馬原、陸高這
幾個人的身份互相混淆，還有敘事者與人物之間的身份混淆。我是否
等於馬原？馬原是不是就是我？你看這篇《岡底斯的誘惑》，作者馬
原。但是在寫的時候，他有時候是馬原，有時候又不是馬原。他寫那

　　該比普通的實際生活更高，更強烈，更有集中性，更典型，更理想，因此就更
帶普遍性。」《毛澤東選集·第三卷》，人民出版社，第 861 頁，2007 年 12 月
第二版。

個叫馬原的漢子，但又經常在強調我就是馬原。好像是作者在玩弄這一切，但給人的感覺卻不是的。他說的這個感覺也很逼真，敘事者經常介入故事來說這個故事是假的，說這個故事是編的、杜撰的，肆無忌憚，玩弄讀者。但全部讀者、評論家卻一致叫好。

這是當代文學在敘事解構的一個傑作。後來馬原沿著這條路走得越來越遠。有篇小說《虛構》，寫得很囂張，其中有一句「我就是那個叫馬原的漢子，我寫小說……我要說這個故事是杜撰的」[3]這種敘事在他的文章中的到處都有，這一點與現實主義那種人格化的敘事是不同的。比如說魯迅也經常寫一些「我」的小說，《故鄉》裡的我到底是不是魯迅？也不一定，沒有人說他們是完全等同的。但是與馬原的敘事是兩回事，魯迅是非常清晰的，那裡是作品的我與作者之間的關係。而這裡是敘事者的軌跡，敘事者的敘事圈套，目的就是誘惑你，但你進去以後又點醒你……說我這個故事是虛構的，然後虛構到很真實的時候又說這個故事是虛構的。有人講是一個敘事模仿，有人講是敘事模式，根本意義上就是解構傳統的藝術真實。但是它讀起來很舒服，這是關鍵。他最後告訴我們，小說只是一堆符號，經過編碼以後構成虛擬的意義時空，無真實性。但是讀完他的小說你可以感覺到他對真實有獨特的體驗，這個真實就是現象真實，就是瑣屑真實，就是感受真實，不像現實主義小說那樣高屋建瓴，老是去認識歷史的本質。又如，《上下都很平坦》。

（二）洪峰

他與馬原是很熟的朋友。洪峰當時是很狂妄的人，他說中國寫小說就兩個人，一個是我，一個是那個叫馬原的漢子。馬原大學畢業後自己跑到西藏去闖蕩，就寫小說。當然他寫小說也成了名，最後還是到同濟大學任教。很多作家都到大學任教，成熱潮。實際上他不神秘。如果用傳統的分析方法就覺得他很神秘。很客觀講，他是不得了，創了新。但也不過如此，當時很不錯，因為沒有那種寫法，他不斷翻新，不僅有借鑒，同時也有創造。

---

[3]　馬原，《馬原文集・卷一・虛構》，作家出版社，第 1 頁，1997 年 3 月。

　　洪峰比較善於把握隱含作者、敘事者、被敘事者以及隱含讀者之間的距離，通過這四者之間不同距離的變化來製造作品的邏輯矛盾與意義衝突。他也寫這些，只不過洪峰寫的比馬原黃一點，但是在敘事上講很好，如《極地之側》，敘事者是洪峰，與作者一樣也叫洪峰，還有章暉、小金，還有就是隱含讀者。洪峰不斷在講一個死人的故事，另一個人物章暉也在不斷地講，他講死人，最後自己也死了，最後一個人物是小金說章暉說的故事全部是假的，但是小金是誰？不知道，他是洪峰在街上的時候抓的。這個小說在虛與實、隱與顯中，無法判斷。編輯為何要發這篇文章，在我看來，編輯可能也沒有看懂，但是那個時代流行的就是這個東西，沒有看懂沒關係。就像很多詩一樣，那些編輯看懂了嗎？沒有。但是這感覺好，感覺很舒服。《岡底斯的誘惑》可以看懂，但是洪峰不能。

　　那麼先鋒敘事到了洪峰這裡，小說的敘事真實就不明了。到先鋒小說這裡，傳統的小說真實觀、敘事的權威性、深度模式的刻畫全部解構了，這是新時期小說的第一次革命，就是在怎麼寫的問題上，摧毀了以前的模式，導致後現代主義傾向。格非、孫甘露的小說也都是這樣。

二、新寫實小說的解構

　　首先，是情感的解構。小說家應有情感，這是沒有話說的。但是小說家可以沒有情感，小說的敘事真實或是藝術真實沒有了，這是一個解構。還有小說家應該有情感的但是沒有了，這就是新寫實小說、新現實小說。

　　新寫實小說的解構同 90 年代文學及消費主義，還有 80 年代的理想消失這兩個因素有關。80 年代的理想悲劇消失後，文學陷入了一個空白，基本上沒有文學，有幾部電視劇很火爆，如《渴望》、《編輯部的故事》，因為沒有文學作品火爆，所以作家都出去掙錢，因為都沒有理想，然後就是計劃經濟消失，讓作家覺得沒有理想、沒有意義，因此導向了情感的解構。

　　再一個就是同西方的現象學的傳播有關，與西方當代文藝理論的傳播有關，如羅蘭・巴特，他強調「零度寫作」。「零度寫作」一詞源

於法國後結構主義領袖人物羅蘭‧巴特的文章《寫作的零度》（1953）。在《寫作的零度》中，羅蘭‧巴特強調寫作中語言結構的形式自由和作者中性的、零度的寫作觀，反對表現社會思想觀念的價值式寫作。他創建起系統的符號學理論，用符號學方法解讀現代社會現象和文化資訊所構築的現代神話，對其中所隱含的意識形態的欺騙性進行了揭露。「零度寫作」強調的是由字詞獨立品質所帶來的多種可能性和無趨向性。

上述三者合謀，就構成新小說流派，有些人叫新寫實小說流派。在我看來這是由劉震雲開始，然後接著是劉恒，然後在池莉、方方那裡登峰造極的。這個小說流派寫到最後起到了這樣一個作用，就是消解深度，還原現象的後現代傾向，達到這個效果。而這個現象對作家來講，最先是劉震雲《一地雞毛》。寫一個國家部門機關的瑣屑的事情。主人公小林，上班下班、結婚、看足球、和老婆吵架、與同事鬧矛盾、然後回家，然後看見保姆偷吃，寫的是很瑣屑的事情，全部是雞毛蒜皮的事情。寫最初理想解構後作家的情感完全沒有的生存狀態。這到劉恒那裡，如《狗日的糧食》，體現了一種生存欲望與關懷，就是生存被生存的物質性所淹沒之後的感覺。這些小說的意義在於，它把當代文學創作的作家情感與小說的主題聯繫在一起，來達到一種後現代的過渡。

三、新歷史小說的解構

新歷史小說對傳統歷史進行了多方面的解構。中國當代文學的歷史小說到這時發生了巨大變化。中國的歷史文學在 50、60 年代是個很輝煌文學平臺，今天所謂「三紅一創」大多是歷史文學，《紅日》、《紅旗譜》、《紅岩》是歷史題材，《創業史》寫現實，那時歷史文學的成就大於現實文學，因為歷史可以回避現實描寫的公式化、概念化，是作家的避風港。怎麼寫歷史小說？有個共同點就是忠實於歷史教科書，或者叫忠實於這個統治階級的歷史。

90 年代的歷史小說發生了根本的變革，以西方新歷史主義為價值觀。也即海登‧懷特的理論。他認為歷史有兩種，一種是客觀真實的時間事件，一種是虛構的歷史，虛構的歷史與歷史文學是一樣的。比如說 1937 年 7 月 7 日盧溝橋事件，這是無法更改的，是真實的，還有就

是抗戰歷史是怎麼進行的？還有很多，如武漢保衛戰、淞滬戰役、台兒莊戰役等等，那麼抗日戰爭的歷史到底是個什麼樣的歷史？現在逐漸有新的說法，那麼歷史到底是什麼呢？胡適說歷史是任人打扮的小姑娘[4]，也就是說歷史是政治家書寫的，也就是一種虛構。海登‧懷特說：歷史作為一種虛構形式，與小說作為歷史的真實再現大致相同的，一切書寫的歷史都是虛構的[5]。它總是代表一種目的、一種傾向性。勝利者的書寫本身就帶有這種傾向性。因此你說抗戰是怎麼回事？不清楚。

因此 90 年代的歷史小說就做了這樣的事情。海登‧懷特講的歷史哲學，就說你可以講你的歷史哲學。比如說毛澤東的歷史哲學，他的歷史就是階級鬥爭，反對帝王將相，你看二十四史很多帝王將相，毛澤東講是階級鬥爭史。1949 年後寫的歷史，都寫農民起義、黃巢起義，首先是說皇帝建立，怎麼樣的腐敗，農民怎樣起義，都是按照這樣的模式，這也是他的歷史哲學。新歷史主義就構成了這些作家歷史敘事的興趣。

這些作家有葉兆言、蘇童、莫言等。我認為始作俑者是莫言。他的《紅高粱》中寫了我爺爺，我奶奶，我爺爺是那個地方遊擊隊的司令員，描寫的動物性的因素很多，寫剝人皮的時候一刀一刀的割等，這與歷史上的抗日戰爭是不同的，根據地、八路軍、新四軍教科書的書寫等完全不同，而是根據自己的歷史的理解來寫的。

蘇童寫的新歷史小說《妻妾成群》、《我的帝王生活》，還有葉兆言，他是葉聖陶的孫子，寫的「秦淮系列小說」。這些作家同那些寫《保衛延安》、《青春之歌》、《苦菜花》、《三家巷》、《紅日》、《紅旗譜》、《紅岩》的作家完全不同了，有的用存在主義的人的觀點，有的用人

---

[4] 胡適：這句話出自胡適的名文《實驗主義》，是胡適當時的一個長篇演講稿，最初發表在《新青年》上。是胡適介紹詹姆士的實在論哲學思想時說的。原話是：「實在是我們自己改造過的實在。這個實在裡面含有無數人造的分子。實在是一個很服從的女孩子，她百依百順的由我們替他塗抹起來，裝扮起來。實好比一塊大理石到了我們手裡，由我們雕成什麼像。」（《胡適作品集》第四集，臺灣遠流出版公司，1986 年 10 月）

[5] 海登‧懷特：在《話語轉喻論》中「歷史作為一種虛構形式，與小說作為歷史真實的再現，可以說是半斤八兩，不分軒輊」，轉引自張首映《西方二十世紀文論史》，北京大學出版社，第 537 頁，1999 年版。

本主義的人的觀點來寫的。寫得比較遠的、深厚的還有陳忠實的《白鹿原》。

歷史寫作大概來說有幾個特點。

第一，回歸文化。90年代歷史小說在虛構歷史時都放棄了主流意識形態和官方關於現代史的政治結構，也即主流結構。他們都著重文化的還原，都企圖通過主流政治所遺棄的家族史、村落史的再現（過去都不是講的家族史，而是階級史、政黨史），把歷史放在微觀的族群中，來界定這些文化單元在歷史中的意蘊，這在以前是沒有的。比如說《白鹿原》，主要寫白家，不像《創業史》中的梁生寶買稻種、辦合作社，這樣來寫。而《白鹿原》寫白嘉軒各種欲望，怎麼樣發展白家。還有劉震雲《故鄉天下黃花》，莫言《豐乳肥臀》，王安憶《紀實與虛構》寫家族，包括劉震雲，後來也寫故鄉、寫村落。劉震雲有福克納的寫作方式，表現各路人馬爭奪話語權、內訌等，寫得很真實。《白鹿原》，就是白鹿兩家宗法文化，它的常與變來體現宗族，也有階級的變化。有共產黨、國民黨、土匪，但是不關注他們，而是關注兩個家族的歷史命運。《白鹿原》非常典型，它也寫歷史，但著重的是寫家族、血緣，它有政治意味，但並沒有關注它，回到文化，不再回到政治中去。

第二，解構英雄。90年代的歷史小說通過芸芸眾生的日常書寫來實現歷史敘事的解構。之前的歷史小說都是工農兵的英雄，朱老忠、周炳、包括林道靜等，這些人物應該是什麼樣的，這個被主流文化所規定。比如林道靜她應不應該有愛情，應不應該有軟弱？《中國青年》討論過，討論的結果是不應該有，結果是作者修改。當時有個評論家說《青春之歌》是毒草，茅盾站出來是撐了腰的，包括茹志鵑《靜靜的產房》也是毒草，就是說你不能寫兒女私情，寫了兒女私情就是毒草，後來作家就去修改。《青春之歌》修改了多次，這都說明了以前的歷史文學裡面的英雄與現實的人差距太大了。90年代文學是將這些還原到日常真實中，如福貴、許三觀，這些非常普通的人，福貴開始是個富少爺，最後災難不斷，然後他還是活下來了。寫瑣屑的日常生活，但是你從裡面可以看到民族的苦難史與民族的生命力，它也不是不宏大，但是它不再以主流的權威話語方式來寫英雄，寫中國人幾十

年是怎麼熬過來的。葉兆言《夜泊秦淮》，寫很多舊家庭的故事，包括王安憶的《長恨歌》，也寫歷史，寫一個女人王琦瑤的歷史，寫她怎樣的美，當了上海小姐，寫她怎樣的富貴等，寫了女性的歷史經歷。

　　第三，解構歷史的整體觀。90年代後的歷史小說強調偶然性的敘事，強調歷史碎片的呈現，強調嘲諷經典歷史，來表現歷史的非理性、荒誕性、隨意性，從而達到解構歷史本體觀，這種本體觀作為根深蒂固的「邏各斯中心主義」[6]，所謂「邏各斯中心主義」是以現時為中心的本體論和以口頭語言為中心的語言學的結合體；它相信在場的語言能夠完善地表現思想，達到實在世界的客觀真理。如奴隸社會、封建社會等這些很美的概念。然後還有近代社會、半封建半殖民地社會、中華民國、社會主義中國，然後50年代、60年代、70年代等都是很規律的，社會主義怎樣消滅私有制，怎麼樣公私合營，文化大革命等，好像總有個規律，就是黑格爾的絕對理念的演化。這個東西在德里達以前的整個文學都是這樣，不單單是中國。《紅樓夢》最後是「樹倒猢猻散」，《三國演義》最後是天下「分久必合，合久必分」等歷史規律性，還有《戰爭與和平》、《人間喜劇》、《鋼鐵是怎樣煉成的》，這都是史詩的結構，它的任務就是揭示歷史規律。這個規律就是小說家敘事中逐漸表現出來的，新歷史主義正是由於這種舊的歷史霸權扼殺了人的真實的生存狀態，所以他們主張這樣的解構。

　　90年代的歷史小說中很突出的是解構這個整體觀。如葉兆言《一九三七年的愛情》，寫的是抗戰剛爆發，國家民族危難之際的一個婚外戀故事，寫瑣屑。如作者所說「我的目光在過去的固定的年代裡徘徊，作為小說家，我看不清那些被歷史學家稱為歷史的歷史，我看到的只是一些零零碎碎的片段，那些大時代中的傷感的沒有出息的小故事」[7]蘇童的《我的帝王生涯》，這裡的帝王不是二十五史的帝王，而是吃喝拉撒，雞零狗碎的帝王，帝王也是人。還有李馮，張藝謀很喜

6　「邏各斯中心主義」出自德里達《論文字學》（1976），「邏各斯中心主義」是西方形而上學的一個別稱，是德里達繼承海德格爾的思路對西方哲學的一個總的裁決。在德里達看來，從柏拉圖和亞里斯多德一直到黑格爾和列維－斯特勞斯的整個西方形而上學傳統都是「邏各斯中心主義」的。

7　葉兆言，《一九三七年的愛情》，江蘇文藝出版社，第5頁，1996年10月第一版。

歡，經常找他編劇，《英雄》好像也是他編的，他的《我作為武松的生活片斷》,《水滸傳》中的武二很冷峻，不被誘惑屈服，剛毅，藝高膽大，但是李馮中的武二酗酒、無聊，寫到這裡就是為醜化而醜化，但是也體現了那個時代戲弄的潮流。而這個在 20 年代的歐陽予倩《潘金蓮》就已經開始了。

第四，解構神聖。解構神聖在 90 年代是總體上的趨勢，這裡講的是指美學意義上的解構，而非價值觀上的解構，意思就是說用世俗化的敘事解構過去文學的美，那段文學的美是因為真善而美，現在寫世俗。

四、世俗續敘事的解構

世俗化敘事有兩個階段：

1.王朔的「痞子階段」。王朔的解構因素很複雜，就像先鋒文學敘事解構，不是因為後現代主義的或是消費主義的輸入，純粹是一種敘事技巧的模仿開始，後面逐漸發展到後現代的範圍。王朔的解構就是這樣。王朔的解構實際上代表了當時對意識形式主流化的反叛。因為王朔沒有上大學，他一進這個主流圈，他有很多感受。另一方面王朔的父母是很有身份的，所以他特別反叛一種政治敘述的情感，這種政治敘述的情感表現在他的作品中，體現為瞧不起人的態度，誰都瞧不起，但自己又什麼都不是的態度，所以形成一種痞子味道。這種痞子態度不是後現代主義的情感，是一種文化革命的遺產。當代文化中有這樣一批人，出身高貴，後來懷才不遇，有一點多餘人的味道。他不像俄羅斯的多餘人是自覺的逃離貴族文化或者是站出來自暴自棄，但是中國的是有意識的。雖然中國也有這樣的人存在，比如姜文《陽光燦爛的日子》都有這樣的情節。因為自以為是精英，是部隊大院，不得了。王朔的痞子文學就是這樣的，因為他沒有讀過大學，大家都不承認他是作家，因此他開始非難中國正統的文壇，但是他並沒有脫離傳統文學觀。比如《一半是海水，一半是火焰》是很傳統的，包括《頑主》。但是王朔以後的賈平凹就是有意識的，意圖在於否定當代中國的神聖性，把整個中國比喻為一座廢都，這是我的看法，什麼是廢都？一座被廢棄的舊都。

　　2.賈平凹「廢都」開始的世俗化敘事，有意識的世俗化書寫，意圖在於否定當代文學的神聖性，將整個看作一個廢棄的舊都。文章開頭就寫了個瘸子，這個瘸子具有很大的悲劇意義，很有政治寓意的。體現了作家對當時改革的否定性的批判，這種改革對賈平凹來講是個道德否定，以道德的墮落來否定歷史的進步。這種作家的困惑，也就是道德與歷史的困惑在中國當代非常突出。從《浮躁》開始，儘管他非常進取，但是他把這種痛苦體現出來，但是至今的研究都沒有談論這個問題，都在談論色情問題。在賈平凹看來，當時進行的一切改革推毀了道德，作家對這個現象是否定的。這是一種哀歌，哀悼文明的毀滅，是個很複調的小說。但是對非道德否定太艱巨了，沒有人敢說，說出來就表示反動了。他的取向很明確。總的來講，那些評論都是誤讀。這種世俗化的書寫，把欲望、性、亂交、亂性，在文學上加以突出刻畫，賈平凹以後，很多作家對性開始亂寫，實際上 90 年代很多欲望化的寫作可以在這裡找到源頭。賈平凹的作品裡隨處可見這裡刪去多少字，但是也不知道他到底寫了什麼。背景是，當時《金瓶梅》的單行本的發行，也有此處刪去多少字，目的在於保持文本的完整性。後來作家都這樣寫。

五、欲望敘事的解構

　　欲望敘事加上私密敘事。這個是解構的底線，從此文學就沒有底線了。

　　1.私密敘事是女性主義文學的開始，最先是作為嚴肅的探索，如伊蕾《你為什麼不來與我同居》，翟永明《從黑夜到白天》，嚴肅地探索女性的黑夜，所謂黑夜就是女性黑夜時的心理，女性在晚上一個人的時候，在晚上回到女性的「性」的時候，她的一些心理。

　　2.下來的小說寫法則是不一樣的，如林白開始的這些小說，一直到衛慧《上海寶貝》為止，開始將女性的身體作為關鍵命題，寫身體的合法性、身體的正當性。《上海寶貝》有兩條線，第一，與馬克是純粹的肉愛，是肉欲，第二，與天天，後來到海南吸毒然後死去。倪可對天天有天堂的感覺，是精神上的，是靈愛，天天性無能，但天天

很愛她，她能和天天一起傾訴，但天天有一種罪惡感，他覺得他對不起倪可，但天天又是消費主義者，是寄生蟲，媽媽給他很多錢，然後他就去消費，但是天天還是太沉悶。在我看來，倪可最理想的是天天與馬克的統一。倪可對身體的思考是正當的，合法的，是嚴肅的，用兩條線來思考女人。但是我覺得林白《一個人的戰爭》，沒有什麼意思，但評價很高。

第三，衛慧以後亂七八糟，典型的是木子美，她就是突破底線，沒有底線。因為寫隱私，人們當然喜歡看，她將做愛的細節寫出來然後公佈，肯定會吸引很多人。她將最後一個底線給解構了。這就導致了芙蓉姐姐現象，這是最消費主義的，就是什麼都可以拿來兜售，為了出名什麼都可以兜售。恐怕女權主義走到這裡就是末路，因為女權主義的初衷是爭得與男權社會平等的權利而已，而不是什麼都拿來兜售。這裡我覺得是最極端的例子，實際上消費同媒介的所有的策劃，包括超女、快女本質上是一回事了，木子美、芙蓉姐姐、李宇春等等，整個都是消費文化，通過媒體炒作出名來獲得更大的資本。木子美現在也成了名作家等。沒有了言說的意義。

與消費主義、後現代主義並行的，還有一條線，就是繼續強調意義與深度，強調文學的理性精神。

這有兩個層面，第一是理想的，哲學的層面，張承志、張煒、史鐵生、殘雪等。

第二是寫實層面，就是道德批判的層面。道德批判是寫現實問題。道德批判的小說就是大批打工文學和文人文學，體現出新的革命文學傾向，如甘肅詩人的詩，寫桂花到城裡去了，你現在還是你嗎？「桂花，我心中的桂花，是不是還是那朵花？」這類文學現在方興未艾。

第三個層面，主旋律文學，是新的主流意識文學，如反腐文學，現在也流於警匪文學了，也是走向消費主義。通過嚴肅的題材贏得最大的關注，這些文學有個特點，在敘事上越來越成熟，所以引人入勝，也還有些大氣磅礡的作品。

中國當代文學繼續在前行。

附錄 1　80 年代：

新時期文學的邏輯起點

　　「新時期文學」是一個所指與能指極為混亂的概念，迄今為止，學界起碼有 8 種能指：1976 四五運動開始、1976 年 10 月開始、1978 開始、1985 截止、1989 截止、1992 截止、2000 截止。由於新世紀文學概念的興起，有人又把 1993 年以後的文學歸入「新世紀文學」。混亂的使用讓我們不得不回顧「新時期」概念的知識原典。「新時期」始用於 1977 年 8 月 12 日華國鋒在十一屆一中全會的報告，報告宣佈「歷時 10 年的『文化大革命』以粉碎『四人幫』為標誌勝利結束，我國進入了新的發展時期。」[1]然後，文學界始用並沿用這一概念至今。「新時期」本是一個政治歷史時期概念，由於文學價值觀的相異，而變異為上述多種能指，這些價值差異可以通過不同的文學階段加以區別，因此，本文仍然在原典意義上採用這一概念。

　　文化大革命前即 1949 到 1976 年這 27 年的「當代文學」，學界共識為「政治文學」，在政治文化、知識份子功能、傳播機制上有其共性。新時期文學開始變異。這個變異是漸進的。新時期文學的整體形態，在 80 年代文學[2] 中已經基本定型。80 年代文學有三種歷時形態。一是 1985 年以前的政治、社會、倫理反思文學；三是 1985 年及其後的多元新潮文學，即現代派文學、尋根文學、先鋒文學、市民文學；三是 1989 年後的傳媒時代文學，即新寫實文學、電視劇文學、媒體作家文學。80 年代這三種文學奠定了新時期文學的基本價值形態。

　　由此看來，80 年代的文學，在以下四個方面對整個新時期文學作了奠基。

---

[1]　《人民日報》1977 年 8 月 13 日。
[2]　本文的 80 年代文學，指 1978 年以後到 1992 年的文學，即 1978 年 11 屆三中全會以後到 1992 年鄧小平南行講話以前的文學，下同且不再說明。

　　第一，價值觀上經歷了人道主義到存在主義的探索，體現為從「政治文學」的「傷痕文學」「反思文學」新政治訴求，到社會文學、倫理文學、女性文學的人本主義深入探尋對政治文學的消融，張潔《愛是不能忘記的》貢獻突出。繼之體現為「85 新潮」的現代派文學、尋根文學、先鋒文學，以存在主義思潮為基本價值觀，用文學的方式根本顛覆了「當代文學」的「政治文學」體系，並建立了存在主義的有效傳播，改變了中國人的價值觀念與行為方式。這也成為 90 年代以來到今天的新時期文學價值論上的基本特徵。這是由 80 年代奠基的。

　　新時期文學首先是從政治文學角度反對「27 年文學」的。1980年以前的政治反思文學就是對文革政治的批判及其新政治文學的提倡。這些文學有一個共性：用一種新的政治概念來代替舊的政治概念，在這個前提下對人進行思索，宣傳人道主義的思潮，但這個宣傳是不自覺的，也是不深入的。「傷痕文學」直接挑戰十年文革的政治、「反思文學」直接挑戰 17 年的極左政治、「改革文學」是宣傳當時的「四個現代化」政治的。上述大量的文學作品說明，人道主義思想的進入與政治文學的解體是同時進行的，沒有截然的界限。

　　人的尊嚴和人的地位的提出，在 1980 年後的社會反思的文學中逐漸成為主流聲音。這有三種情況。一是諶容的《人到中年》，張辛欣的《在同一地平線上》為代表的知識份子形象，二是高曉聲的「陳奐生系列」；三是舒婷《雙桅船》等人性的深入思考。1980 年以後，文學第一次把人與社會相對照，在社會和人之間強調人的地位和尊嚴，不再把政治文學奉為至尊。它首先強調對普通人地位的確認，和對普通人命運的思索，比如《人到中年》中的陸文婷，超越了以往文學的政治模式。

　　倫理反思成為這個人道主義潮流的最高潮。張潔《愛，是不能被忘記的》尖銳地描寫了女作家鍾雨同一位從事文藝工作的老幹部發生的一場精神戀愛，小說最先遭到了圍攻。這個圍攻，正是批評家中的「政治文學」觀與前衛作家的「人的文學」觀的衝突。這個衝突因為恩格斯「沒有愛情的婚姻是不道德的婚姻」的語錄而作結，從而引發了 1980 年代以後文學創作的深層人道主義轉向。涉及離異、貞操、

人體模特、愛情觀念，私生子、改嫁等倫理道德問題。在這方面，女性文學體現了較為深入的人性思考及其痛苦。

1985 年的「85 新潮」，是新時期文學的華采樂章。「85 新潮」的意義，怎麼評價也不為過。最有劃時代的意義，就是徹底宣告了「27 年文學」「政治文學」模式的終結，宣告了新時期文學的人性深度時代的到來。

「85 新潮」，在形式上講，是現代派文學、尋根文學、先鋒文學、女性文學的合謀，在這個合謀中，最重要的是思想意義是，存在主義思潮在全中國的啟蒙與推廣，它取得了不亞於「85 前」的人道主義傳播的效果，它直接影響了今天中國人的行為模式，通過 85 新潮及其後來的傳承，存在主義事實上成為迄今為止中國人主要的生活方式。「85 新潮」文學，宣傳了存在主義思想，把人道主義的老調一下「擠成三代以上的古人」。這個存在主義，一是薩特的人生哲學，一是海德格爾的自然主義，三是現象學。前者在現代派文學中延伸，中者在尋根派文學中復活，後者在先鋒小說中得到方法論的體現。劉索拉《你別無選擇》的出現。這標誌著一個時代的開始。劉索拉的意義在於，她用文學的形式傳播了顧城在 1980 年《遠和近》中所思考的人與人的現代關係、現代感、現代荒謬、強調當代生活中個體的人生選擇的問題。直至王朔的小說，用虛無主義者人生的荒誕感，一直延續到九十年代以前，1989 前後，九十年代以後發展的更自然更個體。與存在主義相通的是當時更為火爆的尋根文學，莊禪境界，突破物欲，天人合一的追求。這個傾向從作品來看應該是《棋王》，從作家來看應該是汪曾祺。

上述人道主義的命題、存在主義的命題，成為 90 年代文學直至新世紀文學不絕的命題，成為 80 年代文學對新時期文學最重要的邏輯起點。

第二，方法論上經歷了從「本質論」到「現象論」的革命。80 年代文學經歷了方法論的洗禮，這個方法論的內涵各異，但主要在於從本質的人到現象的人的變化。文學研究的本質論模式式微，新方法層出不窮。藝術思維與藝術敘事經歷了從本質的人到現象的人的變異，實現了從古典思維到現代思維的飛躍，建設了新的敘事體系，體現為

對傳統現實主義、深度消平、宏大敘事之解構。這場源於西方現象學、解構主義的革命，是對中國文學自古以來全知型寫法的顛覆，奠基了整個新時期直到今天的思維與敘事革命，建立了新的敘事體系。這也是新時期文學的邏輯起點。

《文藝報》組織的人物性格討論，《文學評論》組織的「文學研究新方法討論」，是方法論革命的始作俑者。學界討論的林林總總的方法甚至加上了系統論控制論諸方法的這些方法，本身是不重要的，重要的是對傳統方法的解構。

「85 新潮」對中國文學的寫法作了一個根本的革命。80 年代中期，以馬原 1984 年的《拉薩河的女神》為界，稍後又有莫言、殘雪、洪峰、格非、北村等人在語言、生存等方面的探索為後繼，至 80 年代末中國大陸所出現的「先鋒小說」的「後現代性」，這種寫法源於 80 年代對西方現象學、解構主義思潮引入，出乎引入者理論家預料的是，創作中的體現生動有趣得多。這直接形成了新時期文學創作中本質論的破滅與現象論的發燒。這當然與理論界的後現代性是有異的，創作中的體現另具一格。但由於馬原等人在敘事上的搗亂，形成小說敘事上的革命。他們摒棄傳統小說遵奉的「真實觀念」，將小說敘述行為的虛構過程和實質暴露無遺，徹底摧毀了小說的「似真幻覺」和深度模式，是對傳統現實主義小說真實觀和敘事的權威性及深度模式的雙重解構。當他們的形式實驗越來越悖離讀者關注現實人生的審美期待而受到新寫實小說的反撥後，一部分先鋒作家便改變了敘事策略：把敘述視點轉向歷史，由文本的遊戲轉向歷史的遊戲，於是又有了後來的新歷史主義小說的出現。這場革命從表面上看來，似乎只是一種寫法上的變革，事實上它是整個文學觀念變革，特別是後現代觀念引入後的文體體現。特別有意義的是，這是對中國文學自古以來全知型寫法的顛覆。這構成了直到今天的敘事革命。這個革命的奠基，也是起於 85 新潮的。

第三，體制論上實現了從體制的人到非體制的革命，從體制解體到市民重構，實現文學人格重建。1985 前後，與此前文學區別的是，體制的解構與重構。知識份子功能與人物形象體系，經歷了體制的人到市民的人嬗變，實現了從體制解體到市民重構的文學人格重建。一

指作家隊伍變異，王朔、梁天等文學策劃師等體制外知識份子的崛起，二指出現了自由職業者、小工商業者、遊民、消費者等市民形象，加以後來的新寫實主義零度情感模寫，構成新市民之痞氣、市俗氣、市井氣、瑣屑性等。這個變化直接影響到 90 年代文學，本點是對「當代文學」的體制性摧毀文化。在作家層面上的傳統知識份子功能閹割的問題逐漸解構了。這是新時期文學第三個邏輯起點。

　　80 年代文學最重要的變化，還在於出現了體制外建構。這一方面指的是作家隊伍的變異，王朔、梁天等「寫字師傅」「文學策劃師」等的崛起，各級作協的專業作家的終止；另一方面，在於與「當代文學」絕對相異的人物群像裡，出現了自由職業者、小工商業者等體制外市民形象，這些形象，由於部分新寫實主義作家的零度情感模寫，構成了新時期文學的新市民人格建構。這些形象，帶有王朔式的痞氣和在野氣，帶有新寫實小說中的市俗氣與市井氣，與主流文壇格格不入，以致在很長時間得不到主流話語的承認。這也是 80 年代文學對新時期文學的貢獻，這個貢獻，就是對上述此前文學體制性摧毀。這也成為 80 年代以後，至今的重要的文學形象體系，是當代中國社會轉型的重要社會學現象。

　　在當代中國，市民社會是改革開放和社會轉型中出現的具有獨立自主意義的新人階層，在計劃經濟時代，由於政治權力無所不在，沒有市民社會滋生的土壤。隨著經濟體制的改革，政府不再直接管理生產、經營、交換、消費，中國式市民社會重新興起。中國市民社會與主流社會之間既有合作又有衝突。存在衝突的根本原因在於市民社會的本性，它是由具有獨立自主性的個人、群體社團和利益集團組成的，是作為私人進行活動的，因而具有天然的、本能的生存需要。其意識形態表現為利己主義、拜金主義、個人主義等觀念，在文化上表現為滿足休閒、消費、享樂以至縱欲等需要。作為公共秩序維護者的國家權力出於社會整體發展的考慮，自然允許市民社會的存在，但也不可能在價值觀念上完全認同市民社會。二者之間就必然存在衝突。同時，市民社會的世俗性、功利性、文化需求也為崇尚精神追求的精英文化所不齒，因此，二者之間也存在衝突。

　　王朔小說和賈平凹的《廢都》就隱含了這種衝突。作為市民文化的產物，它們共同選擇了投合市民欣賞口味的世俗化的敘事，從而表現出與主流文化和精英文化的對立或悖離。說王朔走的是世俗化的路子，是指他以市民社會代言人的身份以商業化寫作方式對主流文化及精英文化極盡嘲弄諧噱之能事，即王蒙評價他時所謂的「褻瀆神聖，躲避崇高。」[3]這首先表現為他塑造了一群處於主流文化圈和精英文化圈之外的世俗化的人物形象。他們沒有正式的單位和職業，沒有深層的情感和嚴肅的人生態度，更沒有崇高的理想和遠大的人生目標，是一群無所事事的流浪者或嬉皮士，他們的生活就是遊戲，就是一點正經也沒有，就是「玩」和「侃」。其次，由於嬉戲式人物形象的塑造和對其遊戲性生活的敘述，也消解了主流文學和精英文學中對嚴肅主題的探討。如《千萬別把我當人》中，在王朔這裡被消解殆盡。第三，而對主流文學和精英文學造成最大解構力的還在於其小說中無所不在的反諷性敘事語言。這集中體現為王朔善於將世俗化的生活語言和主流意識形態語言交錯混用，一面是極端通俗化的日常語言，一面是曾被當作真理的威嚴的經典語言，兩種語言交融，既讓日常生活的世俗化語言有了某種虛假的崇高性，又使崇高性語言變成了世俗化語言的一部分，使這些語言變得不倫不類，從而消解了經典的真理性和語言的崇高性。

　　在市民建構中，80年代末期的另一撥新寫實作家更是推波助瀾，讓市民文化越來越市井化。新寫實小說在八十年代中後期的出現並非一個偶然現象。劉震雲小說是這個發難者。他的《一地雞毛》、《單位》一震耳目，體現了這個文學思潮的巨變。後來的新寫實小說的「零度」敘事對九十年代小說敘事的民間化和世俗化傾向的出現以及現實主義衝擊波小說和新生代小說的敘事都產生了重要影響。體制後的市民形象由此成為新的人物形象的主流。

　　第四，傳播方式的革命。文學不再只是一種紙質傳播，進入傳媒時代後，勃起了新的文學－傳媒體系。80年代末期初期市場化漸進，領先聲的作家通過傳媒，始構傳媒與文學共謀的媒體文學現象。一批

---

[3]　王蒙：《躲避崇高》，《讀書》，1993，1，P10-16。

有才華作家觸電，構成龐大的電視劇創作群體，《渴望》、《編輯部的故事》、《我愛我家》為典型的創作，構成新的文學－傳媒體系。一批作家變異為媒體作家，一批學者變異常為媒體學者。這是 80 年代末期文學對包括 90 年代後的新時期文學體系最大的變異，這種變異至今咄咄逼人，讓文學不斷邊緣化、消費化。這個變異的始作俑者，就是《渴望》、《編輯部的故事》的成功，特別是《編輯部的故事》，讓當時一批作家進入大眾傳媒策劃與創作，實現了中國文學自古以來的傳播方式革命。

　　上述深刻變異，構成新時期迄今為止的文學新貌。上述研究證明，80 年代文學是新時期、新世紀文學的邏輯起點，同時，80 年代文學被遮蔽的上述風貌應重新闡釋。新時期文學的整體建構，邏輯起點在 1980 年代已經基本奠定。在重新解釋這一段歷史時，極想說明的是，學術界對 1980 年代的文學闡釋是不夠的，是被遮蔽的，特別是被 1990 年代的文學研究所遮蔽。當 1990 年代文學，特別是所謂後時期文學不斷被過度闡釋之後，重新用新的體系闡釋 1980 年代的文學，是我們進一步需要做的工作之一。

　　　　　　　　　　　　　（本文原載《文藝報》2007 年 1 月 13 日）

附錄 2　當下文學需要什麼樣的思想？

——2009 年 12 月，在四川省中國現當代文學研究會 09 年年會上的講話

今天會議的主題是「當下文學需要什麼樣的思想」，如果要用一句話來回答這個議題，那就是：需要對人性的新的發現和體驗。就需要這個東西。對人性的新的發現和體驗，這是我的基本觀點。

為了我把這個觀點說清楚，我說幾個小的觀點。

第一個小觀點，這個思想它不是外在的。如果是外在的，它叫做有思想性，但是不能叫有思想。思想性與思想是兩個概念，今天討論中比較含混的就在這一點。許多強調有思想的，實際上強調的是思想性。比如說十七年文學，二十七年文學，都有思想性，並且思想大於藝術，但是你不能說它有思想。它沒有思想。因為它只有一個思想，是一個人在思想，這就是毛澤東思想。當時，我們的作家是沒有思想的，他是在演繹毛澤東思想。舉個非常簡單的例子，如蕭也牧的《我們夫妻之間》，為什麼要受到批判？因為作家在小說中提倡了一種進城以後的下班了想去看看電影等小資產階級生活方式，並且以這種方式與工人妻子的所謂下班後要參加政治學習的方式相對立，所以受到了《文藝報》組織的批判。這個批判的意圖，就是包括生活方式、生活情趣都要統一的思想。所以十七年文學、二十七年文學是沒有思想的。你可以說它有思想性。但不能說是有思想。思想性和思想是兩個概念。

所以我在這個地方不贊成使用思想性這個概念。為什麼呢，你提倡思想性以後，第一，並不是你的思想，如果是你的思想，絕不可能

與人同一。第二，就是剛才各位所講的有些弊病會出現。比如說，思想大於藝術；比如說，意識形態干預。這是作家們所反感的。

我們不要去強調思想性，要強調思想。因為思想是獨特的，如果你有思想，那麼肯定是你的想法，絕不是人家的想法。我們說某人有思想，絕對是說他對這個事情有看法，並且這個看法是他的，而不會是別人的。這是我的第一個小觀點，就是說這個思想不是外在的。

第二個小觀點，這個思想不是別人的。這個是什麼意思？就是說你可能有了一些想法，但是這個想法是別人給你的。別人給你的時候，你實際上是沒有把這個想法內化。我舉個例子，為了把這個事情說清楚。比如說，文革以後，李澤厚經常講，說我們背後有一大筆財富，就是文革，說現在的作家有一個富礦，你要是把文革寫好了你就是大作家，你要是寫出了幾代知識份子心靈歷程，你就是大作家。這是一個思想，但是這是李澤厚的思想。然後我就觀察，有幾個作家很認真地去做這個事情，其中有個做得最認真的就是王蒙。王蒙寫了「三部曲」，但是，是失敗的。為什麼是失敗的？因為這個思想是別人給他的，不是他自己產生的，別人給他一個，他把這個思想拿去內化的時候，他沒有體會驗出李澤厚自己體驗到的知識份子的心理歷程，在王蒙身上應該具有怎樣新的發現的問題，沒有得到解決，你怎麼會產生新的發現？阿・托爾斯泰的《苦難的歷程》這部作品，今天來講，作家的主題可能沒有人能接受了，已經被歷史淘汰了，這是一面。但另一面，這部小說，阿・托爾斯泰是有體驗的。這是一個問題的兩面。你可以說這個主題過時了，是蘇聯思想的體現，寫知識份子在十月革命後的煉獄與改造。那個思想是別人給他的。他跟李澤厚和王蒙一樣，那思想都是別人給他的。別人給他以後，但阿・托爾斯阿泰把它阿・托爾斯泰化了，就是寫知識份子怎麼樣改造自己的痛苦體驗，寫得非常個性化、體驗化，打個不太類似的比方，如賀敬之把革命激情體驗得太個性化了，這種個性化，至今讓人感動，如《雷鋒之歌》。就這個意義上看，阿・托爾斯泰同我們作家寫的那些作品是不一樣的，都不一樣的。這是第二個小觀點，這個思想不是別人的。王蒙也好，艾青也好，當時都有王震的保護，所以沒有那些個人的在基層孤立的獨立的痛苦承擔，所以沒有那種體驗，還沒有老鬼的體驗個人化。

　　第三個小觀點，這個思想不是異體的。思想不是異體的，什麼意思？指這思想，不是異於藝術作品外的，這個思想是包裹在藝術中的，它就是以藝術形態體現出來的，是以還不成熟的藝術形態體現出來的，比如說以素材、情節梗概、語言塑形等等體現出來的。它絕不是孤立的一個光禿禿的思想。它不是異於藝術作品外的。就是說，它不是說根據某種需要，加上思想。文革時把這種情況叫做「領導出思想，群眾出生活，作家出技巧。」我這裡說的思想，就是要與它劃清界線，它不是這個。它絕對不是異體的。也就是它包裹著情感，包裹著你對生活的認識，這種認識往往都是感性的。它是以一種語言形式體現出來的，以一種情感形態體現出來的，以一種色彩，或者是一種線條，一組鏡頭，等等。你一定是在感性地領悟、體驗，包括在你的思維中。同時產生的，並且在左右你的這個體驗。應該是這樣的，所以說它不是異體的。

　　現在我們講思想。這次「珠海會議」上，有許多青年作家反對李敬澤，反對什麼呢？其實我覺得這些作家誤解了李敬澤。他們說，你講思想性，那我們是不是要加一個東西進來，我們就反對加一個東西進來。實際上李敬澤並不是要加一個東西進來，但是李敬澤在這一點上，我以為，他是沒有說清楚。哪一點沒有說清楚，這個思想是不是你自己的，他並沒有說清楚。實際上李敬澤有外加的意思的，就是說現在作家沒有思想了，我們應該加強思想性，就是這個東西。他是這個意思。

　　我覺得李敬澤在這個問題上，提出了問題，但沒有解決這個問題。所以作家普遍反對。作家普遍反對什麼呢，你這一講就回到十七年了。這一下，有些評論家反而興奮，對十七年非常興奮，他們說，你看十七年的文學多麼豪壯啊，現在九十年代的文學多麼糟糕呀，多麼膚淺呀。這是兩個層面的問題。我在那天預備會上就說了，我們千萬要警惕，我們不要提思想性，要提思想，不要回到十七年，也不要回到二十七年。道理很簡單，十七年和二十七年那是沒有思想的，只有思想性。你把思想性和思想區別開了，問題就解決了。

　　所有寫「農業合作化」的小說，都只有一個思想，就是農民要改變自己的私有觀念，擁有無產階級胸懷，像梁生寶一樣，像蕭長春一

樣，領導農民走社會主義共同富裕的道路；「地富反壞右」都是壞的。富裕中農裡面可能有變好的，要團結，完了。就是這麼一個思想。包括青年該怎樣對待戀愛，情感模式都是一樣的，表達方式全部都是一樣的。這是有思想嗎？這不是有思想，是有思想性。

我最近在幾個會上都聽到這個說法。華中師大那個中國現當代文學研究 60 年的會議，也有人在呼喚回到十七年，說十七年文學多好的。當然我非常理解他，就是他對 90 年代文學極度不滿。的確是這樣，90 年代文學沒有思想，娛樂至上，杯水主義，杯水風波。但是我們不能回到有思想性的作品，而是回到有思想的作品。所以我一定要說清楚這個思想。

第四個小觀點，這個思想是你對人性的獨到發現。只有你的獨到發現才是有價值的。就這個意義上講，如果你沒有發現，你就沒有思想，那僅是在體驗或是模仿人家的想法。如果你能具有人性體驗，我覺得你就具有了大作家的質素。為什麼呢？因為大作家，都是有獨到的人生哲學的。比如說我們讀托爾斯泰，我們讀陀思妥耶夫斯基，都會有新的震撼，且不會重複。我們讀但丁，讀歌德，也是如此。你讀柳青，你讀趙樹理，讀浩然，讀克非，第一，他的思想是別人給的，第二，是重複的。所以說，你的思想必須是自己對人性的獨特發現。

圍繞著這第四個小觀點，我想具體說一下「思想是人性的獨到的發現」的意思。

第一個，這個「發現」，在我看來，一定是你自己的獨特的人生體驗。你不能硬想一個思想，這個思想必須是你自己獨特的人生體驗。這種作品的人生體驗，第一，你有要有這樣的人生經歷。第二，你要有思想深度。你體驗過，比如說我們都經歷過「文革」，殘雪的體驗是不同的。實際上殘雪並不難解，經過了「文革」的人都理解。比如偷窺，我們那時都怕別人看你日記，誰都怕，如果你的日記被看了，你就會被抓。在這種情況下，大家都防偷窺。我覺得你在偷窺我的思想，在偷窺我說的話。但是她就把這個體驗個性化了，把它變形了，把它變成了現代藝術形式。現在的學者給殘雪的小說加了很多現代派的東西，有不懂得這段歷史的原因。其實她就是那麼一個敏感的小女孩，家庭出身又不好，又在那麼一個恐怖的社會氛圍裡面，她就

只留下這麼個印象的。然後她把這個印象藝術化。她就成功了。只不過我們凡人，渾渾噩噩，沒有把這個經歷藝術化、個性化。就能把它當故事講了。但是，殘雪把它藝術化了。她以一個女人的方式，把這段經歷藝術化、個性化了。

她哥哥鄧曉芒就沒有把它藝術化，他哥哥很有思想啊，是哲學家呀。但是有思想又怎麼樣呢？這就是第四個問題的第二個小點。就是說你這個思想必須是情感式的，形式化的。

比如說，殘雪就把它形式化了，把它情感化了。但鄧曉芒不是藝術家，可能鄧曉芒的思想更銳利，但他寫不出殘雪一樣的小說。他可以把康德哲學研究得很深入，可見，思想必須是體驗的藝術形式。

鄧曉芒可以從思想的角度很深刻地體驗「文革」。但是，你是哲學家，你不是文學家。殘雪才是文學家，儘管她不懂康德。所以它各是一種體驗。作為思想家的體驗，你可以寫出你的思想史來。但是你作為文學家，你就可以寫成殘雪式的偷窺意象。

王蒙就沒有這個體驗。王蒙他們在大西北，包括艾青。因為王震很愛護這些「右派」。所以王蒙他們不可能有這些個人的基層的體驗，他就不可能寫出偷窺。他的敘述變成一種「雜色」。但王蒙在青春期受壓抑時，他就很有體驗。

所以說這個發現要是形式感很強的，還有情感性。如果這個作家有這種獨特看法，同時形式感又很強，又把它情感化了，我就覺得這個作家很了不得。

至於說他在這個形式化和情感化的過程中，他的品味有多高，這就要看他自己思想的質量問題。你比如說，我們看到的偉大的作家，他都是處於類似我們現在的的時代，也就是歷史和道德相衝突的時候，產生的一種道德批判。往往都是這種人。

如果他是思想家，他肯定不是作道德批判，他肯定是要做歷史的描述。比如經濟學家，你看現在的經濟學家，全部在做歷史描述。怎麼才做得更好，怎麼才能把中國的 GDP 弄上去，怎麼才大家有錢。

但是作家不關心這些，作家只關心，你看百姓生活得好苦啊。他們觀察社會的興奮點不同。比如巴爾扎克就不喜歡那些東西，他就對貴族的體驗很有感覺。社會道德淪喪，搞的一塌糊塗。其實他很希望

有錢。寫作還債,寫作有錢。但是作家在寫的時候,並不是如何去賺錢。你要去賺錢,寫小說有什麼意思呢?所以說,他如果是作家的話,他思想的質量、形態,包括價值趨向,他跟歷史學家、政治學家是完全不同的。

你自己寫自己的體驗就是了。所以你是黃鶯你就黃鶯那樣叫,你是鷓鴣就鷓鴣那樣叫。你力圖讓自己的思想品質能量提高。你說我們現在的作品有沒有思想呢,也有,比如「新左派」的思想,很多作家都有「新左派」的思想,有深有淺。比如說批判的思想,也有。但是這些東西他都非常淺化,他沒有作為情感化的形式化的思想,把它感受清楚。

在這個地方我想提一個作家,很不錯的一個作家,就是獲得茅盾文學家的女作家,遲子建。我發現遲子建真是非常深廣。她寫非常小的事情,比如說她寫一個老工人,她寫老工人那些情感的東西。寫非常小的事情,杯水風波。但是足以讓讀者讀來感到震撼。震撼到使你思考為什麼這些人有那麼深廣的倫理思想呢?比如特別強烈的同情心,特別讓人不可思議的那種愛,特別能夠忍受那種任何人都不能忍受的委屈。描寫得非常真實。但是描寫得卻非常輕淡。你說她描寫的這些在生活中有沒有呢?很少有,肯定很少有。但是,是有的。她就把這些吹脹了,誇大了,藝術化了。然後,她寫成作品,你發現這個更不得了。當代人這個精神豐富,她筆下人物的精神倫理都非常豐富。並且特別的平民化,具有很強的平民關懷。作家自己把自己當成一個平民。用平民來體察平民,用平民體驗平民,但他那個體驗的確是貴族的。沒有文化,沒有選擇,沒有誇張,是提煉不好的。

最近我讀到的一篇俄國小說,也是這樣的。小說寫一個老畫家,在圖書館和一個圖書管理員邂逅了,然後相愛,相愛之後就結婚。這位畫家比圖書管理員大十多歲。他們後來有了女兒,女兒長大後,有了女朋友,女朋友很漂亮。女兒把朋友帶回家裡來,老畫家很喜歡她,讓她當模特兒。慢慢地這位老畫家和女兒的女朋友產生了愛情。而老畫家的妻子,也就是那位圖書管理員,她接受了老畫家和自己女兒的女朋友之間的感情。後來,老畫家死了,那位模特兒也離開了。畫家的妻子,那位圖書管理員,就那樣默默地生活,生活得很平靜。你說生活中有這樣的事嗎,很少有。但是俄羅斯作家就寫這些東西,讓你

感到俄羅斯這個民族就這麼偉大，民族靈魂真是寬廣。他這就是有思想。但是我們的作家為啥就寫不出來呢？我關注遲子建，遲子建在這方面就做得不錯。但是別的作家，雜雜糊糊的，胡亂地寫。

　　我說完了，謝謝大家！

（本文原刊
http://blog.sina.com.cn/s/blog_561dbad80100gial.html，
http://blog.sina.com.cn/s/blog_561dbad80100gipg.html）

附錄 3　重建當代文學精神

　　一定時代的時代精神，決定了一定時代文學批評的價值觀。文學批評價值觀基本上是時代精神即哲學的運用、體現與具體化。這就是說，文學批評不僅對文學創作有意義，也對時代精神的構建具有重要的思想資源的作用、思想庫的作用。所以，文學批評不僅對文學創作有意義，本身也有獨立的思想價值與意義。

　　當下精神向度的指向與以往相比是低下的。這裏的低下是指對物質世界的超越性向度的低下。「五四」有啟蒙與救國的精神。30 年代有左翼革命精神與人文主義精神，40 年代有愛國主義精神與革命精神，50 年代到 70 年代有社會主義革命精神。這種精神的力量是強大的。20 世紀 80 年代到 90 年代以前，中國有人文主義精神、存在主義精神的激情。以上的時代精神，都具有一種精神上的超越性，儘管在 20 世紀 30 年代的市場經濟時代、威權干預時代，有魯迅，有左聯五烈士，有京派與海派。20 世紀 90 年代以後的中國，這一切都沒有了。

　　以國家語委對 2009 年流行語的概括為例證，可見這種時代精神在民間語言中的體現：教育部、國家語委第五次向社會發佈年度語言生活狀況報告，「查語料超過 131 萬個文字檔案，共提取出新詞語 396條」。生活域有「蟻族、裸婚、孩奴、經適男」，時政域有俠貪、養魚執法、民生博客等，經濟域有「保八、秒殺、穩崗」等，文化域有「X二代、秀霸、脖主」等，教育域有「考奴、牛孩、占坑班、學租族」等。更如流行的口頭語，作為社會變化的放大鏡和顯微鏡，突顯了時代精神的負面：「躲貓貓、被就業、被網癮、樓脆脆」等。這些流行語，已經作為思想初級資料進入時代精神的外側。這個時代精神，精神向度是有問題的，是病態的。2009 年的語言，也是 20 世紀 90 年代以來，時代精神的一個截面。這種時代精神，是實用主義經濟發展決定的。馬克思《資本論》所論證的資本的所有罪惡，在當下中國有集中的表現。強權豪奪、貧富懸殊、無恥詐騙、造假虛偽、人類所有能

夠想像出來的罪惡，幾乎都能找到例證。在 19 世紀的法國文學中，這些罪惡被詳細地加以描寫，並且得到批判。這種道德的批判構成了巴爾扎克作品的生命力與悲劇感。但我們面對比巴爾扎克時代更為嚴重更複雜的時代，一是這種批判作品的缺乏，二是這種批評欠缺。這種墮落在很大程度上還是以知識份子可以接受並且積極建構的方式進行的。許多出於我們自己的理論設計與藝術想像。知識分之子的良知與道德，也降到了最低點。

　　20 世紀 90 年代以後的文學批評出了問題，歸根結底是 20 世紀 90 年代以後的時代精神出了問題，哲學出了問題（現在有好的批評，但這種好的批評都是局部意義上的藝術體驗。這不是主流）。當然，對這個問題，很多人不會正視或則不願意承認，為這個時代精神作構建的機構、組織，可能也不願意正視或者承認。但不願意正視或不承認，不能證明問題不存在。作為參與時代精神建構的當代中國的知識份子，我們有義務正視，提出這個問題，並力圖解釋這個問題。這個問題的解決不是知識份子所能辦到的，但知識份子如果不提出這個問題，那麼，時代的良知就無法體現出來，這是知識份子的責任。

　　這種時代精神，對當下文學批評有四個大的方面的影響與體現。

　　一是利益教與拜物教。在義利之間，傾向利否定義，口頭上標榜義實際上指向利，沒有悲劇精神，沒有超越意識。進行文學批評時，其定下的價值取向，把自由、博愛、平等、人權、尊嚴、道德、人倫等普適價值犬儒化，把精神犬儒化，雖然認為普適價值是對的，雖然認為精神是重要的，但為了社會評價的利益尺度（無論精神的利益、權利的利益、還是物質的利益）取利忘義，並不心跳。這種取義忘義，導致各類評價、評獎、批評、褒揚的價值向度失真，這種向度，不會有悲劇精神，大到對主旋律作品的批評、獲獎作品的批評，包括各種政府名義的評獎，民族主義、民粹主義批評就是如此。這是知識份子精神陽萎，當然，更糟糕的是，有一些知識份子，特別是 30 歲 40 歲左右的知識份子，他們成長在這個時代精神的語境與價值觀中，基本沒有懂得人類普適價值及其重要性，這就更是問題，他們把當下這種時代精神認為是天然的、合理的，並以適者生存的態度進行類似的批評，這是非常危險的，是背離了知識份子身份的。這導致中國當下文

學批評的極度價值失真。我們做文學史研究的都知道，在撰寫 90 年代以後文學時，總覺得所論作家，無論時評如何輝煌，如何拿得各類國家大獎，但寫進當代文學史時，份量極輕，無法用筆評價其所謂瑣屑的思想意義。

二是技術理性。由於當下政治、經濟操作層面的工具化、程式化、官僚化，並成為管理哲學的基本精神，這滲透到教育、文化、作家協會的一切管理，文學評論走向工具理性的道路。在這種情況下，高校文科知識份子，思想消磨成為習慣。他們淡化思想、規範文體，把思想知識化為脫離生活與思想的所謂學術。什麼是學術？學術只有兩個標準，第一是獨創性、第二是科學性。沒有獨創性就不是學術，只有工具性更不是學術。一大堆學術垃圾不斷地被創造出來，你欺騙我，我欺騙你。這些東西，引證繁複，言不及義、概念生僻，作出嚇人的姿勢，沒有獨創的思想。這種學術太多太多。這是當下時代精神的體現，也是當下技術管理的需要。這導致高校一系列的弊病，從教學評獎、精品課程到論文資料統計，資料崇拜、填表至上、以至出現打著教育部旗號的各類精品課程、教學評獎、社科申報等填表培訓班，都是這種時代精神的體現。講到批評與學術的關係，這要清理兩條界限，第一，批評不一定是學術論文，因為批評可以是「片面的深刻」，可以充滿愛憎，但學術確需要科學、中性的表述。但第二，批評與學術共同的前提是獨創性。沒有獨立的藝術體驗與獨立的價值判斷，就不是我所提倡的文學批評。當下我們應該更看重思想，我要重提一個口號，這也是王元化先生所強調的，叫做，做「有思想的學術」。不要做不要思想的學術，更不要做虛偽思想的學術，那樣的學術是沒有意義的。因此，要提倡說真話的文學批評，要敢於批評，準確批評。

三是實用主義。實用主義是對批評公信力的出賣與尋租。批評是具有公信力的，正如傳媒具有公信力一樣，它體現了社會對批評職務的尊重，也體現了批評家自已的責任。在商業社會裏，這種公信力，只能寄望于批評家的良知。我們可以看看 20 世紀 30 年代的中國。30 年代的中國，有專制政治與資本壓榨的雙重壓力，但留下來的優秀批評，都是超越當時的政治與資本的，如茅盾的《徐志摩論》、《落華生論》、《王魯彥論》、《女作家丁玲》等作家論、魯迅的《為了忘卻的紀

念》、劉西渭的不少咀華篇章、李長之的文學批評、梁宗岱的詩歌批評等。在當今，由於權利與資本的雙重壓力，批評的公信力被收買，如同媒體在房地產宣傳中被資本收買一樣，更令人憂慮的是，批評家主動尋租，為自己的圈子，為財團或某些利益集團而出賣公信，誤導讀者與時代，誤導社會與輿論。起初，這些批評家在寫作類似批評時，內心是不安的，但現在，已經臉不變色心不跳了。因此，批評的雙刃劍在公信力被賤賣後，已經雙刃劍似地傷害了批評的公信力，這種傷害已經司空見慣，成為一種建構當代文化低下的重要動力之一。包括媒體對批評的收買與收視率迷信，如三國講座、論語講座等等。媒體還在為收視率窺視批評家，批評家呢，應取一種什麼樣的態度？

四是批評缺乏面向未來面向人民面向歷史的思想高度，而是解構深刻面向身體崇拜消費重在自己缺乏超越。這有許多體現，一是解構，批評解構深刻、解構宏大、解構歷史、解構人性，把人動物化。你一說意義，就說你落伍了。二是向下，面向瑣屑、面向細節、面向枝節、面向消費、面向流行、面向市場，你如果超越，就說你還是理想主義，可笑。三是嘲笑，嘲笑責任、嘲笑崇高、嘲笑道德，你敞開悲劇情懷，就是演戲了。四是唯已，批評見到的只有該作品該作家該省該市該縣該地區該領導該媒體該協會該群體，你批評本地作家，就是給地方形象摸黑了。五是偏見，批評短視近視斜視漠視忽視，根柢就在遠視正視重視後會損害批評物件。六是缺乏，缺乏對歷史的良知對未來的良知對人民的良知，不缺乏自己的利益，公信力出於良知，不出於已利。我不講超越，超越是更高層次的要求，我這裏講起碼應提倡良知，批評應有歷史感，應有人民感，應有未來感。我們應該超越政治上換屆政府各負其屆的工具理性實用主義的時代精神，應有面向未來面向歷史面向人民的胸懷與良知。

基於上述的精神向度向下的時代精神，因此我提倡重建文學的精神向度，重構文學與精神的關係。

（本文原載《文藝報》2011 年 1 月 7 日）

後　記

　　這是我的第五本個人論著，如果算上編、合，就是第十本著作。歲月流逝讓人不斷進入新一輪思索。

　　為人作說的學術，開始讓我厭倦。我實在想寫自己的所思所獲所得。

　　魯迅說，有兩種書要讀，一種是自己喜歡的書，一種是自己不喜歡但不得不讀的書。移置過來，也可以說，有兩種書要寫，一種是自己喜歡的書，一種是自己不喜歡但不得不寫的書。體制內的學者，都在體制的教務研務中奔命。

　　時寫一點小文，覺得思想是自己的，文字是自己的，感覺是自己的，很是舒服，很珍愛這種舒服感。願有一天，能擺脫俗務，寫一點自覺舒服的大東西。

　　有兩部書正寫，一部中國現代詩學流變史，一部中國當代詩學流變史。一部 100 萬字的文學史正在又寫又編書。分別是國家社科基金項目、教育部人文社科項目、學校項目，多麼想早日完成，把時間還給自己。

　　這兩種書，還有一個區別，就是時間感不同，一是間或要休息，看看時間：一是不知道時間，天就黑下來了。

　　坐在書房，對窗外的晦明很是敏感，不斷地天亮天黑，一天一天就過去了，何不秉燭遊？

　　人生就在矛盾中運行，時彼時此，不斷循環，以成陰陽日月年。

　　珍惜變化中的感覺。

　　人生蹉跎，至今不輟。時逢去年深秋到台，識得宗翰兄，能在台出版，我是很高興的，特予補句。

　　是為跋。

2011 年 3 月 7 日，成都雙楠草堂。

語言文學類　PG0580

中國當代文藝價值觀流變史

作　　者 / 曹萬生
責任編輯 / 蔡曉雯
圖文排版 / 陳宛鈴
封面設計 / 王嵩賀

發 行 人 / 宋政坤
法律顧問 / 毛國樑　律師
印製出版 / 秀威資訊科技股份有限公司
　　　　　 114 台北市內湖區瑞光路 76 巷 65 號 1 樓
　　　　　 電話：+886-2-2796-3638　傳真：+886-2-2796-1377
　　　　　 http://www.showwe.com.tw
劃撥帳號 / 19563868　戶名：秀威資訊科技股份有限公司
　　　　　 讀者服務信箱：service@showwe.com.tw
展售門市 / 國家書店（松江門市）
　　　　　 104 台北市中山區松江路 209 號 1 樓
　　　　　 電話：+886-2-2518-0207　傳真：+886-2-2518-0778
網路訂購 / 秀威網路書店：http://www.bodbooks.com.tw
　　　　　 國家網路書店：http://www.govbooks.com.tw
圖書經銷 / 紅螞蟻圖書有限公司
　　　　　 114 台北市內湖區舊宗路二段 121 巷 28、32 號 4 樓
　　　　　 電話：+886-2-2795-3656　傳真：+886-2-2795-4100

2011 年 10 月 BOD 一版
定價：240 元
版權所有　翻印必究
本書如有缺頁、破損或裝訂錯誤，請寄回更換

國家圖書館出版品預行編目

中國當代文藝價值觀流變史 / 曹萬生著. -- 一版.
-- 臺北市：秀威資訊科技, 2011.10
面 ；　公分. -- (語言文學類 ; PG0580)
BOD 版
ISBN 978-986-221-782-5(平裝)

1.中國當代文學　2.文藝評論史　3.價值觀

820.908　　　　　　　　　　　　100011137

讀 者 回 函 卡

感謝您購買本書，為提升服務品質，請填妥以下資料，將讀者回函卡直接寄
回或傳真本公司，收到您的寶貴意見後，我們會收藏記錄及檢討，謝謝！
如您需要了解本公司最新出版書目、購書優惠或企劃活動，歡迎您上網查詢
或下載相關資料：http:// www.showwe.com.tw

您購買的書名：＿＿＿＿＿＿＿＿＿＿＿＿＿＿＿＿＿＿＿＿＿＿＿＿＿＿

出生日期：＿＿＿＿＿年＿＿＿＿＿月＿＿＿＿＿日

學歷：□高中 (含) 以下　　□大專　　□研究所 (含) 以上

職業：□製造業　□金融業　□資訊業　□軍警　□傳播業　□自由業
　　　□服務業　□公務員　□教職　　□學生　□家管　□其它＿＿＿＿

購書地點：□網路書店　□實體書店　□書展　□郵購　□贈閱　□其他

您從何得知本書的消息？

　□網路書店　□實體書店　□網路搜尋　□電子報　□書訊　□雜誌
　□傳播媒體　□親友推薦　□網站推薦　□部落格　□其他＿＿＿＿＿＿

您對本書的評價：（請填代號　1.非常滿意　2.滿意　3.尚可　4.再改進）

　封面設計＿＿＿　版面編排＿＿＿　內容＿＿＿　文／譯筆＿＿＿　價格＿＿＿

讀完書後您覺得：

　□很有收穫　□有收穫　□收穫不多　□沒收穫

對我們的建議：＿＿＿＿＿＿＿＿＿＿＿＿＿＿＿＿＿＿＿＿＿＿＿＿＿＿

＿＿＿＿＿＿＿＿＿＿＿＿＿＿＿＿＿＿＿＿＿＿＿＿＿＿＿＿＿＿＿＿＿＿

＿＿＿＿＿＿＿＿＿＿＿＿＿＿＿＿＿＿＿＿＿＿＿＿＿＿＿＿＿＿＿＿＿＿

＿＿＿＿＿＿＿＿＿＿＿＿＿＿＿＿＿＿＿＿＿＿＿＿＿＿＿＿＿＿＿＿＿＿

11466
台北市內湖區瑞光路 76 巷 65 號 1 樓

秀威資訊科技股份有限公司　　　收

BOD 數位出版事業部

··

（請沿線對折寄回，謝謝！）

姓　　名：＿＿＿＿＿＿＿＿＿　年齡：＿＿＿＿＿　性別：□女　□男

郵遞區號：□□□□□

地　　址：＿＿＿＿＿＿＿＿＿＿＿＿＿＿＿＿＿＿＿＿＿＿

聯絡電話：(日) ＿＿＿＿＿＿＿＿＿＿＿ (夜) ＿＿＿＿＿＿＿＿＿＿＿

E - m a i l：＿＿＿＿＿＿＿＿＿＿＿＿＿＿＿＿＿＿＿＿＿＿